Benito Pérez Galdós

# Episodios nacionales V
## Cánovas

Barcelona **2024**
Linkgua-ediciones.com

# Créditos

Título original: Episodios nacionales V. Cánovas.

© 2024, Red ediciones S.L.

e-mail: info@linkgua-ediciones.com

Diseño de cubierta: Michel Mallard.

ISBN tapa dura: 978-84-1126-398-6.
ISBN rústica: 978-84-9007-316-2.
ISBN ebook: 978-84-9007-232-5.

# Sumario

**Créditos** _____ **4**

**Brevísima presentación** _____ **9**
   La obra _____ 9

**I** _____ **11**

**II** _____ **19**

**III** _____ **27**

**IV** _____ **35**

**V** _____ **44**

**VI** _____ **52**

**VII** _____ **60**

**VIII** _____ **67**

**IX** _____ **75**

**X** _____ **82**

**XI** _____ **89**

**XII** _____ **96**

**XIII** _____ **102**

**XIV** _____ **109**

XV _____ 116

XVI _____ 124

XVII _____ 132

XVIII _____ 140

XIX _____ 147

XX _____ 154

XXI _____ 161

XXII _____ 166

XXIII _____ 171

XXIV _____ 175

XXV _____ 179

XXVI _____ 181

XXVII _____ 184

XXVIII _____ 186

Libros a la carta _____ 189

## Brevísima presentación

### La obra

*Cánovas* es la sexta y última novela de la quinta y última serie de los *Episodios Nacionales* de Benito Pérez Galdós.

En 1874 Alfonso XII es proclamado rey en contra de carlistas y republicanos, y al año siguiente termina la Tercera Guerra Carlista.

En este ambiente político, el protagonista Tito abandona sus continuos devaneos amorosos y sienta la cabeza con Casiana Conejo, una joven de modestísimo origen, analfabeta, pero con excelentes dotes para aprender, cuyo carácter dulce y sencillo cautiva al antiguo donjuán. Nuestro héroe está acusando una enfermedad que le provoca ceguera (en clara alusión al propio Galdós), lo que le hace más dependiente. El problema para Tito es que su exaltada imaginación le juega malas pasadas, y nunca sabe si los sucesos que vive son reales o imaginarios. A diferencia de episodios anteriores, Mariclío, la mujer mayor que simboliza España, no aparece directamente, sino que se comunica a través de unas ninfas mensajeras llamadas Efémeras. Precisamente Galdós pronostica a través de Mariclío un futuro nefasto, advierte de la amenaza de la Iglesia sobre la soberanía nacional y señala la Revolución como único remedio.

En el adiós de la serie, el episodio es el más triste, negro y escéptico de todos. Con los republicanos en el exilio, Galdós, por medio de Tito, ve el ascenso de la influencia de los ultraconservadores y de la iglesia en la política española, y constata con amargura que la derrota de los carlistas no ha servido de nada, ya que de todas formas han impuesto sus ideales subrepticiamente. El mensaje final es pesimista: Galdós no ve solución a tanto enfrentamiento y duda de la capacidad de los políticos, incapaces de solucionar los problemas de la sociedad.

# I

Los ociosos caballeros y damas aburridas que me han leído o me leyeren, para pasar el rato y aligerar sus horas, verán con gusto que en esta página todavía blanca pego la hebra de mi cuento diciéndoles que al escapar de Cuenca, la ciudad mística y trágica, fuimos a parar a Villalgordo de Júcar, y allí, mi compañero de fatigas Ido del Sagrario y yo, dando descanso a nuestros pobres huesos y algún lastre a nuestros vacíos estómagos, deliberamos sobre la dirección que habíamos de tomar. El desmayo cerebral, por efecto del terror, del hambre y de las constantes sacudidas de nervios en aquellos días pavorosos, dilató nuestro acuerdo. Inclinábame yo a correrme hacia Valencia, impelido por corazonadas o misteriosos barruntos. Di en creer que hallaría en tierras de Levante a mi maestra *Mariclío* y que por ella tendría conocimiento de la preparación de graves sucesos. Pero a Ido le tiraba hacía Madrid una fuerte querencia: su mujer, sus amigos, su casa de huéspedes. La ley de adherencia en las comunes andanzas aventureras nos apegaba con vínculo estrecho. Desconsolados ambos ante la idea de la separación, cogimos el tren en La Roda y nos plantamos en la Villa y Corte.

Largos días permanecí recluido en mi aposento pupilar de la calle del Amor de Dios. La casa estaba desierta por ausencia de los estudiantes de San Carlos que gozaban ya de la dilatada vagancia veraniega. Prisionero me constituí en mi celda, sin osar poner los pies en la calle, no solo por aburrimiento, sino por tener mis bolsillos tristemente limpios y mondos de toda clase de numerario. Olvidado me tenía mi excelsa Madre, sin que mi conciencia ni mi razón explicarme supieran la causa de tal abandono, pues nada hice ni pensé que pudiera desagradarla. Cuantas veces acudí a la portería de la Academia de la Historia en busca de los emolumentos que allí, solícita y puntual, me consignaba *Doña Mariana*, hube de volverme desconsolado y con las manos vacías a mi pobre hospedaje. Por fin, avanzado ya el mes de agosto, ¡oh inefable dicha! la portera de la docta casa me entregó con graciosa solemnidad un paquete que contenía suma moderada de los sucios *papiros* que llamamos billetes de Banco, y una cartita cuyo interesante contenido devoré con mis ojos en el corto trayecto de la calle del León a la del Amor de Dios.

«Perdona, mi buen muñeco —decía la carta—, si tan largo tiempo estuve sin acudir a tus necesidades. Con la presente recibirás ración no muy cumplida del pan de la vida social. Gástalo con tiento, mantente en la justa ponderación de la economía y la prodigalidad... Estoy donde estoy. No me verás tan pronto. Vivo en oscuro escondite, acechando un hecho histórico que tú no has previsto y yo sí. No pocos caballeros españoles y algunas damas alcurniadas quieren engendrar un ser político, que representará la transformación capital de la familia hispana. Es lo que el bueno de Víctor Hugo llamaba *un gozne de la Historia*... Yo me entretengo mirando a los que ponen sus manos pecadoras en esta labor mecánica. Unos se esfuerzan en engrasar la espiga y el anillo del gozne para que el doblez se efectúe sin aspereza y con silencio decoroso; otros, en su afán de terminar prontito, salga lo que saliere, doblarán la Historia con maniobra violenta, y el chirrido del metal giratorio se oirá hasta en la China... ¿No entiendes esto, historiador travieso y chiquitín?... Vístete bien, ahora que tienes dinerito fresco, y no busques tu sastre entre los de medio pelo. Reanuda y cultiva tus antiguas amistades, y disponte a estrecharlas nuevas relaciones que te salgan al paso. No desdeñes a los hombres de pro... El pro se acerca taconeando recio... La pobretería se aleja pisando con el contrafuerte... Adiós, hijo. En cuanto lleguen las brisas de otoño, que avivan la natural frescura y alegría de los madrileños, diviértete lo que puedas. Si sientes apetito de lecturas, pon a un lado al amigo Saavedra Fajardo, y entretente con el *Manual del perfecto caballero en sociedad*, consagrando algunos ratos a la *Moda elegante*.»

Confuso me dejó la epístola, que leí cuatro veces, y aunque algo pude descifrar de su sentido recóndito, no llegué al pleno dominio de las ideas expresadas por la Madre en aquellas líneas, escritas con genuino trazo de Iturzaeta... Septiembre se me pasó en renovar mis amistades de Madrid, y en ponerme al habla con sastres y zapateros. Amenguaba ya el calor; pero aún se veían en el Prado grupos de paseantes y tertulias de gente distinguida: formábanlas familias que no habían podido ir a baños y otras que se volvieron antes de tiempo, repatriadas por la escasez de pecunia. En diferentes corros y tertulias mariposeaba yo en las tardes y noches de variado temple. También gustaba de arrimarme a los puestos de agua, frecuentados por parroquianos de distinta marca social, bastos, finos y entrefinos.

Ved ahora la cáfila de amigos que me salieron al encuentro en el Prado y sus aguaduchos: Luis Blanc, Moreno Rodríguez, Serafín de San José, Telesforo del Portillo *(Sebo)*, Patricio Calleja, Mateo Nuevo, Fructuoso Manrique, David Montero, *Dorita*, Niembro, Emigdio Santamaría, Díaz Quintero, María de la Cabeza, Delfina Gay, y el imponderable *don Florestán de Calabria*, que se presentó ante mí con flamantes apariencias de limpieza y elegancia. Apartados del grueso de la concurrencia, que paladeaba el agua fresca con azucarillos y aguardiente, echamos un parrafito. Díjome que a femeniles influencias debía un empleíto escribientil en el Círculo Popular Alfonsino, y que desde que se puso en contacto con las *personas decentes* había empezado a echar buen pelo, como lo demostraba su ropa.

A mis anhelos de conocer el paradero de *Leona la Brava*, contestó que estaba en París. ¿Fue quizás con el hinchado figurón de los monumentales sombreros? No; el tal no gozaba ya la privanza de la dama de Mula; con su fatuidad *chisteriforme* habíase retirado, dejando el puesto a un protector nuevo, caballero separado de su mujer, regordete, calvoroto, afeitado el rostro y muy pulido de vestimenta, íntimo amigo de don Francisco Cárdenas, de don Manuel Orovio, y asistente pegajoso a la tertulia del conde de Cheste. Noté en *don Florestán* cierto pudor para revelarme el nombre de aquel sujeto; sin duda quería guardar el incógnito de uno de los hombres de pro que le habían protegido. No insistí, seguro de descifrar el acertijo en cuanto *Leona* volviera de su excursión parisiense. ¡Y que no vendría poco ilustrada en todo género de novelerías y elegancias! Terminó el pendolista sus referencias diciéndome con cierta vanagloria: «Fíjese usted, don Tito; el amigo de doña Leonarda es de los que tienen más metimiento en el palacio Basilewski, donde reside la que fue nuestra Soberana, quien como usted sabe abdicó ya en su hijo don Alfonsito.»

Quedé con don Genaro en que me avisaría puntualmente la fecha de la *rentrée* de *La Brava*, y ya no volví a verle hasta mediados de octubre. En tanto, los amigos cuyo trato frecuentaba yo por aquellos días, me confirmaron en la idea de que la sociedad española quería cambiar de postura, como los enfermos largo tiempo encarnados sin encontrar alivio. Notaba yo la *lenta pero continua* inclinación de las voluntades hacia un ideal que a primera vista deslumbraba, desviándose de los ideales pálidos ya y marchitos. Dábame en la nariz el olor del aceite con que los más sagaces querían engrasar la bisagra histórica, y a mi oído llegaba el crujir de los impacientes y el retemblido del aparato con que se hacen los dobleces de la vida de un pueblo.

En la última decena de octubre tuve conocimiento del regreso de Leonarda y de su domicilio, calle del Saúco, a espaldas del Ministerio de la Guerra. Juzgando indiscreto visitarla sin previa petición de venia, eché por delante un recadito con el de *Calabria*, y por el mismo conducto recibí un pase para penetrar en la gruta de la ninfa. Era la casa linda, coquetona, mejor apañada y dispuesta que la de la calle de Lope para un vivir descuidado y placentero. En el carácter de *Leona* no advertí mudanza: era la misma mujer afable, cariñosa y sugestiva que descubrí en el tempestuoso ambiente del *Cantón Cartaginés*. En su habla encontré notorio progreso, pues no se daba reposo en la tarea de perfeccionar su léxico. Apenas abrió la boca, me saltó al oído el decir exquisito, que revelaba un trato frecuente con personas de cepa *moderada*. Con estos refinamientos se confundía un gracioso empleo de galicismos de buen tono, y el desaprensivo chapurrar de términos franceses, entreverados con lo más corriente de nuestro lenguaje.

Apenas cambiamos las primeras cláusulas de afecto y remembranzas, *Leona* me soltó en nervioso estilo el relato de sus impresiones de París, juzgando con criterio justo todo lo que había visto, sin dejarse llevar del prurito de la admiración ni columpiarse en los espasmos de la hipérbole, como es uso y costumbre de los que llevan a la gran Lutecia todo el bagaje de sus almas provincianas. El buen gusto apuntaba ya en mi dulce amiga, anunciando la deliciosa ecuanimidad de la *mujer de mundo*. «Vivíamos en la *Rue Richepanse*, muy cerquita de la Magdalena y a poca distancia de la Plaza de la Concordia —me dijo—. Nos retirábamos tarde, porque casi todas las noches íbamos al teatro. A media mañana nos levantábamos, y yo empleaba largo rato en mi *toilette*, que allí, Tito mío, hay que mirar bien cómo sale una a la calle. Almorzábamos, unas veces en el *Café Anglais*, que es lo mejor de París; otras veces en *Vefour*, en las arcadas de una plaza que llaman *Palais Royal*. Por probar de todo, y para que yo me enterara bien de lo que es aquel gran pueblo en lo tocante a comistrajes, íbamos algunos días a unos *restauranes* baratitos, pero *la mar* de buenos, que llaman *Bullones o Duvales*.»

A su caballero daba *Leona* el nombre de Alejandro, que a mi parecer era denominación familiar convenida entre ellos, pues según mis barruntos, el tal personaje figuró después en la Historia no muy lucidamente con nombre bien distinto. «Después de almorzar —continuó diciendo *La Brava*—, mi Alejandrito me dejaba en el Hotel y se iba a sus negocios, que no eran otros que la conspiración alfonsina. Largas horas pasaba en el Palacio de la reina; visitaba al marqués de Molins, a Salaverría, al duque de Sexto, a don Martín Belda y a otros que yo no recuerdo, todos ellos metidos en esa contradanza del alfonsismo. Cansábame yo de estar encerrada en el Hotel, y algunas tardes cogía mi sombrero y mi sombrilla y me marchaba a pasear por los bulevares, llegándome hasta la Puerta de *San Denis* o un poquito más allá. Yo podía decir lo que dicen que dijo Cúchares cuando le preguntaron si se había divertido en *París de Francia*: *aqueyo es mu aburrío. To er zanto día está uno olivarej arriba, olivarej abajo...* Y no te creas, Tito, que era *Leona* costal de paja para los franchutes. *Olivares* arriba y abajo me seguían dos, tres y a veces hasta cinco moscones haciéndome el amor, y diciéndome cosas que yo entendía muy bien sin saber una palabrita de aquel habla. Pero, dándome la mar de pisto y con muchísima dignidad, seguía mi camino sin hacerles caso y me metía en la fonda.»

No volví a ver a *Leona* hasta una noche de noviembre, en el teatro Real, a donde la llevaba con frecuencia su afición a la ópera, nueva señal de adelanto en su carrera de cultura. Después de buscar a Leonarda por las regiones *paradisíacas* la encontré en delantera de palco por asientos, localidad que abonada tenía con dos amigas guapas, elegantonas y de la propia marca social. En los entreactos picoteaban las tres pasando revista con picante estilo a la concurrencia de damas, y señalando indiscretamente a sus *editores responsables*, confundidos en la turbamulta de gente distinguida, conservadora y alfonsina. Sobre la negrura de los fraques se destacaban las calvas, relucientes algunas como bolas de billar. La ópera de aquella noche era *Roberto el Diablo*, cantada por Rosina Penco, el tenor Nicolini y el bajo David. Poco pude hablar con mi amiga en aquella ocasión porque de improviso llegaron al palco unos pollastres esmirriados, en traje de etiqueta, que entablaron voluble conversación con las tres damas, acosándolas con bromas de mal gusto y cuchufletas impertinentes. Me retiré a mi localidad del Paraíso un tanto mohíno y desconsolado.

Más dichoso fui la noche del estreno de *Aida,* hacia el 10 o el 12 de diciembre, porque tuve la precaución de tomar anticipadamente la delantera de palco por asientos inmediata a las que ocupaban las tres ninfas. Sentado junto a mi amiga pude charlar con ella cuanto me dio la gana. «Esta noche —me dijo *Leona*— tenemos el teatro *au grand complet.* Sabrás, Titín salado, que hace tres semanas me da lecciones un profesor de francés, a quien conocerás el día que vuelvas por casa. Como los temas se me salen de la boca sin pensarlo, te pregunto: *¿Tienes el cordón azul de la sobrina del hermano de mi jardinero?* Mi respuesta fue: *No tengo el cordón de la bella hermana del sacristán; pero tengo la inmensa satisfacción de contemplar de cerca tus negros ojos y de admirar los blancos dientes que asoman entre esos labios de coral cuando iluminas el teatro con tu sonrisa.*

—Cállate la boca, Tito, que no estamos solos —me contestó *La Brava*—. Mejor será que eches tus miradas por esta sala espléndida. En aquel palco tienes a la Campo Alange con su hija Luisa, que esta noche se lleva en el Real la palma de la hermosura. En la platea del proscenio, debajo del palco de los ministros, verás a la Medinaceli. Buena mujer, verdad. ¿Te gusta? ¡Ah, pillo!... Más arriba, en los entresuelos, está la Fernán Núñez y su hija Rosarito, *très gentille*, con otras chicas muy guapas. Sigue mirando. ¿No ves a la baronesa de Hortega con su palco lleno de señorones?

—Sí. Y en el palco de al lado la de Navalcarazo.

—*Pardon, moncher Tit.* No es la de Navalcarazo, sino la de Híjar... Allí tienes a Robles, el empresario del teatro, un caballero alto, moreno... En la platea de abajo la Montúfar, guapa, carnosa. Tras ella el marqués de Bedmar, Heredia Spínola y otro alfonsino vejancón que no recuerdo cómo se llama. En aquella platea, mira, Sardoal, Ricardo Álava y unas señoras que no conozco. En el palco de al lado la Perijaa con la Acapulco.

—Y luego sigue la de Ahumada...

—*Pardon, mon ami.* Me sé de memoria a todo el señorío de Madrid, lo que llamamos *gens du monde.* Esa que dices tú es la Folleville, con la Belvís de la Jara, la Campoalegre y Pepito Montiel... Vuelve tus ojos al entresuelo y verás a la Villavieja con el marqués de Yébenes, el neo más rabioso que hay en todo el universo mundo.»

Cambiando bruscamente de cháchara, sin dejar de prodigar los *pardones* a cada instante, me quitó *Leona* los gemelos para mirar a las butacas. «En el pasillo central, allí, al extremo, de espaldas a la orquesta, tienes al caballero más pomposo y elegantón que hay en el teatro —me dijo—. Es *Monsieur le Marquís du Bacalaó*. A él se acerca en este momento mi Alejandrito. Reconócelo por la calva, que es de las que hacen época en la historia del poco pelo. Sé lo que le está diciendo. Cosa muy interesante. En el segundo entreacto te lo contaré, pues el primero pronto se acabará... ¿No ves en otro grupo a Ramón de Navarrete? ¡Oh, *le grand critique de société*, por mal nombre *Asmodeo*! Dicen que es más viejo que la Cuesta de la Vega, pero está muy espigadito todavía.

—Ya, ya. También andan por ahí don Ignacio Escobar, y Jove y Hevia.

—Ahora entra Ramón Correa con Cruzada Villamil... A callar, a callar, que empieza el segundo acto... Esta ópera me va gustando mucho. Hoy leí el libreto y sé que pasa en el Egipto, donde están las Pirámides. ¿Saldrán aquí esas Pirámides? Me gustaría verlas.»

Terminado el acto segundo con el grandioso concertante que sigue a la marcha de las trompetas, *Leona* se dispuso a comunicarme las interesantes novedades políticas que, según ella, conocía mejor que nadie en Madrid. Recatando su rostro tras el abanico, me dijo con afectada reserva: «Has de saber, querido Tito, que don Alfonso ha dado un Manifiesto a la Nación, escrito en un Colegio no sé si de Inglaterra o de Alemania. Hasta ahora no se ha hecho público ese documento, que dice cosas muy bonitas.

—¿Lo has leído tú?

—*Pardon*. No lo he leído. Pero mi Alejandro, que recibió un fajo de ellos para repartirlos, me ha contado todo lo que trae. Cosa buena. Como que está escrito por Cánovas, *voilà*.

—Sí, sí. Dirá... ya se sabe... todo lo que es de rigor cuando los Reyes destronados quieren que se les franqueen los caminos o los atajos de la restauración.

—Dice... que seamos buenos... *Pardon*... No es eso... Dice que viene a reinar por haber abdicado su mamá, que a todos abrirá de par en par las puertas de la legalidad, o como si dijéramos, que todos entrarán al comedero para llenar el buche, *passez moi le mot*... Y pone más, Tito; escucha: que si al igual de sus antecesores será siempre buen católico, como hijo del siglo ha de ser verdaderamente liberal.

—Dos ideas son esas, *ma cherie*, que rabian de verse juntas. ¿Liberal y católico? ¡Pero si el Papa ha dicho que el liberalismo es pecado! Como no sea que el príncipe Alfonso haya descubierto el secreto para introducir el alma de Pío IX en el cuerpo de Espartero...»

## II

En el tercer entreacto de *Aida*, Leonarda, coincidiendo con mi excelsa Madre, me aconsejó que me pusiese a tono con la situación que se veía venir. Don Alfonso estaba en puerta, aunque otra cosa pensasen los cándidos *provisionales* y los que creyéndose listos andan a tientas por las oscuridades de la vida. Al Gobierno de Sagasta no le llegaba la camisa al cuerpo y se defendía deportando a Filipinas a todos los que juzgaba sospechosos. Sospechoso era el país entero, que pedía orden y paz, metiendo de una vez en cintura a los malditos carcas y a los insurgentes de Cuba. A tan atinadas observaciones, que mi amiga expresaba en lenguaje más llano del que yo uso, agregó luego estos familiares consejos, inspirados en un claro sentido de la realidad: «Cuídate ahora de la buena ropa, porque se ha concluido el reinado de los cursis y de la pobretería. Arrímate a Cánovas, que es el hombre de mañana, y si no tienes medios para hacerte su amigo yo te los proporcionaré. Qué, ¿te asombras? Esta pobre *Lionne*, que te parecerá una *doña Nadie*, tiene hoy un poder que ya lo quisieran más de cuatro.»

Al final de la ópera, entre el tumulto de los aplausos que prodigó el público a Tamberlick y a la Fossa, me dijo Leonarda que por *don Florestán* me avisaría para celebrar una entrevista y ponerme al tanto de los acontecimientos. Despedime cariñosamente de ella y de sus dos amigas, que tengo el gusto de presentar a mis lectores, presagiando que tal vez las encontraremos más tarde en nuestro camino. La una era María Ruiz, menudita y graciosa; la otra Carolina Pastrana, ojinegra, blanca y gordezuela; ambas liadas con alfonsinos de riñón bien cubierto que no debo nombrar porque ya entrábamos en la era de la hipocresía, del mírame y no me toques, y del buen callar, que llamamos Sancho.

Con la mayor parte de los ministros del Gabinete Sagasta tenía yo pocas relaciones. Al presidente no le había visto desde el tiempo de don Amadeo. A Ulloa y Romero Ortiz les trataba superficialmente. Por cierto que este, en su despacho de Gracia y Justicia, adonde fui con una comisión de postulantes gallegos, nos habló del *Manifiesto de Sandhurst* con marcado menosprecio. El único ministro con quien tenía yo franca amistad era el de Fomento, Carlos Navarro Rodrigo, el cual en noviembre me manifestó su proyecto de fundar un gran periódico que defendiera *la pura doctrina constitucional*, contando conmigo para redactor político. ¡A buenas horas mangas verdes!

Una tarde, a fines de diciembre (creo que fue por Inocentes, día más día menos) fui a verle a su despacho de la Trinidad, y me le encontré demudado y tan nervioso que su lengua gorda no articulaba las palabras con la claridad debida. «¿Pero no sabe usted lo que pasa, Tito? —me dijo, anonadándome con su gesto y el aire imponente de su procerosa figura—. Esto es inaudito. Vivimos en un país de locos... Por telegrama de hoy se ha sabido que en Sagunto, el general Martínez Campos ha proclamado Rey de España al príncipe Alfonso. ¿Es esto racional, es esto patriótico?... ¿Qué personalidades del Ejército le han ayudado en su loca empresa? Se habla de Jovellar, de Balmaseda, de los Dabanes, de Borrero; no sé... No sé...»

Acto seguido entraron precipitadamente en el despacho los Directores generales y los secretarios, con sin fin de papelotes que traían a la firma. El ministro, con presurosa mano, garabateaba su testamento. Al despedirme, don Carlos me dijo: «Nuestro periódico se quedará para mejores tiempos. Ahora mismo voy a ver a Serrano Bedoya y a Primo de Rivera, para saber qué determinan el ministro de la Guerra y el Capitán general de Madrid... Esto no puede quedarse así... Algo muy gordo pasará... Quizás no pase nada... Veremos...»

Caviloso me volví a mi casa, y al subir la escalera sentí mi espíritu lanzado a un torbellino de ideas contradictorias. La renovación social y política que se anunciaba ¿era un paso hacia el bienestar nacional o un peligroso brinco en las tinieblas?... Apenas entré en mi aposento me dio la ventolera de ponerme los trapitos de cristianar para salir al visiteo de las personas de pro, obediente a las sabias indicaciones de *Mariclío* y de *Leona la Brava*. Yo me había hecho a la entrada de invierno elegante ropita para andar por el mundo: pantalones de última moda, chalecos vistosos, levita inglesa y un gabán con forros de seda y cuello y bocamangas de piel, que quitaba el sentido. Este rico indumento completábase con espléndido surtido de corbatas, guantes, botas de charol y sombrero de copa *dernière façon*.

Disponiéndome para vestirme busqué mi ropa en la percha y en un armario de Luna que me habían puesto mis patrones para mayor decoro de la estancia hospederil, y busca que te busca, no encontré ninguna de aquellas ricas prendas que me costaron un dineral. Contrariado primero, furioso después, empecé a pegar gritos:

«¿Qué es esto? ¡Don José, Nicanora! ¿Dónde está mi ropa?» No tardó en acudir a mi desesperado llamamiento el filósofo Ido, que trémulo y confuso, me dijo: «Ilustrísimo Señor: llega Vuecencia a su casa trastornado, falto de memoria. Las tres y media serían cuando llamaron a la puerta dos individuos con uniforme, que me parecieron ordenanzas de la Presidencia o ujieres del Parlamento. Venían de parte de Vuecencia por su ropa elegante para vestirse allá, no sé donde...

—Yo no he pedido mi ropa, ¡canastos, mil porras! —exclamé fuera de mí—. Es usted un simple, don José. Se ha dejado usted robar.

—Señor, yo me lo creí porque... verá... A eso de las dos y cuarto me encontré en la calle a ese amigo de Vuecencia... Don Serafín de San José... El cual me dijo que para que don Alfonso venga con más aquel, se quería formar hoy mismo un Ministerio de conciliación y de ancha base, pero muy ancha...

—¡Qué demonio de conciliación ni qué ocho cuartos!

—Conciliación del orden con el desorden, de la libertad con el palo, de Cheste con don Salustiano de Olózaga. Ya ve usted si es ancha la base... Al saber esto y al ver que Vuecencia me pedía su ropa... *Francamente, naturalmente...* pensé que era su Ilustrísima uno de los llamados a componer ese Ministerio, y que tenía que vestirse a escape por mor del juramento y de la toma de posesión...

—¡Qué juramento, que posesión, ni qué cuerno! ¡Señor don Ido del seguro, señor don Ido de la cabeza, basta de enredos y venga pronto mi levita, mi gabán, mi...!

—Excelentísimo señor don Tito —exclamó Sagrario consternado y casi lloroso—. Lo que he tenido el honor de decir a Vuecencia es el mismo Evangelio.

—Déjeme usted de Evangelios, señor mío. Ya empiezo a creer que esto es una broma de los estudiantones de San Carlos que tiene en su casa, los más traviesos, los más alocados, los más pillos, hablando mal y pronto, que hay en Madrid... Esas diabluras de niños mal educados no las tolero yo. Que los aguanten sus padres, que no supieron darles mejor crianza... Y usted, señor don Ido, señor don Dejado de la mano de Dios, usted es responsable de este despojo. Ya verán todos quién es Tito. Esta misma tarde daré parte a la policía y...»

En esto presentose Nicanora, y con tan sinceras y persuasivas palabras confirmó lo dicho por su esposo, que yo quedé perplejo, sin saber qué pensar. El desgaste de energía me llevó a un estado de atontamiento que pronto fue laxitud soporífera. Dije a mis patrones que me dejaran solo, y me tumbé en el sofá, cuyos muelles cortantes habían sufrido aquel verano esmerada reparación... Rumor de misteriosas voces atormentó mis oídos. Otra vez me sentí en poder de los entes invisibles que en ciertas ocasiones de mi vida dirigían a su antojo mi conducta social. Y eran precisamente los espíritus malos, bien distintos de aquellos benéficos protectores que más de una vez endulzaron mi existencia.

De improviso, me hizo saltar en el sofá un anhelo irresistible de echarme a la calle. Y como ya no podía, por falta de la ropa buena, visitar a la aristocracia política, resolví vestirme con un trajecillo raído, añadiendo la capa venerable, astrosa, digna de pasar de mi casa al Rastro, y el hongo abollado que sufrió los rigores del asalto de Cuenca, pues la chistera número dos habíala destinado a medir garbanzos. Iba, pues, como uno de esos cesantes crónicos que todo lo esperan de las algaradas demagógicas. En la calle me sentí populacho, y hube de contenerme para no gritar *¡Abajo Alfonso! ¡Viva la libertad de cultos y el desestanco de la sal!* En mis oídos resonaba la cháchara de los espíritus maléficos, aviesos y burlones. Tal era mi aturdimiento que llegué a desconocer los sitios por donde iba. A menudo recibía empujones de los transeúntes con quienes tropezaba, y en todos ellos creí ver *moderados* o alfonsinos orondos, insolentes, pavoneándose en celebración de su triunfo.

Sin saber cómo ni por dónde, cual cuerpo inconsciente lanzado por el acaso a los laberintos callejeros, llegué a la Travesía de la Parada y a la taberna de Ginés Tirado. Entre los parroquianos que allí mataban el tiempo encontré al maestro de obras Cerrudo, Perico *el de los Mostenses*, el corredor de vinos *Botija*, el churrero *Paja Larga*, el tipógrafo Vicente Morata, Antonio Merino, profesor de esgrima, y otros desaforados patriotas cuyos nombres no recuerdo. Llevome Ginés a una mesa situada en lo más oscuro del establecimiento. Formé ruedo con dos o tres de aquellos puntos, y un aprendiz de medidor nos sirvió de lo añejo. Pedí al tabernero noticias de su hermana Celestina, y me dijo que se hallaba en el piso alto y que le mandaría un recadito para que bajase a verme.

Caía la tarde. Las luces de gas encandilaban mis ojos. Yo bebía sin darme cuenta de las copas que a mis labios llevaba... Sobre mi alma iba cayendo un velo de tristeza desgarrada, por cuyos intersticios veía las caras de los hombrachos que rodeaban la mesa, y oía jirones de una charla política tocante a la *venida de los higos chumbos*, o como dijo *Paja Larga*, del *elemento alfonsino*... En medio de aquellas sensaciones caóticas vi aparecer a Celestina, que se sentó a mi lado. En sus facciones angulosas, huesudas y secas, nariz de tajante caballete, barba muy saliente con cuatro pelos en guerrilla, creí ver la caricatura de un rostro aristocrático. Por la manera de liarse el pañuelo a la cabeza, su parecido con el Dante resultaba perfecto. Saludome con arrumacos y carantoñas, echándome su brazo por los hombros.

Pasado un lapso de tiempo que no sé precisar, Celestina me convidó a comer; accedí; desaparecieron los bebedores; sentáronse a la mesa dos muchachas graciosas y joviales, la una más linda que la otra; sirvieron tortilla con jamón, tajadas de bacalao en el condimento que llaman *soldados de Pavía*, conejo en salsa y bartolillos; todo ello remojado en abundancia con peleón, cariñena, moscatel y caña... Entre un tumulto de risotadas que repercutían dolorosamente en mi cerebro, se nublaron mis ojos, me congestioné, perdí el conocimiento.

Mis sagaces lectores suplirán aquí la mutación de teatro que yo no puedo describir porque no me hice cargo de ella. Cuando empecé a recobrar el sentido me vi en la calle, ¡ay Dios mío!, llevado en vilo por cuatro personas, dos de las cuales me parecieron mujeres. Mis conductores no podían tenerse de risa y hacían chistes a costa mía, burlándose de mi lastimoso estado. Quise hablar y no pude... Caballero lector, prepárate para otra mutación. Sumergido nuevamente en profundo sopor, no me di cuenta de nada hasta que recobré súbitamente mi lucidez, encontrándome en una pobre estancia, tumbado en mísero camastro... En pie, junto a mí, vi dos mujeres: la una era *el Dante*, la otra, la más linda muchacha de las que comieron conmigo en la taberna.

Transcurridos los primeros instantes de estupefacción hablé de esta manera: «Pero Celestina, ¿qué es esto, qué me ha pasado?

—No es nada, señor de Liviano —me contestó la figura dantesca—. Comió usted con gana y empinó más de la cuenta; de aquí que se le fuera el santo al cielo... Se nos quedó usted como difunto y nos dio la gran desazón. Para ver de resucitarle y que recobrara su tino le trajimos a esta casa, que no es la mía, sino la de esta joven, mi amiguita, que aquí vive con su tía Simona. La vivienda no es de lujo, como ve. Pero sí bastante apañada para su comodidad. Aquí puede usted estar todo el tiempo que quiera, hasta que su caletre y sus nervios entren en caja.»

Mostré en cortas palabras mi gratitud, dirigiéndome a la mocita gentil, a quien di, no sé por qué desvarío dantesco, el nombre de *Beatrice*.«No me llamo Beatriz sino Casiana, para servir a usted caballero don Tito —me dijo la graciosa muchacha—. En mi casa está usted seguro y tranquilo. Nadie le molestará.» Como yo tratase de indagar el lugar donde me encontraba, Celestina lo describió de esta manera: «Estamos a la vuelta de la Escalerilla, frente a los Mostenses, en el local donde radicó (vamos al decir) la redacción de *El Combate, aquel papel* donde escribió Paúl y Angulo, de quien se dijo que tuvo que ver en la muerte de Prim. ¡Ay qué gracia, don Tito: está visto que donde quiera que usted va, allí encuentra la Historia!» Con esta frase y otras igualmente donosas se despidió la Tirado, diciendo que era ya más de la una de la noche. Cuando la vi retirarse, después de encarecer a Casiana que me cuidara con la mayor solicitud, creí que salía para dar su acostumbrado paseo por el Infierno y Purgatorio de la *Divina Comedia*.

Solo ya con mi linda guardiana y aposentadora, esta se apresuró a meterme en la cama. Hízome levantar; arregló el lecho con sábanas limpias y buenas mantas; me quitó las botas; me ayudó a desnudarme con todo recato y honestidad; me acostó, arropándome cuidadosamente; puso la luz en lugar donde no me molestara, y sentose a mi lado. Tras de algunas palabras mías de agradecimiento, contestadas por ella de una manera discreta, caí en sueño profundísimo... Desperté muy avanzado ya el día, sintiendo en mi cabeza y en todo mi ser los efectos de la reparación orgánica. Mi cerebro recobraba su lucidez. Yo era yo; me reconocí como el Tito despabilado y clarividente de mis mejores días. Llegose a mí Casianita, risueña y amable, trayéndome una taza de café con leche. Bendiciendo su solicitud, me incorporé para tomar mi desayuno. Apenas puse la taza vacía en las manos de la mozuela, esta se sentó al borde de mi lecho, y con grácil llaneza y sinceridad, me enjaretó este discursillo interesante:

«Ya está usted en mi poder, caballero don Tito, y lo primero que oirá de mi boca es que ya no le suelto. Celestina me dijo anoche: "Ahí te lo dejo, Casiana; asegúralo bien, y haz cuenta de que con ese hombre chiquito, te ha venido Dios a ver. El buen apaño que buscabas, ya lo tienes. No es un cualquiera el señor que te ha caído del cielo, y aunque le ves mal trajeado y alternando con gente de taberna, es como si dijéramos un grande hombre, con *muchisma* influencia y *muchismo* poderío". Yo no valgo nada; pero soy buena, aunque me esté mal el decirlo, sé gobernar una casa y hacer la felicidad de un caballero de circunstancias que no pique muy alto en sus pretensiones. En mí tendrá usted una criada para todo y una mujer fiel que le proporcione paz, alegría y cariño.»

Corté el discursejo pidiéndome antecedentes de su persona y familia. ¿Cuál era su estado, cuál su condición presente? Premiosa, suspirando a ratos y haciendo lindos pucheritos, me dio a conocer los rasgos culminantes de su breve historia. La señora con quien vivía era su tía. De su madre, ausente, poco bueno tenía que decir ¡ay! pues ella fue quien la llevó a la desgracia. Con emoción y vergüenza me suplicó que no la obligase a dar más pormenores de su deshonor y de la maldad de su madre. «En fin, don Tito —añadió resumiendo en precipitadas razones la confesión de sus desventuras—; ya sabe usted quién soy. La pobre Casiana se acoge al buen corazón de usted. Ampáreme, señor, téngame consigo para que mi vida sea menos aperreada y menos afrentosa.»

Confieso que la chica empezó a interesarme y que en mí sentía, con la viva compasión, albores o remusguillos de un afecto incipiente. La muchacha prosiguió: «Puede usted hacer mucho por mí, señor don Tito. Y si quiere hacerlo con reserva, mejor. Con reserva debe ser, porque usted es persona muy alta. Me lo ha dicho Celestina y todos los que estaban en la taberna de Ginés Tirado. Usted vino anoche a la tasca... ¡ya lo sé, ya lo sé yo!... Disfrazado de pobre con una capa vieja, un traje de papel secante y un sombrero que parece un acordeón. Esos disfraces se los pone usted para vigilar a los que conspiran contra el Gobierno y descubrirles todos sus trampantojos. Pero a mí no me la da, que yo le he visto en la calle vestido muy majo, con botitas de charol, gabán de pieles y un chisterómetro reluciente que da la hora...

»Usted se sonríe y me mira con ojos cariñosos —continuó tras una breve pausa— Ya veo que me amparará. Ya no lo dudo... Y lo primero que le pido, don Tito de mi alma, no es que me dé de comer, no es que me vista decentita; lo primero que le pido es que me enseñe a leer y escribir o que me ponga un maestro que me dé lección... porque soy una burra... No entiendo una letra... No sé escribir una palabra... Y el ser una burra, créalo como Dios es mi padre, me mortifica tanto, no, me mortifica más que el no ser mujer honrada. ¡Ay... Cuando yo le cuente cómo ha sido la infancia de esta pobrecita Casiana, se espantará usted!... De los cinco a los diez años anduve por las calles, descalza, con un ciego que tocaba la bandurria. Largo tiempo pasé durmiendo en un banco sin más abrigo que unos trapajos indecentes. El abandono en que me tenía mi madre no se cuenta en un año. Me alquilaba para pedir limosna con mendigos asquerosos y borrachines.»

# III

Las ingenuas declaraciones de Casianilla, infeliz pájara vagabunda y analfabeta, me interesaban más a cada instante, y su afán de aprender a leer y escribir despertó en mí los más puros sentimientos de tierna simpatía. Cuatro días permanecí en aquella casa bien alimentado, bien servido, *como fuera Lanzarote— cuando de Bretaña vino.* Suavemente, por naturales atracciones y accidentes circunstanciales, fuimos entrando la mozuela y yo en franca intimidad. La tía de Casiana, Simona, era una mujer tan avezada al trabajo casero que ni un momento daba paz a sus manos bastas, así en la cocina como en el barrido y fregoteo de las humildes habitaciones. Cuando ya me encontraba restablecido y en disposición de salir a la calle, Casiana, infatigable y hacendosa, me arregló la capa disimulando con hábil aguja los sietes que la deslucían, y adecentando a fuerza de bencina y cepillo mi desdichada ropa. En medio de estas faenas solía presentársenos de improviso *El Dante*, para darnos buenos consejos y señalarme con profética autoridad la conveniencia de recobrar mi alta posición.

Por fin, la vaciedad de mis bolsillos que en aquella ocasión pedía inmediato remedio, me lanzó a las calles, llevando conmigo a la que ya conceptuaba como inseparable compañera. Réstame decir que en el período de mi corto encierro acabaron los agitados días del año 74 y empezaron los de su sucesor. Estábamos, pues, en los infantiles comienzos del 75, entre la Circuncisión y los Santos Reyes, cuando Casiana y este humilde cronista atravesábamos medio Madrid alegremente y cogiditos del brazo, para dirigirnos a la portería de la Academia de la Historia, donde esperaba encontrar, con noticias frescas de la Madre, los dineritos que tanta falta nos hacían... No me engañó el corazón. Puso la portera en mis manos el paquete, diciéndome: «Feliz año, don Tito», y salimos mi amiga y yo, no diré que brincando de alegría, pero poco menos. Propuse a Casiana que bajáramos al Prado para descansar y leer detenidamente la carta de mi Madre. Así lo hicimos, y sentaditos en el escaño de la verja del Botánico, me consagré a leer, con el debido respeto y devoción, la carta de *Mariclío* que así decía.

«Para que te vayas enterando, mi buen Tito, te mando estos apuntes producto de mi observación directa en los risueños lugares de Levante. Días ha encontrábame yo en las ruinas del teatro romano de Murviedro, rememorando la espantosa ocasión de la caída de la heroica Sagunto en poder del furioso Aníbal, cuando mi fiel criada *Efémera* me trajo el aviso de que en el caserío llamado de *les Alquerietes* ocurría un suceso, que no por previsto era menos interesante para mí. Volando fuimos allá *Efémera* y yo, y vimos numerosas tropas del Ejército del Centro formadas en cuadro. Frente a ellas, el general Martínez Campos, rodeado de brillante Estado mayor, pronunciaba con ronca elocuencia un militar discurso, comenzado con negra pintura de los males de la Patria y concluido con proponer la panacea de su invención, la cual era proclamar Rey de las Españas al joven príncipe Don Alfonso.

»Yo vi a Martínez Campos el 27 de diciembre por la noche, cuando llegó a Sagunto en una tartana, acompañado del teniente Domínguez. Estábamos él y yo en la misma posada. Ya sabes que aprecio mucho a este general, reconociendo en él cualidades de bravo militar y honrado caballero. Me ha dolido verle metido en este enredo. Si la Restauración era un hecho inevitable, impuesto por fatalismo histórico, los españoles debían traerla por los caminos políticos antes que por los atajos militares. Cánovas opinaba como yo, y al fin ha tenido que doblar su orgullosa cerviz ante la precipitada acción de las espadas impacientes.

»Al tanto estaba yo de lo que tramó don Arsenio en el Ejército del Centro, antes de irse a Madrid; de la misión que llevó a la Corte el comandante Aznar, de las conferencias que tuvo con Martínez Campos, y de la clave convenida para que este viniese a dirigir y encauzar el movimiento. La clave telegráfica, que pasó por mis manos, decía: *naranjas en condiciones*. Las primeras tropas que se unieron al general para dar *el grito* fueron las que mandaba el teniente coronel Aragón, jefe de la reserva de Madrid. Las demás no tardaron en agregarse.

»Con mis propios ojos vi al general Martínez Campos, la noche que llegó a Sagunto, escribir tres cartas que mandó a su destino con el comandante Salcedo. El sobre de una de ellas decía simplemente: *Brigada Laguardia. Villarreal*. La segunda carta iba dirigida a don Pablo Corral, teniente coronel de la misma Brigada. Y la tercera al coronel Borrero, jefe del Regimiento de la *Constitución*, que se hallaba en Castellón de la Plana. Tras el emisario mandé a *Efémera*, hija del Tiempo, educada por Eolo, y yo me fui a dar una vuelta por Valencia, para ver lo que allí pasaba. Cuando me reuní con *Eféme-*

*ra* dejé a esta al cuidado de lo que ocurriera en Villarreal y volé a Castellón, donde observados directamente los actos y palabras del general Jovellar que mandaba uno de los Cuerpos de Ejército del Centro, comprendí que la Restauración era ya un hecho, y que por la vulgaridad de aquellos sucesos, la Historia no debía precisar pormenores que carecían de todo interés.

»Apunta, hijo, apunta en media página el resumen de las directas observaciones de tu Madre. Ayudaron a la fácil traída de don Alfonso los hermanos don Luis y don Antonio Dabán, Borrero y don José Bonanza, el jefe de Estado mayor brigadier Azcárraga; el teniente coronel Aragón, los comandantes Aznar y Salcedo, y casi todos los jefes y oficiales de la Brigada Laguardia y del Cuerpo de Ejército mandado por Jovellar. *Efémera* y yo nos reíamos de la llaneza ramplona con que en España se desarrollan y se redondean estas revoluciones pacíficas que llaman pronunciamientos. El de Sagunto fue una comedia, *El juego de las cuatro esquinas*, representada en un escenario de algarrobos.

»Y por último, no olvides que entramos en una época de buenas maneras, distinción y elegancia. Ya *se llevan* los chalecos de fantasía y los botines blancos.

»Adiós, muñeco mío. Ten juicio. Si no te escribo ni me ves, sabrás de mí por la veloz *Efémera*.»

Afirmándome en la resolución que tomé apenas recibidos los dineros y la cartita, cogí por un brazo a Casiana y nos fuimos a mi mansión hospederil. Grande fue la sorpresa del matrimonio Ido al verme entrar con la bonita res que había cazado en mi ausencia de cinco días. Acostumbrados a mis extravagancias y a la presteza genial con que yo emprendía y realizaba las amorosas conquistas, mis patrones suprimieron toda indiscreta pregunta. Adelanteme yo a satisfacer su curiosidad, diciéndoles en tono que excluía todo comentario: «Esta señorita que traigo de la mano vivirá conmigo en esta misma habitación o en otra muy próxima. Prepare usted, Nicanora, una buena cama y los muebles más decorosos que haya en la casa.» Y tirando del paquete que acababa de recibir saqué el fajo de billetitos y puse dos en manos de mi patrona, diciéndole: «Ordeno y mando que esta señorita y yo comeremos en nuestras habitaciones, apartados de la turbamulta de estudiantillos alborotadores y zaragateros. Cobren mis atrasos si los hubiere.

Abriremos la mano en el dispendio, pues como ustedes saben, vienen tiempos en que las personas han de ser estimadas según su prestancia y el tono que se den al presentarse en el escenario social.»

Cuando esto decía, miré a la percha, abrí el armario de Luna, y vi con asombro y júbilo que toda mi ropa buena había vuelto a los colgaderos donde estuvo antes de su inexplicable desaparición. Antes que yo pidiera explicaciones de aquel prodigio, el filósofo don José pronunció estas solemnes palabras: «Excelentísimo Señor: los mismos ordenanzas galonados que se llevaron la ropa, la trajeron a los dos días, intacta y sin el menor deterioro.

—Vamos, lo que yo pensé: un bromazo de los pícaros escolares.

—Dispénseme, Ilustrísimo Señor; no está en lo cierto. La broma, según he podido yo entender por mis cálculos políticos, fue de don Antonio Cánovas, que aquel día tenía gran interés en que Vuecencia no se pusiera al habla con don Práxedes Mateo Sagasta, ni con el Capitán general de Madrid, señor Primo de Rivera.

—Bien podrá ser —dije yo con fingida seriedad—. Me maravilla, señor Ido, su descomunal *pesquis* y la justeza de sus puntos de vista, así en lo privado como en lo público. Y ahora, querido, ordene usted que nos sirvan a la señora y a mí un suculento almuerzo.»

Mientras almorzábamos, por cierto con soberano apetito, solté el chorro de mi locuacidad sobre el buen Ido del Sagrario, que ceremoniosamente nos servía. «Don José de mi alma —le dije—. Voy a encomendar a usted una misión, en cierto modo sagrada, que no dudo desempeñará cumplidamente por ser usted tan cuidadoso patrón como ilustrado pedagogo. Esta joven, cuyo nombre es *Casiana de Vargas Machuca* y procede de una de las más ilustres familias españolas, ha venido a ser mi compañera por una serie de lamentables desdichas que no es oportuno referir. En edad crítica para las niñas, entre los trece y catorce años, padeció una terrible enfermedad de cerebro. ¡Ay don José! Casi milagrosamente escapó con vida de aquella hondísima crisis. Pero perdió en absoluto la memoria de cuanto aprendiera en la niñez. Aquí la tiene usted modosa, dulce, cortita de genio, dotada de toda la perspicacia compatible con su inocencia. Mas le falta... le falta... En fin, ilustre amigo: Casiana no sabe leer ni escribir.»

Asombrado quedó mi patrón, y brindose como viejo maestro de escuela a reparar en corto tiempo la *deficiencia educativa de la señorita de Vargas Machuca*. «Esta misma tarde —le dije yo— proveeré a usted de fondos para que compre una *Cartilla*, el *Catón*, el *Fleury*, el *Juanito*, papel de escribir, pizarra, y todo lo que sea menester para la primera enseñanza. La enfermedad quitó a la niña la memoria, pero le dejó su talento natural, y con tan buen maestro como usted recobrara en un periquete la sabiduría que perdiera.»

Muy orondo y como las propias mieles se puso el bueno de Ido. No veía ya las santas horas de dar comienzo a su faena educativa. Cuando nos quedamos solos, Casiana, soltando la risa, me dijo: «¡Ay, Tito, qué graciosos embustes le has metido! ¡Vaya con decirle que me llamo *Vargas Machaca*, cuando mi apellido es Conejo!

—Y mañana le diré que por la línea materna eres Imón de la Mota, y que te corresponde el título de baronesa de Canillas de Aceituno, con sus miajas de grandeza de España.»

—En el mismo tono de amable socarronería seguimos departiendo largo rato, y a media tarde, adecentándome un poco sin llegar a ponerme los atavíos señoriles, nos fuimos a la calle. Deseaba yo ponerme al habla con algunos amigos para enterarme de todo lo actuado políticamente en los días de mi eclipse. Estuvimos en el café de Venecia y en el de San Sebastián, donde solo encontré a dos amigos periodistas, Fabriciano López y Mateo Carranza, que habían hecho campañas furibundas en la prensa avanzada durante los pasados días, y a la sazón dejaban traslucir su movible criterio con estas o parecidas manifestaciones: «Nosotros, a la chita callando, hemos infiltrado el alfonsismo en toda España.»

Imitando la flexibilidad de sus conciencias, les presenté a Casiana como una prima mía de grandes conocimientos pedagógicos, que había llegado de Cuba con la noble aspiración de ocupar una plaza en la Escuela Normal de Maestras. Subiéndose a la parra y poniéndose muy hueco, ofreció Carranza su influencia para colmar los deseos de la ilustrada joven, pues era muy amigo del nuevo Director de Instrucción Pública y esperaba tener un puesto preeminente en las oficinas del Ramo.

Por Fabriciano y Mateo adquirí frescas noticias del raudo cambio de situación que mi Madre llamaba *gozne o doblez histórico*. Apenas comprendieron

Sagasta y sus ministros que al pronunciamiento de Sagunto se adhería con blanda unanimidad toda la fuerza militar del Centro y del Norte, se apresuraron a retirarse por el foro cantando bajito. Se hizo la pamema de detener en el Gobierno civil al imponderable don Antonio Cánovas, el cual pasó algunas horas en el despacho del gobernador señor Moreno Benítez, obsequiado por este, y recibiendo plácemes, mimos y reverencias de innumerables *hombres públicos*, arrimados temporalmente a un Sol que alumbraba antes de nacer. Don Emilio, amigo de Cánovas, le envió al Gobierno Civil una cama para que descansase cómodamente en su breve cautiverio. Por tal fineza, el ilustre malagueño favoreció después a su amigo con rápidos adelantos en la carrera de la Magistratura.

Al día siguiente, si no estoy equivocado, después de un fugaz e ilusorio poder omnímodo del Capitán general de Madrid, Primo de Rivera, se constituyó la indispensable Junta con figuras culminantes del alfonsismo. Poco después, *maese* Cánovas, como quien cambia los títeres de un retablo, compuso en esta forma el llamado Ministerio Regencia: *Presidencia:* Cánovas. —*Estado*: don Alejandro Castro. —*Gracia y Justicia*: don Francisco Cárdenas. —*Hacienda*: Salaverría. —*Guerra*: Jovellar. —*Marina*: Molins. —*Gobernación*: Romero Robledo. —*Fomento*: Orovio. —*Ultramar.* Ayala.

Prosigo ahora mi cuento mezclando sabrosamente lo personal con lo histórico. Sabed, lectores míos, que Casianita dio comienzo a sus lecciones con ardiente entusiasmo, y que el docto profesor, contentísimo de las aptitudes y aplicación de su discípula, aseguraba que pronto leería de corrido y que sus adelantos habrían de ser prodigiosos. Como la señorita de *Vargas Machuca* deletreaba mañana y tarde, y gustaba de emplear el resto del día ayudando a Nicanora en la cocina y en los trajines de la casa, yo salía solo a recorrer el mundo.

Una tarde, Felipe Ducazcal me llevó al Círculo Popular Alfonsino, hervidero de pretendientes al sin fin de plazas que brindaba la Restauración a los españoles necesitados. Allí me encontré a Carranza, que ya se había colado en la Dirección de Instrucción Pública; a Modesto Alberique, que andaba tras una secretaría de Gobierno de provincias; a don Francisco Bringas, que, bien asegurado en Fomento por la protección de Orovio, brindaba sus influencias a la gentuza advenediza; a *don Florestán de Calabria*, que del empleo escribientil que tenía en el Círculo, quería saltar a una plaza de la Calcografía Nacional.

Entre los que vendían protección me topé con Telesforo del Portillo *(Sebo)*, colocado ya en un buen puesto del Gobierno Civil, a las órdenes del secretario don Federico Villalba. Serafín de San José había sido llevado al Ayuntamiento por el nuevo alcalde, conde de Toreno. Mi amigo Fabriciano López, a quien yo había conocido largos años en la intimidad de Llano y Persi, Felipe Picatoste y el marqués de Montemar, progresistas de abolengo, tenía ya labrado un nido en la Secretaría de la Presidencia, donde estaban colocados Carlos Frontaura, Lafuente, Fernández Bremón y el joven Esteban Collantes. También encontré allí al simpático Vicente Alconero, que no iba ciertamente al olor de los destinos, sino por pasar el rato. De la conversación que con él sostuve, saqué la sospecha de que tenía puestos los puntos al acta de diputado por el distrito de La Guardia.

Se me olvidaba consignar... y no extrañéis el desorden de mi cabeza, pues ya sabe mi parroquia que yo endilgo mis cuentos brincando locamente de idea en idea... Olvidé referir, digo, que el día 2 de enero del 75 salieron de Madrid los individuos designados para traer al Rey Alfonso de las lejanas tierras donde se encontraba. Componían dicha Comisión el marqués de Molins, los condes de Valmaseda y Heredia Spínola, y don Ignacio Escobar, director de *La Época*, todos hombres muy serios y de encopetada representación para el caso. Una de las primeras medidas del Ministerio Regencia fue suspender a rajatabla los siguientes periódicos: *El Imparcial, El Pueblo, El Correo de Madrid, La Bandera Española, El Cencerro, La Prensa, El Gobierno, La Iberia, La Igualdad, El Orden, La Civilización* y *La Discusión*.

Habituado a la lectura matinal de mis periódicos favoritos, el vacío de prensa me causaba tristeza. A Casiana le tenía sin cuidado que no entraran *papeles* en casa, porque *le estorbaba lo negro,* y además, le sabía mal que pasara yo largas horas agarrado al *Imparcial* o al *Pueblo.* Cada día se metía más en las honduras del *Catón,* y sus ocios los consagraba, con no menor celo, al trabajo físico. Una mañana me la encontré en la parte interior de la casa, fregando los suelos, de rodillas, con los brazos al aire y las manos moradas de tanto darle a la bayeta. Como rasgo característico de su feliz adaptación a la nueva vida, contaré que los estudiantillos de San Carlos solían acosar con bromas de mal gusto a mi hacendosa compañera; pero esta les contestaba en breves y agrias razones, y si ellos insistían, refrenaba sus audacias a bofetada limpia.

A menudo era visitada Casiana por su tía Simona, y cuando la encontraba en el trajín de sus lecciones, permanecía la pobre mujer pasmada y muda cual si presenciase un acto milagroso. Analfabeta era también Simona, de las empedernidas e incapaces de enmienda, por causa de su edad. Se consolaba mentalmente admirando el fervor de la muchacha, y la paciencia del escuálido maestro que le iba metiendo en la cabeza tanta sabiduría. Terminada la lección, tía y sobrina salían hablar de sus conocimientos y relaciones.

Refiriéndose a Celestina Tirado, aseguró un día Simona haber descubierto que la hermana del tabernero Ginés tenía trato con los demonios; vivía en sociedad con una tal *Grosella*, italiana o cosa así, y ganaban la mar de dinero adivinando lo que no se ve y curando con bebedizos a los desamorados. A lo mejor se iban por los aires en busca del *Gran Cabrío* para celebrar las misas demoniacas. Desde que Celestina andaba en estos trotes se le había puesto la cara más huesuda y le habían salido en la barbilla, en la nariz y en las orejas unos pelos largos y feos.

Una tarde, solos Casiana y yo en nuestra habitación, platicábamos sobre lo mismo. Mostrábase mi amiga incrédula de las cosas sobrenaturales que su tía le contaba. Sostenía que eso de las almas del otro mundo que vienen al nuestro no tiene realidad más que en los cuentos de viejas. Díjele yo que existen verdades y fenómenos fuera de la acción de nuestros sentidos; que no debemos rechazar en absoluto en contacto de nuestro mundo con otros lejanos o próximos, aunque invisibles... y estando en estas amenas divagaciones vi que entraba en la estancia una imagen, una persona, una mujer, sin que precediera el tintín de la campanilla, ni anuncio ni aviso alguno. Di algunos pasos hacia la extraña visitante, y antes que yo le preguntara si en mi busca venía, oí su voz melodiosa que así me dijo: «¿No me conoce, señor don Tito? Soy *Efémera*, la mensajera de su divina Madre.»

# IV

La recadista de mi Madre era una figura estatuaria, vestida con luengo túnico negro algo transparente... El estupor me cortó la palabra. Pero con instintivo movimiento traté de reconocer si era real o quimérico el bulto de aquella singular aparición. Al tocar con mi mano su hombro sentí la dureza y el frío del mármol, y vino a mi memoria lo que me aconteció en la fonda de Tafalla una mañana, cuando llamó a mi puerta con dedos de piedra una figura, que si no era la misma que delante tenía, se le asemejaba mucho. «Ya sé quién es usted —dije balbuciente—. En Tafalla... ¿se acuerda?

—Sí; me acuerdo —respondió ella con voz dulce y queda, sonriendo—. Yo fui la que llevó a usted un recado de mi santa Señora, en Tafalla, sí... Cuando hicieron honras fúnebres al general Concha antes de traer acá su cadáver... y ahora vengo otra vez de parte de *Mariclío*.

—¿Me trae usted carta?

—No, don Tito. El mensaje de hoy es verbal y se lo comunicaré a usted en pocas palabras. La que todo lo ve y lo sabe, ha dispuesto que su fiel muñeco... perdone si le doy este nombre cariñoso... Se prepare para ir a visitar a don Antonio Cánovas.

—Pero yo no soy amigo de ese señor. No le he tratado nunca.

—¿Y qué importa? Yo tampoco le trataba, y hace días hablé con él como hablo ahora con usted... Ya sabe lo que dice don Antonio: que *ha venido a continuar la Historia de España*.

—Pues iré, iré. Pero no sé qué pretexto buscar para introducirme, para pedir audiencia...

—No se inquiete por eso. Es fácil, casi seguro, que el propio presidente le abra a usted camino llamándole a su despacho.»

Diciendo esto saludome con ligero movimiento de cabeza y dio media vuelta para retirarse. Salí yo tras ella pasillo adelante. En el recibimiento la despedí con expresiones inefables de gratitud y ternura: «Adiós, *Efémera*. Gracias, *Efémera*... ¡Bendita sea mi Madre que te ha mandado a mí, bendita tú que me traes un destello de su mente divina!...» No conservo memoria de haber abierto la puerta. La visión salió no sé cómo ni por dónde... Tampoco sentí el sonido de sus pies de mármol bajando la escalera...

Al volver a mi estancia, vi que Casiana, reclinando su cabeza en el respaldo del sofá, estaba como adormecida. Al llegar yo a su lado se despabiló y me dijo: «Tito, tú hablabas aquí con alguien. ¿Quién era?

—No te asustes. Era una señora, una tal *Efémera*, que vino a traerme un recado.

—¿Cómo dices que se llama? ¿Efe...?

—*Efémera*, nombre que quiere decir la historia de cada día, el suceso diario, algo así como el periódico que nos cuenta el hecho de actualidad.

—¡Ah... ya! ¿De modo que esa *doña Femera* viene a ser un periódico vivo que no dice las cosas escritas sino habladas?

—Justo, así es. ¡Oh, Casianilla, tú tienes mucho talento y todo lo comprendes!»

Desde aquella tarde no se apartó de mi mente la idea de que don Antonio me llamaría para echar un parrafito conmigo. ¿Era verdad el anuncio que me trajo la vagarosa *Efémera*, o era un artilugio de los espíritus familiares que a ratos venían a divertirse con el pobre Tito?

Mientras llegaba la ocasión de salir de dudas, Casiana y yo matábamos el tiempo acudiendo a presenciar todo suceso pintoresco que el flamante reinado nos ofrecía. Un luminoso día de enero se puso Casiana el más decente de sus vestiditos, yo la pañosa con embozos de terciopelo carmesí que adquirí con los dineros de la Madre, y nos fuimos al Prado a presenciar la entrada del nuevo Monarca.

Había yo visto el solemne paso procesional de adalides revolucionarios victoriosos, o de reyes y príncipes que venían a traernos la felicidad, y calculaba que todas estas entradas aparatosas eran lo mismo *mutatis mutandis*: gran gentío, apreturas, aplausos, un punto más o un punto menos en el diapasón de los vítores, la chiquillería subida a los árboles, y los balcones atestados de señoras que sacudían sus pañuelos como espantando moscas. En algunos casos hubo también soltadura de palomitas que volaban despavoridas, huyendo del popular entusiasmo.

Una procesión de carácter bien distinto, tétrica y desesperante, y que marchaba en sentido inverso, dejó en mi alma impresión hondísima: la salida del cortejo fúnebre de Prim para el santuario de Atocha. Señaló una coincidencia que me resultó irónica: en el mismo sitio donde vi la entrada de don

Alfonso de Borbón había visto pasar el entierro del grande hombre de la Revolución de septiembre, que dijo aquello de *jamás, jamás, jamás*.

Entró el Rey a caballo. Vestía traje militar de campaña, y ros en mano saludaba a la multitud. Su semblante juvenil, su sonrisa graciosa y su aire modesto le captaron la simpatía del público. En general, a los hombres les pareció bien; a las mujeres agradó mucho. Al subir don Alfonso por la calle de Alcalá, el palmoteo y los vivas arreciaron, y en los balcones aleteaban los pañuelos de un modo formidable. Tras el Rey marchaba un Estado mayor brillantísimo. Lo que más gustó a Casiana, según me dijo, fue el juego de colorines de las bandas con que se adornaban los señores cabalgantes a la zaga del Soberano barbilampiño. Igualmente me preguntó si aquellos caballeros tan majos y revejidos eran generales, y si el Rey jovencito les mandaba a todos. Después contempló embelesada el paso de los coches en que iban los ministros y el alto personal palatino, cargados de plumachos, galones y cruces, y quiso saber si aquellos pajarracos eran también marimandones; a lo que yo contesté: «Todos los que ves vestidos de máscara mandan; pero más que ellos mandan sus mujeres y otras tales, esas que están encaramadas en los balcones, y algunas que andan por aquí.»

En esto sentí que una mano enguantada me tiraba de la oreja. Volvime y me encontré frente a *Leona la Brava*, que iba con una de sus amigas del Teatro Real, Carolina Pastrana. Tras un rápido saludo, Leonarda me dijo atropelladamente: «Que tienes que ir a ver a don Antonio Cánovas; pero pronto, pronto. Hoy te mandé una cartita con el de *Calabria*. Si no la has recibido, en tu casa la encontrarás. En ella te digo que si don Antonio no te llama, no faltará un amigo que te lleve a su presencia.»

Antes que yo pudiera contestar, *Leona* se fijó en Casiana, requiriendo trato con expresiones francas, afectuosas: «¡Ah! esta es la muchachita que has pescado en el río revuelto de tu vida. Es linda de veras. Parece buena chica y tú estás muy contento con ella... Todo lo sabemos Tito, y no tienes que guardar misterio con nosotras.»

Intervino entonces la Pastrana, diciendo con bondadoso acento: «¡Oh! Nos han dicho que es una gran profesora, que es punto fuerte en el arte de enseñar.

—¿Sabe francés? —interrogó *La Brava* interesándose por mi amiga.

Con monosílabos balbucientes intentó Casiana formular una contestación, y yo acudí en su auxilio, respondiendo por ella: «Todo lo sabe. Pero es tan tímida que no se explicará bien hasta que tome confianza.

—Quedamos en que visitarás al jefe —saltó *Leona*, presurosa por seguir su camino—. Si el grande hombre te ofrece una posición, tú harás un poquito de coqueteo y melindre, y acabarás por aceptar, quedando muy satisfecho, *ça va sans dire*.»

Con poco más de una parte y otra terminó el coloquio, siguiendo las dos mujeres hacia la Cibeles. Ya los soldados que cubrían la carrera formaban en columna de honor para el desfile. Las voces de mando, los toques de clarín y corneta, daban al nuevo cuadro la brillante animación ruidosa que tanto agradaba al pueblo de Madrid. Las masas de curiosos se arremolinaban, buscando salida por una parte y otra. Nos corríamos hacia la fuente de Neptuno queriendo ganar la Carrera de San Jerónimo, cuando Casiana, atormentada por una idea, me habló de este modo: «Dime, Tito, ¿aquellas mujeres son damas o qué?

—Damas son, querida; pero de esas que llaman *de las Camelias*.

—Pues, según me han dicho, la dama *de las Camelias* era tísica, y estas no están enfermas del pecho: chillaban como demonios.

—Los tísicos son ellos.

—Y dime otra cosa, Tito: los hombres de esas mujeres ¿son los que iban antes en coche, con plumachos y requilorios dorados?

—Sí, hija mía. Uno de ellos llevaba casacón bordado con muchos ojos; el otro, casaquín, llave de oro, calzón corto y media de seda.

—Y los que visten de esa manera ¿son duques o Marqueses?

—En algunos casos, sí. En otros son jefes superiores de Administración, Gentiles-hombres, o se les designa con diferentes motes muy bonitos.

—Pues, según dice Ido, tú lucirás pronto si quieres todas esas garambainas, y estarás muy guapo.

—No te digo que no. Cuando se pone el pie en el pórtico de este mundo que hoy has visto, nadie sabe a dónde podrá llegar.

—Otra cosa, Tito —dijo Casiana rasgando su linda boca en franca risa—. ¿Llegará un día, no digo que mañana ni pasado, un día del tiempo venidero, en que tú y yo seamos también marqueses, jefes de la Sagrada Administración o personas gentiles de las llaves doradas?

—¡Ya lo creo que podrá ser! Muchos han pasado por aquí que subieron del lodo a las cimas.

—Ahora vuelvo a mi tema: aquellas mujeres guapas que nos hablaron antes ¿también mandan?

—¡Que si mandan! Más que el Rey. Más que nadie. En muchas ocasiones son ángeles tutelares que reparten la felicidad entre los ciudadanos.»

Mirome Casiana con espanto, abierta la boca, y yo me apresuré a cerrársela con estas maduras reflexiones: «En la procesión que ha pasado frente a nuestros ojos, multitud engalanada rebosando satisfacción y alegría, has visto el mundo de los pudientes, de los administradores, mayordomos y capataces de la cosa pública, mecanismo cuyas piezas mueven las cosas privadas y todo el tejemaneje del vivir de cada uno. ¿No lo has entendido, verdad? Pues te lo diré más a la pata la llana. Lo que hemos visto es el familión político triunfante, en el cual todo es nuevo, desde el Rey, cabeza del Estado, hasta las extremidades o tentáculos en que figuran los últimos ministriles; es un hermoso y lucido animal, que devora cuanto puede y da de comer a lo que llamamos pueblo, nación o materia gobernable.

»Sabrás ahora, mujercita inexperta, que los españoles no se afanan por crear riqueza, sino que se pasan la vida consumiendo la poca que tienen, quitándosela unos a otros con trazas o ardides que no son siempre de buena ley. Cuando sobreviene un terremoto político dando de sí una situación nueva, totalmente nueva, arrancada de cuajo de las entrañas de la patria, el pueblo mísero acude en tropel, con desaforado apetito, a reclamar la nutrición a que tiene derecho. Y al oírme decir pueblo ¡oh Casiana mía! no entiendas que hablo de la muchedumbre jornalera de chaqueta y alpargata, que esos, mal o bien, viven del trabajo de sus manos. Me refiero a la clase que constituye el contingente más numeroso y desdichado de la grey española; me refiero a los míseros de levita y chistera, legión incontable que se extiende desde los bajos confines del pueblo hasta los altos linderos de la aristocracia, caterva sin fin, inquieta, menesterosa, que vive del meneo de plumas en oficinas y covachuelas, o de modestas granjerías que apenas dan para un cocido. Esta es la plaga, esta es la carcoma del país, necesitada y pedigüeña, a la cual ¡oh ilustre compañera mía! tenemos el honor de pertenecer.»

Cerró Casiana su linda boca en el curso de mi perorata y luego, con grandes suspiros, expresó que iba entendiendo y lamentando la pintura que yo le hacía de nuestra sociedad. Tomado un breve respiro, proseguí: «En todo tiempo, y más aún cuando ocurren cambios de situación tan radicales como el que estamos viendo, la caterva de menesterosos bien vestidos, agobiada de necesidades por el decoro social de los señoritos y los pujos de elegancia de las señoras y niñas, cae como voraz langosta sobre el prepotente señorío engalanado con plumas, cintajos, espadines, cruces y calvarios, porque esa casta privilegiada es la que tiene en sus manos la grande olla donde todos han de comer. Aquí la industria es raquítica, la agricultura pobre, y los negocios pingües solo fructifican en las alturas. La turba postulante se agarra a todas las aldabas, llama a todas las puertas, tira de los faldones de los personajes empingorotados, pide auxilio con discretos tirones a las mujeres legítimas de los tales... y a las que no son legítimas. Ya irás comprendiendo, Casianilla, el manejo que se trae la inmensa tribu de desheredados, y la misión benéfica que desempeñan, en algunos casos y a hurtadillas, las dos mujeres guapas con quienes hemos hablado hace un ratito.»

Terminé diciéndole, en forma que ella pudiera entenderlo, que España era un país algo comunista. Por los canales contributivos venía todo el caudal a la olla grande, de donde salía para repartirse en mezquinas raciones entre el señorío paupérrimo de la flaca España. «He dado el nombre de olla grande —añadí— a lo que en lenguaje político llamamos Presupuesto.

—¡Virgen de la Paloma! —exclamó Casiana con risueña espontaneidad—. Pues yo te digo ahora, Tito de mi alma, que seremos los bobos de Coria si no metemos nuestra cuchara en ese bendito *porsupuesto*.»

Subíamos por Medinaceli y San Antonio del Prado, camino de nuestra casa, cuando pasó ante mí la fantástica *Efémera*, cual visión rápida que fue a perderse entre los altos abetos que rodean la estatua de Cervantes. Con ella iba otra mujer, vestida también de flotante y negro túnico. ¿Era *Graziella*? No puedo asegurarlo. Solo diré, que en su rauda fulguración de relámpago, las dos mágicas figuras lanzaron hacia mí una mirada insinuante, cariñosa... Y no hubo más.

40

El rigor cronológico, al cual inútilmente quiero acomodar la serie de mis históricos relatos, me ordena referir que en la tercera semana de enero del 75 se me presentó Fabriciano López, quien como sabéis ya tenía un puesto en las oficinas de la Presidencia. Según me indicó, estaba yo en la lista de las personas que don Antonio Cánovas citaría para ser recibidas en el despacho presidencial. Ignoraba la fecha en que me tocaría la vez; y como al propio tiempo me dijera que en las covachuelas de la calle de Alcalá tenían su abrigado albergue algunos funcionarios de la clase de literatos y periodistas, todos amigos míos, allá me fui con Fabriciano, movido del deseo de tantear el terreno en previsión de lo que pudiera suceder.

En la hospedería burocrática de la Presidencia me encontré a don Carlos Frontaura, ameno y regocijado escritor satírico, creador de *El Cascabel*, el periódico más divertido y chusco que hizo las delicias de la burguesía matritense en aquellos lustros; a Campo Arana y Puente y Brañas, autores de comedias y zarzuelas que tuvieron sus días de aura popular; al excelente y hábil periodista Pepe Fernández Bremón, que durante un cuarto de siglo mantuvo después su acreditada firma en *La Ilustración Española y Americana*.

Por mi primera visita entendí que en el asilo presidencial no eran grandes los quehaceres de los buenos muchachos que allí tenían cómodo acogimiento: unos leían periódicos, otros tertuliaban entre el humo de los cigarrillos; iban y venían de una parte a otra, pasándose de mano en mano papeles con trabajos vagamente iniciados. Todo indicaba la plantación de un árbol burocrático que pronto daría flores y quizá algún fruto.

Largo rato permanecí en aquella feliz Arcadia, oyendo el tañido de la ociosa zampoña pastoril. Fabriciano y Fernández Bremón lleváronme al despacho del Subsecretario, Saturnino Esteban Collantes, y a él me presentaron. Era un joven discreto y afable, hijo del famoso político del antiguo régimen don Agustín, nombrado a la sazón ministro plenipotenciario en Portugal. En la breve conversación que tuve con el Subsecretario, adquirí la certidumbre de que mi nombre figuraba en la lista de los presuntos visitantes de Cánovas. Pero el presidente estaba muy atareado en aquellos días... Ya se me avisaría la fecha de la entrevista.

Una larga semana tardó en llegar el aviso. En cuanto lo recibí me puse la levita y las demás prendas *de vestir*, me encasqueté la *bimba* y ¡hala! a la Presidencia. Mediano rato me tuvo Esteban Collantes en su despacho, esperando que salieran varios señores que estaban dándole la jaqueca a don Antonio. Eran unos comisionados de Málaga, un cacicón murciano, y el caballero de reluciente calva y maneras elegantes a quien vi en las butacas del teatro Real la noche del estreno de *Aida*, hallándome en delantera de palco por asientos junto a *Leona la Brava*.

Despejado el terreno pasé yo, y atravesando el salón donde se reunía el Consejo de ministros, llegué al despacho del presidente. A muchos personajes de primera magnitud política había yo visitado en mi vida; pero ninguno me causó tanta cortedad y sobresalto como don Antonio Cánovas del Castillo, por la idea que yo tenía de la excelsitud de su talento, por la leyenda de su desmedido orgullo y de las frases irónicas y mortificantes que usar solía. Apenas cambiamos las primeras frases de saludo, empezó a disiparse la leyenda del empaque altivo, pues me encontraba frente a un señor muy atento y fino, y de una llaneza que al punto ganó mi voluntad. Hízome sentar a su lado, en un sofá casi frontero a la mesa de despacho, y hablamos... quiero decir, él habló y yo escuché, atento a su palabra enérgica, vibrante y un poquito ceceosa.

«Deseaba verle, señor Liviano —me dijo—, porque he tenido ocasión de leer páginas sueltas referentes al Cantón de Cartagena, escritas por usted en el propio cráter de aquella revolución empezada sin tino y concluida sin grandeza. Más que páginas, son notas trazadas al vuelo frente a los acontecimientos, ya en los bastiones de Galeras o San Julián, ya en la cubierta de los barcos sublevados. Esas notas borrajeadas con el desgaire que imponen la premura del tiempo y la nerviosidad del observador, me encantan a mí lo indecible, porque en ellas veo como el primer aliento de la Historia, libre aún de artificios y llevando en sí el aroma de la veracidad.»

Quedose el buen Tito de una pieza oyendo estos elogios, y por un momento llegó a creer que el presidente le tomaba el pelo. Mi estupor fue tal que ni acerté a darle las gracias por tan increíbles piropos. Don Antonio, ajustándose los lentes y alzando luego la cabeza, movimientos en él muy comunes, prosiguió así: «Ya sé lo que va usted a decirme, y es que esas páginas, esas notas, esos que mejor será llamar apuntes o bosquejos, han sido escritos efectivamente por usted; pero no se han publicado. Y usted pensará: *¿cómo puede este señor haber leído mis escritos si aún no han tenido la sanción de la letra de molde?* Pues si no lo sabe le diré que tengo una loca afición a los estudios históricos. A mí llegan diversos papeles interesantes, trozos de la Historia viva que aún destilan sangre al ser arrancados del cuerpo de la Humanidad. Yo los leo con avidez; los ordeno, los colecciono... ¿Cómo llegaron a mí los escritos de usted? No lo sé ni me importa saberlo...»

Al oír esto sentí un tenue desvarío en mi cabeza, miré a un lado y a otro... ¡Jesús me valga!... Creí que en la cabeza del sofá erguíase grandiosa y colosal la figura de mi Madre, la divina *Clío*.

## V

Segundos no más tardé en sustraerme al mundo quimérico para volver a la esfera real. El sagaz estadista, adoptando el tono familiar apropiado al asunto que quería tratar conmigo, me dijo así: «Sé que es usted amigo de Cárceles y de otros que tuvieron parte muy visible en las locuras del Cantón; seguramente lo es usted también de *Tonete* Gálvez, que, según mis noticias, fue la cabeza más firme y el brazo más fuerte en las jornadas de Cartagena. Estará usted enterado de que los cantonales que escaparon en la *Numancia* permanecieron largo tiempo en Orán, encerrados en un castillo. El Gobierno francés dispuso, a fines del año anterior, internarlos en la provincia de Constantina. Contreras y su ayudante Rivero accedieron a ser internados; Manuel Cárceles, Germes, Gálvez y Gutiérrez obtuvieron un salvoconducto para fijar su residencia en Suiza. Allá se fueron, creo que en diciembre último. Y ahora pregunto yo a don Proteo Liviano: ¿Están aún en Suiza? ¿Algunos de ellos ha vuelto a España? Dígame lo que sepa. Habla con usted el amigo, no el gobernante, y debo advertirle que estoy decidido a no perseguir a nadie, ni aun a esos cuatro que, como usted sabe, están condenados a muerte. Las realidades del Gobierno y la fuerza indudable de la Situación que presido me imponen la clemencia. Oportunamente pienso dar una amnistía general, que ha de comprender a esos ilusos, más románticos que criminales. Espero que me diga usted, si lo sabe, el paradero de Cárceles, Germes, Gutiérrez y Gálvez, y no vacilo en indicar que me intereso singularmente por este último. Antonio Gálvez es un hombre de bien; un político de ideas extraviadas, pero muy puro y muy sincero; caudillo valiente hasta la temeridad. Sus sentimientos generosos le impulsan hacia el bien, y si alguna vez hizo el mal fue por obedecer ciegamente a la pasión revolucionaria.»

Asentí con fuertes cabezadas y algún monosílabo a lo que don Antonio me decía en elogio a Gálvez. Como yo declarase con toda ingenuidad que ignoraba el paradero de los emigrados del Cantón, el presidente me sorprendió con este rasgo de franqueza: «Tenemos una policía detestable. No veo en ella más que la proyección más inútil y desmayada de nuestro matalotaje burocrático. Si yo tuviera tiempo y no me agobiaran atenciones de superior importancia, intentaría organizar un Cuerpo de Seguridad muy a la moderna. Pero es más difícil crear aquí una buena policía que poner en pie de guerra un gran Ejército. Por esa caterva de vagos, mendigos y soplones, que no otra cosa son nuestros actuales corchetes, ha sabido el Gobierno que andan por Madrid algunos presidiarios de los escapados de Cartagena. Me han hablado de un armero, muy hábil por cierto, que trabaja en la calle de los Reyes, y de un vejete que se dice aristócrata napolitano y al parecer es gran pendolista y pintor de ejecutorias. De seguro habrá en Madrid muchos más y usted quizá los conozca. Ya comprenderá que no trato de perseguirlos. Si esos infieles viven de su trabajo y no hacen daño a nadie, arréglense como puedan. Lo que yo deseo de usted, señor Liviano, es que por esa gente o por otra indague si está Gálvez en Madrid. En caso afirmativo, trate de verle y dígale de mi parte que no se dé a conocer y se le proporcionará buen recaudo para retirarse a Beniaján o Torre Agüera, sin peligro alguno... Y ahora, dispénseme, don Proteo, que yo dé a usted esta comisión, puramente confidencial y amistosa. Esto queda entre nosotros, y si dan resultado sus investigaciones y tiene la bondad de venir a manifestármelo, ya sabe que con solo presentarse a Esteban Collantes será usted recibido por mí cuando guste.»

Prometí al caudillo alfonsino ocuparme desde aquel mismo día en dar los pasos necesarios para satisfacer lo más pronto posible sus deseos, y me despedí con todo el rendimiento y veneración que persona tan ilustre merecía. Al atravesar el Salón de Consejos para retirarme, flaqueaban mis piernas y mi cabeza no estaba muy firme. Cuando salí al vestíbulo me alzó la cortina una mujer... ¡Por Júpiter, era *Efémera*!... Mi retirada fue más bien escapatoria. No vi a don Saturnino Esteban Collantes ni a ninguno de los amigos de la Secretaría... Bajé a trompicones la escalera. En cada rellano, en el zaguán y en la puerta se me apareció una, dos y veinte veces la figura de *Efémera*, con su túnico negro y su mirada dulce y un poquito guasona... En la calle tiré hacia el Prado, sin rumbo ni dirección razonable. Me sentía sin aplomo, enloquecido. La mensajera de *Clío* no me abandonaba. Volví a verla en la esquina de la calle del Turco; después junto al palacio de Alcañices. A lo largo del Prado se repitió la visión, desvaneciéndose gradualmente.

Al llegar a mi casa iba totalmente persuadido de que la entrevista con Cánovas era un nuevo fenómeno de la vida quimérica. Ni don Antonio me había dicho nada, ni yo le vi, ni puse los pies en la Presidencia. Todo había sido un bromazo impertinente de los espíritus picarescos que en aquella temporada pasaban el rato divirtiéndose conmigo. El resto del día permanecí en mi casa sumido en tristes cavilaciones, sin que los halagos de Casiana pusieran término a mis melancolías. ¿Cómo era posible que el jefe del Gobierno, atento a los problemas políticos que debían consolidar la Restauración, descendiese a la nimiedad de inquirir el paradero de los desgraciados cantonales? La amistad protectora con que distinguía Cánovas a *Tonete* Gálvez ¿era un hecho real o un desvarío de mi cerebro debilitado? Estas dudas me atormentaron hasta la siguiente mañana en que mí espíritu empezó a serenarse, y di en pensar que tal vez no era un sueño mi entrevista con el árbitro de los destinos de España.

Fuese o no verdad el fenómeno, una fuerza misteriosa me impulsó a inquirir y olfatear la pista de Gálvez. Vi a David Montero, y ni este ni *Dorita* me dieron luz alguna. Busqué a Fructuoso Manrique, que vivía con *Graziella*, no ya en la calle de San Leonardo sino en la del Limón. En el taller de amenas hechicerías permanecí un rato entretenido con las donosas diabluras de la italiana, y tuve el gusto de acariciar al cuervo y al búho que gravemente colaboraban en las operaciones de la casa. Ni Fructuoso, ni *Graziella*, ni Celestina Tirado, que entró de la compra con cesta repleta y un conejo de campo para ponerlo con arroz en la comida de aquel día, sabían una palabra de lo que afanosamente trataba yo de averiguar.

Cuando ya me despedía desalentado, saltó *Graziella* con la idea de apelar a la Cartomancia, arte muy eficaz para descubrir tesoros ocultos y personas escondidas. Agarró la diablesa los naipes, y después de barajarlos y hacer sobre ellos la mar de garatusas, pronunció sobre el humo de un braserillo palabras hebraicas, llamó al cuervo que saltando a su hombro le picó en el oído, y tras un nuevo sobar y manoseo de las cartas trazando sobre una de ellas crucecitas con saliva, me dijo en tono pausado y altísono: «Angélico Tito; encamina tus pasos vacilantes hacia Perico Niembro, que te dará la luz que deseas.»

Ni corto ni perezoso corrí a ver a Niembro, el cual, después de un largo palique en que se mantuvo escamón y misterioso, me mostró una carta de Gálvez, fechada diez días antes en Lausanne. Ya me consideré satisfecho; ya podía dar al gran estadista la precisa información que anhelaba. De regreso a mi casa, revivió en mí la idea de que la famosa entrevista fue soñación quimérica o mofa de los socarrones espíritus. A pesar de esto, y temeroso de que no me dejaran llegar a la presencia de Cánovas, endilgué mi levita y chistera, y me fui con maquinal impulso al caserón de la calle de Alcalá. Contra lo que esperaba y temía, el Subsecretario me recibió amablemente y me introdujo en el Salón donde vi como unas veinte personas, entre las cuales reconocí al marqués de Molins, a don Fernando Cos Gayón, a Pepe Cárdenas, a Elduayen, a Valero de Tornos, y a otros que por su empaque provinciano parecían embajadores del caciquismo rural.

Iba Cánovas de grupo en grupo, repartiendo formulillas afectuosas y equívocas, dulces ofertas que a nada comprometen. Yo me mantuve apartado, esperando a que el presidente me viese y me concediera el honor de un breve coloquio. De improviso vino a mí el grande hombre, y llevándome junto a una ventana, en una sola cláusula condensó el saludo y la interrogación referente al encargo que me había hecho. Comprendiendo que el laconismo se me imponía, saludé y contesté con estas breves razones: «Señor don Antonio, he visto una carta, datada en Lausanne con fecha 18 de este mes, en la cual dice Gálvez a su amigo Perico Niembro que aún no sabe cuándo podrá volver a España.»

Pareciome que quedaba satisfecho el jefe de la Situación, y fui despedido con esta fórmula cortés: «Dispénseme, señor Liviano. Ya ve usted cómo estoy de gente.»

Salí, y en la antesala me sorprendió la voz de Fernández Bremón, que desde la puerta de la Subsecretaría me dijo: «No te vayas, Tito. Precisamente estaba en acecho de ti para que no te me escaparas.»

Cogiome del brazo para llevarme a su oficina y allí, sentados *vis a vis* a un lado y otro de la mesa de trabajo, el sutil periodista me dejó estupefacto con esta inesperada manifestación: «Por encargo de mi jefe te pregunto si aceptarías una posición decorosa, correspondiente a tus méritos literarios y a tu conocimiento de la sociedad española. Por el pronto tendrías una plaza en provincias, y más adelante vendrías a Madrid.»

La sorpresa no me permitió formular una contestación inmediata y terminante. Con medias palabras me mostré muy agradecido a la bondad del presidente... Mas no podía, no debía dar... ¿cómo decirlo?... Dar a mis ideas de toda la vida un brutal esquinazo... Saltar tan de súbito al campo alfonsino, parecíame un acto de cínica desvergüenza. Solo el pensarlo me amargaba y me dolía como un remordimiento.

Apuró Bremón los argumentos más ingeniosos para combatir una susceptibilidad que a su juicio era producto de romanticismos mandados recoger. Dignidad tan fieramente escrupulosa y arisca entraba ya en los términos del mal gusto... Disputamos, primero con serenidad, después con cierto agridulce. Por fin, deseando yo cortar por el momento la cuestión, le dije: «Pepe, lo pensaré. Déjame reflexionar y mañana hablaremos.»

Abandoné la Presidencia con el recelo de encontrarme a *Efémera*, cuya vaga presencia precedía siempre a las burlas de los ociosos geniecillos maleantes. Al llegar a mi casa habíase afirmado en mi ánimo la resolución de no admitir del alfonsismo una merced indecorosa. Respetaba yo a Cánovas y le admiraba por su elevado entendimiento, por su saber de Historia y de política, así como por su palabra enérgica y sugestiva, esmaltada con los donaires de un ingenio sutil. Pero no quería en modo alguno entregarme a la Restauración, induciéndome a ello no solo el vocerío de mi conciencia, sino el hecho de tener asegurado un vivir modesto por el estipendio que de mi divina Madre recibía.

Decidido a rechazar con toda entereza el soborno, me personé al día siguiente en las oficinas de la Presidencia, y reiteré a mi amigo Fernández Bremón mi negativa exponiéndole exclusivamente las razones de conciencia y dignidad, pues del subsidio materno que aliviaba mi pobreza no tenía yo que dar conocimiento a ningún nacido. En esto llegaron al despacho Frontaura y Campo Arana, y con ellos me dejó Bremón, llamado en aquel instante a la Subsecretaría. Los ociosos funcionarios y yo charloteamos más de media hora de cosas de teatros, comentando la fulgurante aparición del genio de Echegaray en la escena española. Fue como un huracán tonante y luminoso que trocó las emociones discretas en violentos accesos de furia pasional; deshizo los gastados moldes, infundió nueva fuerza y recursos nuevos al arte histriónico, electrizó al público, y lanzó al campo de la crítica, en espantable remolino, los ardientes entusiasmos revolcándose con las tibiezas rutinarias.

Cuando nuestras voces bajaban de tono hablando de Calatañazor, Arderíus, Escríu y otros graciosos comediantes, volvió Fernández Bremón, y llevándome aparte me dijo lo que a la letra copio para que el lector se percate bien de la sorpresa que recibí al oírlo: «Se estima y se respeta tu delicadeza al rechazar lo que se te propuso. Pero hay otra cosa, Tito. Consta en la Subsecretaría que tienes a tu lado a una parienta próxima recién venida de Cuba, una joven ilustradísima que posee todos los conocimientos y títulos para ejercer el magisterio en condiciones insuperables. Como supongo que en esa señorita no existirán los motivos de delicadeza que a ti te obligan a renegar de la protección oficial, dime el nombre de tu prima, sobrina o lo que sea, y se le dará una de las plazas de inspectoras de Escuelas que se crearán en estos días.»

Mediano rato estuve pensando la contestación que debía dar. Mi conciencia me acusó de prestarme a una superchería si aceptaba, pues Casiana no había pasado del *be o ene, bon, be u ene, bun.* Luego, mi voluntad un tanto picaresca quiso ahogar a la conciencia, dictaminándome la conformidad con lo que se me proponía. Vacilé. Mi boca trémula hizo una emisión de monosílabos que expresaban el pro y el contra. Sentí en mi cabeza un leve desvanecimiento. Miré en derredor. Frontaura y Campo Arana habían desaparecido.

En la mesa de despacho una mujer escribía silenciosa, haciendo con sus lindos morros muecas infantiles... ¿Era la vaporosa *Efémera*? No puedo asegurarlo. Solo afirmo que en mi ánimo se extinguieron las dudas, y sin miedo a la superchería dije a Bremón: «Si quieres, ahora mismo te daré el nombre.» Acordeme entonces de que el apellido de Casiana era Conejo, palabreja innoble y bajuna que a mi parecer envilecía la persona de una Maestra Superior, y resolví traducirlo al portugués, diciendo a mi amigo: «Apunta, Pepe, apunta el nombre: *Señorita doña Casiana Coelho...* y por más señas *Coelho de Portugal.*»

Seguro estoy de que al leer esto, mis fieles parroquianos preguntarán: «¿Y *Efémera*?» Honradamente les contesto que no la vi al salir de las covachuelas presidenciales, ni acierto a discernir si una figura de flotante ropaje blanco, que iba delante de mí por las calles de Alcalá y Cedaceros, reproducía la vagorosa estampa de la recadista de mi Madre. Creo haber notado que se detuvo a comprar *El Cencerro* en la esquina de la calle de Gitanos, y que por esta vía húmeda y tabernaria desapareció.

Me fui a mi casa, y entretuve la tarde repasándole las lecciones a Casiana y oyendo el voluble disertar de mi buen patrón sobre materias políticas y militares. «Sabrá usted, ilustre don Tito... ¿y cómo no ha de saberlo si un día sí y otro también hociquea usted con don Antonio Cánovas?

—Párese un poco, don José —dije cortándole el discurso—. Yo no he hablado con Cánovas. Por mis ideas y por mi insignificancia no sé, ni puedo, ni quiero tratar a personas tan altas.

—Respeto, Excelentísimo Señor, las razones que Vuecencia tiene para hacerse el chiquito —prosiguió Sagrario—. ¡Sabe Dios lo que se traerá Su Ilustrísima entre ceja y ceja! No me meto, no quiero meterme en escudriñar su interior, las ideas, los propósitos, los planes que algún día han de salir a la luz pública. Yo, que no veo más que lo que tengo pegado a mis narices, pregunto: ¿Qué va a pasar aquí?... No alterno con sabios ni con gentes de grandes lecturas. Lo que sé lo aprendí oyendo la voz del pueblo, *vox caeli* que dijo el Latino. Todas las mañanas voy a la compra, como Vuecencia sabe, y un ratito en la tienda, otros en los cajones y puestos de los Tres Peces, me voy enterando de los dichos que corren de boca en boca. Cuando vuelvo a mi casa y me recojo en mi discernimiento natural, de lo que me entró por el oído y de lo que yo discurro saco la verdadera enjundia y el meollo de eso que llaman la Cosa Pública.

—Muy bien, don José. Los ruidos de la calle, traídos al crisol del entendimiento, nos dan la verdadera clave de la opinión de un pueblo.

—Y *francamente*, *naturalmente*, un hombre que ha vivido mucho, que ha tratado innúmeras personas de arriba, de abajo y de en medio, que ha sufrido adversidades personales y públicas viendo pasar ante sus ojos tantas mudanzas, revoluciones y cataclismos, tiene derecho a decir: yo veo lo que no se ve, yo presiento el suceso que aún está escondido en los pechos de los que engendran la actualidad de hoy y la actualidad de mañana. Y como pienso muy al derecho, al derecho le digo a Vuecencia, señor don Tito, que su amigo don Antonio Cánovas... Amigo, ¿eh? aunque Su Ilustrísima lo niegue por razones de sigilo diplomático... Está tragando mucha quina, una barbaridad de quina, apretado entre dos muelas cordales, pues de una parte pesan sobre él los malditos *moderados*, los Chestes, Moyanos y Orovios que le piden neísmo, intolerancia y tente tieso, y de otra parte le acosan los alfonsinos que vienen de lo de Alcolea y quieren franquicias, unas miajas de Soberanía Nacional y vista gorda para el libre pensamiento.

—Así es, amigo Sagrario. Lo que usted cuenta no es nuevo para mí.

—Pero hay algo más que usted no sabe, o si lo sabe no quiere decirlo, y es que la reina doña Isabel está dando las grandes tabarras a don Antonio: solicita que la dejen venir acá, creo que para mangonear y meterse en lo que ya no debe importarle. Con Pezuela y Roca de Togores se entiende por cartitas dulces que menudean lo que usted no puede figurarse... Los *moderados* escupen ya por el colmillo; quieren ser los amos y que Cánovas gobierne a gusto de ellos. Por esto yo digo a todo el que quiera oírme: aquí va a pasar algo... Ya se habrá usted enterado de que el rey don Alfonso, que se fue a Zaragoza y Tudela a los cuatro días de llegar a Madrid, marchó después a Peralta, donde acudieron los generales Moriones, Laserna y Ruiz Dana, y con estos y Jovellar, Primo de Rivera, Despujols, Terreros, Portilla, Morales de los Ríos y otros, celebró Consejo para acordar el plan de operaciones.

—Sí, ya lo sé. Y el 22 de enero largó sendas alocuciones a los habitantes de las Provincias Vascongadas y Navarra y a los soldados del Ejército del Norte.

—¡Consejo de generales, alocuciones! Y yo pregunto: ¿Se trata de dar el golpe definitivo a la negra facción, organizando descomunal batalla con todos esos ilustres caudillos y el total contingente de nuestras valientísimas tropas? ¿Estará próximo ese día de júbilo, ese día grande, principio de la redención de España? Para mí, no hay duda, reunidos todos esos elementos que han de constituir una hueste tan poderosa como las de Alejando y César, la victoria es indudable. Venceremos, señor don Tito, barreremos de nuestro suelo y de una vez para siempre esa escoria del retroceso, esa inmundicia del absolutismo, esa paparrucha indecente de la legitimidad. ¡Oh alegría, oh inmensa dicha de las almas liberales!... Un abrazo, don Tito. Y tú, Casiana, ven aquí... ¡Un abrazo al amigo, al patrón, al maestro!»

## VI

En los primeros días de Febrerillo loco, mi amigo Prieto y Villarreal me llevó a una reunión de zorrillistas en casa de Cristino Martos. Concurrieron a ella todos los que seguían a don Manuel y muchos militares de los que quedaron defraudados y vencidos el 3 de enero de 1874. Asistí yo al conciliábulo como simple testigo, y no despegué los labios por no sentir mi ánimo dispuesto para ninguna clase de campañas políticas. Había levantado don Manuel Ruiz Zorrilla la bandera de la República frente a la Restauración, y tales fuerzas militares y civiles agrupó a su lado, que el Gobierno alfonsino creyó preciso disponer el extrañamiento de aquel gran ciudadano, rebelde y tenaz.

Decretado el ostracismo de don Manuel el 4 de febrero, con la coletilla de que no podría volver a España sin permiso previo del Gobierno, aquella misma noche fue puesto en ejecución. Los zorrillistas y otras personas unidas al temible revolucionario por vínculos de amistad, hicieron acto de presencia en la estación del Norte.

Representando el ideal vencido que la Restauración quería lanzar del suelo patrio, estaban en el andén Castelar, Salmerón, Carvajal, Rivero, Echegaray, Martos, Pablo Nougués, Aguilera, Pedregal, García Ruiz y otros muchos. Del estamento militar vi a los generales Izquierdo y Lagunero y al brigadier Carmona, que salieron pitando para el destierro al día siguiente.

Entre los amigos distinguíanse por su significación alfonsina don Pedro Salaverría, ministro de Hacienda, y el simpático Subsecretario de la Presidencia, Esteban Collantes. De dónde provino la amistad de Salaverría con don Manuel, no lo sé; la de Esteban Collantes y García Ruiz tuvo su raigambre en la tierra palentina, donde Ruiz Zorrilla o su señora poseían extensa propiedad rústica. La despedida fue triste y afectuosa; los abrazos, efusivos; discreto el entusiasmo.

A este acto que considero público, y si queréis histórico, sigue en mis crónicas otro que también me parece digno de perpetuarse en letras de molde, y los escribo engarzados en una sola página para que resalte mejor la desacorde calidad de ambos sucesos. Una tarde de aquel mismo Febrerillo, que ahora llamo loco de atar o loco furioso, hallábame yo solo en mi aposento, trasladando al papel con nerviosa escritura mis impresiones de los pasados meses, cuando... ¡ay Dios mío!... vi entrar a una mujer sin que la precediera rumor de pasos ni sonsonete de campanilla. Llegose a mi mesa la fantasma, y yo, sin sorpresa ni espanto, con la mayor naturalidad del mundo, le dije: «Hola, *Efémera*; bien venida seas. ¿Me traes carta de mi adorada Madre?»

Ella, dejando caer su izquierda mano marmórea sobre la mesa, alargó hacia mí la derecha con un pliego, mientras sus labios helénicos articulaban estas palabras que me sonaron cual si las transmitiera pos ráfagas del aire una voz muy lejana: «No te traigo carta de tu Madre, sino este pliego que me han dado para ti.»

Y yo, rasgando ávidamente el sobre y enterándome de su contenido, exclamé: «¡Ah! La credencial nombrando a Casiana inspectora de Escuelas. Gracias. Mi buena Madre no se cansa de favorecerme... Tú no ignoras, *Efémera*, que Casiana *Coelho* es mujer meritísima, muy versada en la teoría y práctica del arte pedagógico... ¿Por qué no descansas a mi lado?... ¿Qué dices? ¿Que no te sientas? ¡Oh! divina mensajera; tu destino es correr, volar, llevando por el mundo la verdad del momento. Del conjunto de estos átomos, aglomerados por el Tiempo, se forma la verdad histórica en lustros, en siglos... Espera un poquito, que quiero hacerte algunas preguntas. ¿Qué me dices de mi Madre? Ya sé que por su condición inmortal está exenta de toda enfermedad. Su salud es inalterable. Varían tan solo su apariencia personal y las vestiduras que cubren su noble cuerpo. Cuéntame: ¿qué calzado gasta en estos benditos días para andar por el mundo? ¿Lleva por ventura el alto y ceremonioso coturno, señal de la grandeza histórica?»

La recadista de *Clío*, con solemnidad un tantico risueña, contestó: «No lleva el coturno, sino unos holgados borceguíes de burdo paño, decorados con papeles de rojo y gualda, talco y purpurina, imitando el esplendor áureo del calzado de los Dioses, falsedad que solo engaña a ciertos académicos. Usa la Madre estos borceguíes blandos y de figurón, porque se los impone la suciedad y dureza del suelo que recorre, todo fango y guijarros puntiagudos.

—Muy bien, *Efémera*. Y ahora dime otra cosa... Esto se refiere a mi persona... Escucha. Con toda sinceridad y franqueza me responderás a lo que voy a preguntarte. ¿Es verdad o es mentira que yo he visitado a don Antonio Cánovas, hablando a solas con él de asuntos políticos y particulares?

—La verdad y la mentira de los hechos no caen debajo de mi jurisdicción. Lo que a mí me concierne es el contacto de las inteligencias en las anchas regiones del espíritu. Del uno al otro cerebro saltan las ideas como chispas de un fuego que es el generador de la concomitancia y simpatía. Recojo yo estas chispas y las comunico entre los seres, hállense próximos o distantes... Es lo único que puedo contestar al señor don Tito. Tengo prisa. Adiós.»

No me dio tiempo a formular nueva pregunta ni a darle mis tiernos adioses. Desapareció en forma semejante a las magias de teatro. En vez de volverse para tomar la puerta se desvaneció en la cavidad del aposento, dejándome absorto, atontado y sin respiro. Apenas me repuse de la emoción de tal escena, recorrí con rápida vista la credencial. Nombraban a Casiana inspectora de Escuelas con sueldo de diez mil reales. En nota aparte me decía Bremón que si la señorita *Coelho de Portugal* ocupaba sus horas en dar lecciones particulares a domicilio, quedaría relevada de todas las obligaciones de la Inspección, salvo la de cobrar su sueldo a primeros de cada mes...

Guardé el nombramiento, en el que vi un signo de los tiempos. Todo era ficciones, favoritismos y un saqueo desvergonzado del presupuesto... Después de un largo titubeo, decidí no dar conocimiento a Casiana de aquel momio inverosímil y esperar, esperar a que se pusieran de acuerdo los ángeles que me favorecían y los demonios que me burlaban.

Una noche, avanzado ya febrero, cuando Casiana y yo volvíamos de ver una funcioncita en el próximo teatro de Variedades, donde trabajaban actores tan graciosos como Luján y Riquelme, nos encontramos a don José Ido en estado de gran consternación y abatimiento. Creímos que Nicanora estaba con el *histérico* o que habían llegado noticias desagradables de Rosita, de quien se dijo días antes que se hallaba ya fuera de cuenta. No era nada de esto. Dejo al propio Sagrario la explicación del enigma, reproduciendo el texto fiel de sus acongojadas manifestaciones:

«¡Ay don Tito de mi alma, qué pena, qué horrible desengaño! Ya sabe Vuecencia que hace dos días venían corriendo unos rumores sumamente halagüeños para la Patria y para la Libertad. Las voces públicas decían en tiendas, porterías, plazuelas, cafés, estancos y boticas que en el Norte estábamos dando una gran batalla, mejor dicho, que ganamos una y luego dimos otra más reñida y sangrienta, ganándola también; que en la tercera batalla, el suelo quedó totalmente cubierto de cadáveres carlistas en una extensión de cuatro leguas a la redonda. Saturio, el amolador de las Niñas de Loreto, me dijo ayer que de resultas de esa terrible matazón de carcundas, los pocos que de estos quedaron salieron por pies, desapareciendo al otro lado del Pirineo.

»Pero ¡ay!... Esta mañana, cuando más contento iba yo entre los puestos de los Tres Peces, empezaron unos runrunes que dejaban patidifusos aun a los que no les dábamos crédito. Hice mi compra, y donde quiera que yo iba la voz pública seguía cantando el *miserere*. Al entrar en la Plaza de Matute, para comprar vino en el almacén de Roque, me encontré al amolador y al sacristán de las Niñas que discutían en medio de la calle. El sacristán, que es más neo que Judas y más borracho que Noé, se dejó decir que a los liberales nos habían dado un palizón horroroso... Qué tal sería la somanta, que los carlistas cogieron prisionero al Rey don Alfonso y se lo llevaron a Estella.»

Siguió diciendo el manso filósofo que del sofoco que tomó al oír tales desatinos le flaquearon las piernas, y tuvo que arrimarse a la pared para no dar con su pobre cuerpo en el suelo. Luego se equivocó de tienda y le armaron el gran escándalo por pedir tinto de mesa en una cerería. Al referirnos esto, se acentuaba tanto la flaccidez del rostro del buen hombre que los huesos se le transparentaban debajo de la piel, y la nuez le crecía desaforadamente.

«Esta tarde —prosiguió mi atribulado patrón, sentándose para tomar aliento—, me fui a Buenavista con la esperanza de que mi primo Macario, sargento de la brigada obrera de Estado mayor, me sacara de mis horribles dudas y me dijese la verdad de lo acontecido en Navarra. ¡Ay Dios mío, cuánto sufre un corazón patriota cuando el demonio enreda las cosas de la guerra!... Lo que ha sucedido es cosa desdichada y lastimosa; pero no tanto como las asquerosas mentiras que contaba esta mañana el rapavelas de las Niñas de Loreto. Parece, según reza el telégrafo, que entre dos pueblos llamados si no recuerdo mal Lácar y Lorca, hubo un momento en que por milagro de Dios Nuestro Señor no cayó Alfonso XII en poder del faccioso.

—Estas cosas de la guerra —dije yo, dándole ejemplo de serenidad—, son para miradas despacio. Esperemos los despachos oficiales que nos darán relación detallada de los hechos. Tranquilícese, don José; tomémoslo con calma, que ni por una victoria debemos perder el sentido, ni por un descalabro hacer malas digestiones. La grandeza de un pueblo no está en la guerra sino en la paz; la desdicha de los españoles consiste hoy en que para llegar a la paz tenemos que pelearnos fieramente unos con otros. A los labradores hemos convertido en soldados, y ahora falta que los mansos obreros del terruño se cansen de andar a tiros y vuelvan a coger el arado.»

A la noche siguiente no falté a la tertulia que algunos amigos teníamos en el Café de Zaragoza. Casiana iba conmigo. Asiduo concurrente a nuestras mesas era el Capitán Palazuelos, a quien yo conocí de teniente el año anterior: a la sazón prestaba servicio en la Subsecretaría de Guerra. En cuanto llegué se puso a mi lado y me refirió lo que sabía del suceso de Navarra, acaecido no lejos del siniestro lugar en que murió trágicamente el general Concha. He aquí su relato sucinto:

«El 2 de febrero, si no estoy equivocado, el jefe carlista Mendiri atacaba con preferencia al segundo Cuerpo del Ejército, por suponer que con el general en jefe, Primo de Rivera, hallábase el Rey Alfonso. En la tarde del 3, cuando menos lo esperaba la división Fajardo, compuesta de dos brigadas (una de las cuales estaba en Lácar bajo el mando de Bargés y la otra en Lorca), embistieron los de Mendiri el pueblo de Lácar con extraordinaria bravura, llevando consigo a Cavero, Pérula y no sé quién más, con aguerridos batallones y bastantes piezas de artillería. Ante lo formidable del ataque flaquearon los nuestros; oyéronse gritos de: *¡Estamos vendidos! ¡Sálvese el que pueda!*, y el Regimiento de *Valencia* se dispersó, siguiéndole al poco rato los soldados de *Asturias*. Ni Fajardo ni Bargés cuidaron de poner centinelas en los altos de Alloz y de Murillo, y a ello se debió principalmente el descalabro.

»Cuando Fajardo, que estaba en Lorca, oyó los primeros disparos, se puso al frente del Regimiento de *Gerona* y se dirigió a la montaña que separa aquel pueblo del de Lácar. Mas nada pudo hacer para dominar la confusión en aquella hora fatídica. El desaliento era unánime, lo mismo en los jefes que en los soldados. También se dispersó el Regimiento de *Gerona*, y el brigadier Viérgol se vio forzado a retirarse del sitio de peligro. Primo de Rivera, ocupado entonces en el emplazamiento de piezas de Artillería sobre Monte Esquinza y en hacer pruebas de puntería sobre los pueblos enemigos, acudió en auxilio de los de Lácar y Lorca, logrando remediar un tanto el desastre.

»En la madrugada del 4, el general Fajardo, al frente de la tropa, con las cajas de caudales, botiquines y material de guerra, salió de Lorca, retirándose hacia Esquinza. También los de Mendiri se desmandaron, y viendo este que sus tropas se lanzaban al saqueo y al inútil derramamiento de sangre, retirose a Estella. En el Ministerio aseguran que el Rey no estuvo en peligro más que breves instantes. Alguien ha dicho que se hallaba en la torre de una iglesia situada entre los pueblos de Lácar y Lorca. Según las versiones oficiales, Su Majestad permanecía en su alojamiento de Villatuerta, donde oyó muy de cerca los disparos de fusilería. Cuentan que dijo a los que le rogaban que no se aventurase a salir: *Un Rey no debe ocultarse cuando silban las balas a su alrededor.* Cómo y en qué forma salió de su alojamiento, no he logrado saberlo. En Guerra me han dicho, sin precisar la hora, que el Rey emprendió la marcha a galope tendido hacia Puente la reina.»

A mis observaciones sobre la oscuridad del relato de Palazuelos, contestó este: «Ha de pasar algún tiempo antes que sean conocidas en todos sus pormenores las jornadas dudosas y equívocas que hoy designamos con los nombres de Lácar y Lorca. Entiendo yo que la Historia, cuando se ve precisada a referir con verdad acontecimientos de esta índole, pasa grandes apuros y se ve ahogada en perplejidades enojosas. Los que intervinieron en estas acciones, procediendo con negligencia o aturdimiento, no ponen en sus despachos la debida fidelidad. Si es sospechoso el testimonio de los nuestros, también lo es el de los enemigos, que siempre exageran y sacan las cosas de quicio cuando han tenido algún momento afortunado... Los carlistas cantaron victoria al recogerse a Estella. Ya veremos quién cantará el último.»

Cuando terminó el Capitán su bosquejo de Historia equívoca, nos enredamos en otras pláticas más amenas y en bromas y diálogos picantes que no nos corrompían las oraciones. Amenizaba las tertulias cafeteras un pianista navarro llamado Cárcar, que solía venir a nuestra peña brindándonos las piezas de su repertorio que más nos agradasen. Aquella noche, para quitarnos el amargor de las desagradables peleas de Lácar y Lorca, le pedimos que tocara jotas y rondallas, pues era consumado maestro en la música popular de su tierra. Hízolo prodigiosamente y los aplausos creo que se oyeron en Getafe. Hartos de conversación y de música nos retiramos, no sin que Casiana hiciera la indispensable requisa y acopio de terrones de azúcar para endulzar nuestro café matutino. Con este típico detalle queda bien demostrado que en aquella dichosa era de distinción y elegancia habíamos escogido lugar preeminente en la esfera de la cursilería.

Pocas noches pasaron hasta una que en cierto modo debo llamar memorable, porque en el diálogo familiar que tuve con Ido del Sagrario no faltaron unas briznas de Historia. «Venga usted acá, excelso patrón —le dije, viéndole entrar en casa *cabiztivo* y *pensibajo*—. Acérquese y le contaré un suceso que disipará sus murrias, colmándole de satisfacción y alegría... Aquí tiene usted a Casiana, su ilustre discípula, que pronto va a saber más que el maestro.

—Así lo creo y lo deseo, Excelentísimo Señor —dijo el filófoso, tomando asiento a respetuosa distancia.

—Ya sabe Casiana el suceso de autos que voy a contarle a usted, y se ha puesto muy contenta... Ea, no quiero dilatar el plato de gusto que le tengo a usted preparado. Oiga, don José, y vaya sacudiendo las tristezas que le agobian desde que supimos la terrible trapatiesta de aquellos malditos pueblos navarros. ¡Ánimo, valiente, que no hay mal que cien años dure, ni desdichas que no terminen con algo lisonjero!... Pues, señor: don Alfonso XII celebró en Puente la reina Consejo de generales, donde se acordó lo que no sabemos ni nos importa. De allí fue a Pamplona y luego se dirigió a Logroño, con objeto de visitar al duque de la Victoria. ¿Qué tal? Su ídolo de usted, el invencible Espartero, recibió al joven Monarca con las demostraciones de afecto más efusivas, y pidiendo a sus ayudantes la cruz laureada de San Fernando, que él ganó en las gloriosas campañas de la primera guerra civil, la puso en el pecho del simpático reyecito. Debo añadir amigo don José, para que usted se esponje, que al realizar don Baldomero este acto de acendrado monarquismo, elogió calurosamente la conducta de Alfonso XII en la breve campaña que a usted le tiene tan compungido.

—Algo es algo. ¡Viva el duque! —exclamó Ido—. Me complace el suceso; pero siempre me queda un dejo de aquellos amargores.

—*Sursum corda*. Recobre usted su fe en la libertad; hínchese de patriotismo; nos hincharemos todos... Y ahora, don José, cuídese de que nos sirvan la cena. ¿Verdad, Casiana, que el patriotismo nos desarrolla furiosamente las ganas de comer?... Oiga, señor Sagrario: para celebrar el suceso con la debida solemnidad, dígale a Nicanora que nos ponga una tortilla de seis huevos, para los dos, y esas chuletas a la *papillote* por las cuales merece su esposa de usted el título de Cocinera de los Dioses.»

# VII

Menudas jaquecas daban a don Antonio los señores del lastre reaccionario, que pesaba brutalmente en la nave de la Situación. Por el sistema *efemerídeo* que me había revelado la Madre, introducía yo mi pensamiento en el cerebro del grande hombre. Allí se me comunicaba su iracundia por las enormidades que imponerle querían los bárbaros del vetusto *Moderantismo*. Ponían estos el grito en el cielo al ver que los primeros puestos de la Política, de la Administración y del Ejército eran arramblados por *la taifa de septiembre*, y se aprestaron a las represalias metiendo a don Francisco Cárdenas, ministro de Gracia y Justicia, en el jaleo de derogar la Ley de Matrimonio Civil de 18 de junio de 1870. Con tal atropello resultaron concubinatos los matrimonios legalmente contraídos, y naturales los hijos habidos en ellos. Horrísona tempestad levantó en la Prensa y en la opinión este atroz desafuero, y mientras el Papa se frotaba las manos de gusto, el jefe de los alfonsinos rabiaba en silencio, viendo frustrado su sano propósito de cimentar su política en el Manifiesto de Sandhurst.

Nadie me contaba el estado mental del presidente del Consejo. Sentíalo yo en mí mismo por el contacto misterioso del pensar *canovístico* con el pensar de este humilde vocero de la vida hispana. Por el mismo artilugio milagroso pude apreciar que no hicieron maldita gracia al insigne malagueño los airados decretos con que Orovio puso en la calle y desterró a los Catedráticos de la Universidad Salmerón, Giner de los Ríos, Azcárate y otros, lumbreras de la Filosofía y del Derecho, y apóstoles de la libertad de conciencia. Por este acto de brutal intolerancia y por sus pintorescos chalecos, transmitió su nombre hasta los alrededores de la posteridad el marqués de Orovio que, aparte su ciego fanatismo, era una persona decente y honrada.

Con un bello desorden que a mi parecer da colorido y sabor picante a las minucias históricas, os contaré que el Rey don Alfonso, muy contento con la cruz laureada que Espartero puso en su pecho, partió de Logroño a Burgos, y después de visitar Valladolid y Ávila regresó a Madrid, donde *las masas oficiales* le recibieron con palmas. En tanto, su madre doña Isabel no cesaba de mover el ánimo irritable de los borbónicos netos para que le abrieran brecha o caminito por donde colarse en el suelo patrio. Suspiraba por la espesura florida de Aranjuez; necesitaba una estación balnearia para la primavera, y en verano no podrían pasarse, ni ella ni las Infantitas, sin los baños de mar.

Cánovas, que profesaba el principio filosófico-político de mantener a las reinas Madres alejadas del foco de la gobernación, indicó a doña Isabel, con muchísimo respeto, la residencia de Mallorca para sus esparcimientos y regocijos primaverales y veraniegos. En esto, sabedor Carlos VII de los anhelos de su augusta prima, le escribió brindándole para su descanso y recreo las Provincias Vascongadas donde él reinaba... Ridícula es la carta en que el Pretendiente ofrecía las playas vizcaínas y guipuzcoanas a doña Isabel para su temporada estival. Entre otras simplezas se dejó decir lo siguiente: «Si quieres ir a Lequeitio o Zarauz, donde estuviste en otras épocas, puedes ocupar los mismos palacios que entonces habitaste, pues no creo posible que en tal caso los marinos de tu hijo continuaran bombardeando aquellos puertos, y si lo intentasen, tengo cañones de suficiente alcance para que te dejen tranquila.» Doña Isabel fue lo bastante discreta para no aceptar la farandulesca protección de su primito. ¡Estaría bueno que las dos ramas que habían desgarrado el cuerpo de la pobre España disputándose un trono durante más de medio siglo, hicieran paces vergonzosas por los baños de ola de Lequeitio!

Si buenas dosis de acíbar tragó Cánovas por las imposiciones *del elemento retrógrado y oscurantista*, como diría Ido, no fue mala compensación la dulzura de ver entrar en la legalidad al truculento guerrillero don Ramón Cabrera, culminante figura del carlismo. Conviene consignar algunos antecedentes familiares de este gran suceso. Cuando el llamado *Tigre del Maestrazgo* pasó el Pirineo en 1840, perdida ya la causa de don Carlos, fue a parar a Inglaterra, donde la fama de su temerario arrojo rodeó su nombre de una aureola de trágica leyenda. En Londres se destacó vigorosamente su atezado rostro, su mirada fulgurante, el aspecto de fiereza medioeval, y se contaban las cicatrices que hacían de su cuerpo un heroico jeroglífico. No necesitaron los ingleses forzar su imaginación para ver en Cabrera una figura genuinamente *shakespiriana*.

Pasado algún tiempo, la leyenda del guerrillero y su presencia personal interesaron el corazón de una dama inglesa, protestante, rica y noble. La dama y el héroe contrajeron matrimonio con todas las de la ley. Entró, pues,

Cabrera en una vida pacífica y burguesa, a la cual se atemperó fácilmente el adalid más terrible, sagaz, activo y sanguinario que ha existido en nuestras discordias civiles. Determinó esta evolución del carácter de Cabrera el genio de su esposa, que supo subyugar la fiereza del cabecilla insigne.

El *tigre* cedió a la blanda ferocidad de la *tigresa*, convirtiéndose en apacible cordero. Un amigo de Cabrera, que le había conocido en España, me contó que una noche fue a visitarle a su casa de Londres, situada en el West, junto a un Square o plazoleta jardinada. Al entrar en esta encontró a don Ramón, de frac, fumándose tranquilamente un puro. Al abrazar a su amigo, *el tigre* domesticado le dijo: «Me encuentra usted aquí porque mi mujer no me deja fumar en casa.»

En rigor de verdad debe decirse que más que la señora contribuyó a la domesticación de la fiera el plácido ambiente de un país liberal y protestante, de un país en que imperaba la justicia y el orden, en que los ciudadanos vivían dichosos ejercitando sus derechos y sometidos al suave rigor de las leyes. A nadie pudo sorprender que un hombre tan inteligente y agudo como Cabrera evolucionase radicalmente, acabando por abominar de la salvaje guerra dinástica de su país, y se asqueara de las vesanias y horrores en que él desplegó todo su coraje. Últimas palabras de esta conversión fueron los intentos de transigir con don Amadeo y aun con la República, y, por último el acto decisivo de reconocer a don Alfonso como el único Rey posible en España. A este feliz resultado se llegó mediante negociaciones en que intervinieron de una parte el duque de Santoña, Merry del Val y Pareja de Alarcón, y de la otra el señor Homedes, sobrino del famoso guerrillero, y otros amigos de este.

En un Manifiesto publicado en París, dijo Cabrera a los carlistas con buenas formas que el absolutismo teocrático era una estupidez en nuestros tiempos, y que del lema de la bandera facciosa dejaba a los fanáticos el *Rey*, llevándose consigo el *Dios* y *Patria*. Don Carlos espetó contra su antiguo general un enfático documento, privándole de todos sus títulos, empleos y honores, castigo que al flamante alfonsino le tenía sin cuidado. En cambio don Alfonso incluyó el nombre de Cabrera en el escalafón de Capitanes generales, reconociéndole el título de conde de Morella y todas las condecoraciones que ganara en los campos de batalla, peleando contra la causa liberal.

Figurando ya en la Grandeza militar y social del nuevo reinado, el de Morella se instaló en Biarritz para trabajar más de cerca en pro de Alfonso XII. Muchos carlistas prestigiosos se fueron con él, y la estrella del Pretendiente empezó a perder su brillo, anunciando un próximo eclipse. Aquel amigo que había encontrado a Cabrera en la plazoleta del West londinense fumándose un habano, me contó que en Biarritz la transformación de la figura del *tigre* superaba en radicalismo a la mudanza de sus ideas y de su carácter. Se había dejado la barba; su rostro no carecía de serenidad placentera; el empaque y la ropa delataban la rigidez protestante y el característico tono británico. Hablando, salpicaba de sus labios un ligerísimo acento inglés. *¡Oh tempora, oh mores!*

Mezclando sabiamente lo útil con lo dulce, conforme al precepto del Latino, os contaré que Casiana *Coelho* adelantaba maravillosamente en sus estudios. Había pasado el *Catón*, y ya leía sin grandes tropiezos las primeras páginas de la infantil enciclopedia llamada *Juanito*. En la escritura, vencido el agobio de los palotes y el duro aprendizaje de letras sueltas, escribía palabritas enteras con limpieza caligráfica y puro estilo de letra española. Gozaba yo lo indecible viéndola trabajar, y el paciente Sagrario me profetizó que el año próximo la señorita de *Vargas Machuca* sería un portento de ilustración.

Continuaba yo manteniendo en reserva la famosa credencial de Casiana, y como mi conciencia repugnaba la villanía burocrática de cobrar el sueldo de la *Señora inspectora* sin que esta prestase al Estado servicio alguno, inclinábame a permanecer a la expectativa, sospechando que el tiempo o los espíritus amables me traerían una solución decorosa. En tanto, deslizábase mi vida sosegada y sin quebraderos de cabeza, viendo pasar los días grises y melancólicos: si alguno traía un suceso digno de atención, el siguiente se lo llevaba para diluirlo en las penumbras del olvido.

Redondeaba mi tranquilidad la paz amorosa de mi unión con Casianilla, cuya modestia, docilidad y aptitudes caseras, encantábanme lo indecible. La compenetración de nuestros caracteres y de nuestros gustos llegó a ser tal, que mi pensamiento rechazaba con horror la idea de separarnos. Ya he dicho, y ahora repito, que nos habíamos declarado muy a gusto figuras culminantes en la flor y nata, o dígase *crema*, de la cursilería.

Para que mis simpáticos lectores se rían un rato, les contaré lo que hacíamos mi compañera y yo, ganosos de afianzarnos y sobresalir dignamente en aquella interesante clase social. Sigo creyendo que la llamada *gente cursi* es el verdadero estado llano de los tiempos modernos, por la extensión que ocupa en el Censo y la mansedumbre pecuaria con que contribuye a las cargas del Estado. Atención, caballeros. Mi Casiana era su propia modista. Juntos íbamos los dos a comprar las telas; luego, entregábase la pobre chica al corte y confección en la mesa del comedor, guiándose con patrones hechos de papel de periódico y figurines sebosos, que le traía no sé de dónde su tía Simona. Largas horas de la tarde y la noche dedicadas a la costura, sin sustraer tiempo al estudio, completaban la obra, y cuando llegaba la ocasión de las probaturas, estas se hacían en mi presencia para requerir mi opinión de hombre de mundo y corregir los defectos que yo advirtiera.

Sepan también las edades futuras que mi compañerita se arreglaba los corsés, echando piezas nuevas allí donde hacían falta, renovando ballenas, ojetes y cordelillos. En cuanto a los polisones ¡ay!, yo, Prometeo Liviano, era el fabricante de aquellos absurdos aditamentos. Tras cortos ensayos llegué a dominar el armadijo de alambres y crinolina, que hubiera causado vergüenza y horror a la *Venus Calípige*. Agradecía Casiana esta colaboración convirtiendo en lindas corbatas para mí los retazos sobrantes de sus vestidos. Sus hábiles manos *confeccionaron* igualmente un chaleco que resultó tan bien cortado y *fashionable* como los de Orovio.

Cuando teníamos aderezado nuestro equipo nos echábamos a la calle pistonudos y fachendosos, y exhibíamos nuestras personas en Recoletos, la Castellana y el Retiro, saboreando el efecto que causábamos en la plebe ignara. A los teatros íbamos comúnmente con el noble carácter de *tifus*, acudiendo a la fina amistad de Ducazcal, Arderíus y otros rumbosos empresarios. Rara era la noche en que faltábamos al café, prefiriendo los que tenían piano y violín, complemento artístico de la frescura de la leche merengada y del rico chocolate con picatostes. Deliciosos ratos pasábamos en las *soirées* cafeteriles, entre la escogida sociedad de señoras equívocas y señoritas del pan pringado, sin olvidar a última hora la rapiña picaresca de terrones de azúcar.

Procedía yo de esta manera extremando las formas de ordinariez presumida, no por el corto gasto que tal vida supone, pues bien podía dármela mejor, sino porque se me habían hecho odiosas las elegancias faranduleras y la hinchada presunción traídas a la sociedad española por el cambiazo de Sagunto.

Me cargaban los hombres jactanciosos y vacíos que se habían elevado de la pobreza cesantil a las harturas del presupuesto, gentes por lo común holgazanas, marimandonas, atentas no más que a encarnar en sí mismas la pesadumbre del armatoste burocrático. Me reventaban los condes y Marqueses, mayormente los de nuevo cuño, sacados por don Amadeo y don Alfonso del montón de indianos negreros, de mercachifles enriquecidos o de agiotistas sin conciencia. Me encocoraban los señores pudientes, que rebajando su jerarquía ancestral entregábanse al servilismo palaciego y monárquico. Detestaba, en fin, todas las vanidades que se habían mancomunado para contener los progresos de nuestra Patria, y encerrarla dentro de unos moldes que no podría romper sin nuevas y más iracundas revoluciones.

Como yo me tenía por superior a toda esta turbamulta, materializaba mi desprecio adoptando la modalidad que a mi parecer era contrafigura del señorío infatuado, rémora contumaz de la vida española. Y cuando ante él ostentábamos Casiana y yo nuestros atavíos fachosos, mentalmente les decíamos: «Miradnos bien. Somos cursis por patriotismo.»

Mis odios más vivos recaían sobre una casta de señoritos en su mayor parte salidos de las Universidades, ricos por su casa, y algunos participantes de las delicias de la nómina. Trastornadas estas criaturas por las parambombas que introdujo la Restauración, elevaron a fórmulas dogmáticas el arte y reglas de la elegancia. A todos los que no tuviéramos exquisita hechura personal, en modales y ropa, nos miraban como a raza inferior, no más digna de aprecio que las turbas gregarias despectivamente llamadas *masa obrera*. Entre ellos y los de abajo ponían una barrera de lenguaje, neologismos extraños, chistes y camelos, mezclados de una galiparda insustancial.

Citaré el caso de uno de estos mancebos de cultura somera y ademanes finústicos, que, tras una temporadilla de dos semanas en París, volvió acá reventando de exquisitismo europeo. Su refinamiento no excluía el gusto extravagante de algunos manjares españoles tan ordinarios como sabrosos. En suma, que le gustaba con delirio el plato llamado *callos*. Entró a cenar con varios amigos en uno de los mejores restaurantes de Madrid; mas no se atrevió a pedir el comistraje de su gusto con el nombre español, que a su parecer era lo más contrario al buen tono. Después que sus amigos pidieron lo que les vino en gana, él dijo al mozo: «Para mí traiga usted... A ver, a ver... ¿Cómo se llama eso?... Ya, ya... *tripe à la mode de Caen*.»

## VIII

Confundidos Casiana y yo entre el gentío fastuoso y el de medio pelo que paseaba en la Castellana o el Retiro solíamos encontrarnos con *Leona la Brava*, acompañada de su amiga María Ruiz. Una tarde, bajando de la Casa de Fieras al *Parterre*, nos sorprendió la voz de Leonarda, a quien vimos bebiendo un vaso de agua en la Fuente Egipcia. No iba con María Ruiz sino con una doncella de servir llamada Pilar, que a Casiana conocía por haber dado juntas no pocos pasos en las correrías mundanas. Reunidas las tres mujeres y yo, seguimos deambulando.

*Leona*, que en otras ocasiones había mostrado simpatía por Casiana, estuvo aquella tarde más expresiva, diciéndole entre otras cosas amables: «Mujer, no te des tanto tono. ¿Por qué no has ido a mi casa como me prometiste aquella noche que nos vimos a la salida de la Zarzuela? Tendré mucho gusto en que comas conmigo. Después de comer iremos al teatro, donde se nos agregará tu gallardo caballero, que no vive separado de ti.»

Contestaba Casiana modosita y con infantil cortedad... Balbuciente, ya se excusaba con finura encogida, ya contemporizaba prometiendo acceder a la invitación. La Pilar, aunque se hallaba en servidumbre, miraba con cierta protección compasiva a la pobre Casiana, considerándose como término medio entre el esplendor de su ama y la oscuridad de la que en otros tiempos fue su igual en la vida galante.

Desmedido era el contraste entre la vestimenta magnífica y un poquito estrepitosa de *Leona* y los trapos caseros de mi humilde amiguita. Esta me había dicho mil veces que no sentía envidia de la dama de Mula, a pesar del rumbo que gastaba, y andando el tiempo me dio pruebas mil de su encantadora modestia. Cuando salíamos del Paseo de las Estatuas a la calle de Alfonso XII, me dijo *La Brava* con su poquito de misterio:

«Este año tardaré un poco en salir a mi veraneo, porque Alejandrito tiene un asunto... un negocio... un proyecto de ferrocarril que ha de ir por Miraflores a Segovia y La Granja... ya te contaré... y hasta que no se lo despachen no saldremos... No sé si sabes que los moderadotes están que echan bombas: todo lo quieren para sí, *les belles places, les gros affaires, la lune et le soleil*... Y a propósito: Alejandrito les ha vuelto la espalda, arrimándose a Romero Robledo y a López de Ayala, que le han prometido echar los bofes para sacar adelante su asuntillo. Cuando esto sea, *nous partirons pour la France*. Pasaremos una temporadita en Arcachón y luego nos vendremos a Biarritz.»

Terminó *Leona* sus confidencias diciéndome que Carlota Pastrana se iría pronto a San Juan de Luz, y que María Ruiz estaba *aux abois*, porque *el suyo*, que era empresario de casas de juego, dio el trueno gordo y tuvo que salir escapando de Madrid para que no le matasen.

En la Cibeles nos separamos. Cuando íbamos hacia nuestra casa, la discreta Casiana consagró a la dama de Mula estos juicios sinceros: «Leonarda es linda, simpática y cariñosa. Viste muy bien y tira el dinero que es un gusto... Pues con todo eso, yo no quiero parecerme a ella. Según tú, *La Brava* y yo nos asemejamos en que las dos hemos querido instruirnos para pasar de burras a personas. Pero no es lo mismo, Tito. La de Mula hipa por la grandeza, aprendió el habla fina, luego el francés, y todo su aquel es tratarse con hombres ricos. Busca el boato, la bambolla, y así como otras se pintan la cara para ser más bonitas, *Leona* se pinta el alma con la ilustración para que se enamoren de ella los duques, los príncipes y hasta los mismos reyes.

»Yo soy de otra manera; no pretendo más que saber leer y escribir, y unas miajas de Aritmética para llevar las cuentas de mi casa. Muy corto es mi genio, pero más cortos son mis deseos. Con un poquitín de lo que Dios reparte a sus criaturas tengo asegurada la felicidad: un hombre bueno que me quiera, una casa modesta y limpia, un pasar mediano y sin ahogos, un vivir tranquilo, cuidar a mi hombre y tenerle todo a punto y muy arregladito, y para colmo de contento mi plancha, mi aguja y mi estropajo.»

Entre San Juan y San Pedro, entrada de verano, cambiamos Casiana y yo el escenario en que exhibíamos nuestras bien aderezadas personas. Abandonamos la Castellana y el Retiro, y vestidos cómodamente y sin pretensiones nos íbamos por las tardes a la Fuente de la Teja o a la Pradera del Corregidor. La libertad del vivir plebeyo al aire libre nos encantaba, mayormente cuando llevábamos merienda o cena y nos la comíamos tumbaditos sobre la hierba.

Era nuestra delicia la sociedad de los ventorrillos, donde escuchábamos las conversaciones más graciosas; los musiquejos mendicantes nos divertían, y el vocerío alegre regocijaba nuestros corazones. Por cierto que una tarde encontramos a María Ruiz, una de las amigas de *Leona*, paseando del brazo de un gallardo sargento de Caballería. Al poco rato bailaban una mazurca, bien agarrados, al son de los atronadores organillos. Otra tarde se nos apareció el masón llamado burlescamente *Epaminondas*, a quien conocí en la tertulia de *Candelarita Penélope*. Le convidamos a merendar en un ventorro; aceptó, y apenas nos sentamos los tres, empezó a discursear de esta manera:

«Ya tenemos a Periquito hecho fraile, ya tenemos a Sagasta metido en la legalidad. ¿No leíste la semana pasada el artículo de *La Iberia*? Pues bien claro lo dice. Los elementos procedentes del amadeísmo y del unionismo, juntamente con los restos del antiguo progresismo que no están con Zorrilla, quieren ahora formar un partidito que a un tiempo se llame liberal y borbónico. ¿Entiendes esto; lo entiende usted, señora?

—Sí que lo entiendo, querido *Epaminondas* —respondí yo— Ni el *elemento* liberal ni el *elemento* borbónico quieren perecer. Para vivir y pescar lo que se pueda, se alían, se juntan, y buscan *un dogma* que encuentran enseguida... Aquí hay *dogmas* para todo, hasta para las combinaciones y mezcolanzas más extravagantes... Encontrada la fórmula, se aprestan todos a *comulgar* en la iglesia alfonsina que hoy abre de par en par sus puertas al culto del Funcionarismo. No te asustes de nada, *Epaminondas*. Sagasta formará un partido liberal dinástico que alterne con el de Cánovas en la gobernación de estos Reinos venturosos.

—A eso iba —prosiguió el masón, mostrando en su rostro el júbilo y la vanagloria de contar un suceso que él solo sabía—. Óyeme. Puedo asegurarte, como si lo hubiera visto, que ayer y hoy se han reunido Sagasta y Cánovas en casa de este último, Fuencarral, 2. Encerrados estuvieron más de dos horas cada día, tratando de... La conversación entre ambos prohombres no he de referírtela, porque no la oí... Pero te diré, si te interesa saberlo, la hora exacta con minutos en que entró Sagasta y la hora en que salió. Lo sé por Ramón, el ayuda de cámara de don Antonio, que es paisano y amigo mío, y todo me lo cuenta... Total, es claro como el agua que los empingorotados corifeos conferenciaron acerca de la forma y modo de fundar el nuevo partidito, *bajo la base* del equilibrio de los *elementos* dinásticos, conforme al *credo* borbónico.

—En mi sentir —respondí yo— todo lo que me has dicho es la pura realidad. Por mi parte, debo declarar que no patrocino el nuevo partido ni me opongo a su creación, y así lo hago por dos razones: la primera es que sucederá lo que debe suceder, y la segunda, que todo ello me tiene sin cuidado.»

Disertamos un poco más sobre el asunto, cada cual según su temperamento y estilo, hasta que el amigo *Epaminondas* se fue con unas mozas barbianas que salieron del merendero próximo.

Transcurrieron días calurosos, tardes de holganza placentera en las soledades campesinas, noches serenas que empezaban tibias y concluían con dulce frescura matinal. Más de una vez, la aurora risueña nos acompañó a Casiana y a mí al tornar a nuestra vivienda.

El primer suceso público que relatan mis crónicas en la declinación del verano fue la recrudescencia de las sofoquinas que a don Antonio daban los *moderados*. Los antagonismos en el seno del Ministerio parecían ya irreductibles. Se tiraban los trastos a la cabeza por si las primeras elecciones de la Restauración habían de hacerse con el sufragio universal o con el restringido. Cánovas del Castillo, que a sus grandes talentos unía un arte sutil para deshacerse de los revoltosos y amansar a los díscolos con el sencillo gesto de abandonar el Poder, dejando tras sí como emblema de castigo el vacío de su persona, inventó un Ministerio Jovellar que fue plasmado rápidamente en esta forma: Romero Robledo, Ayala y Salaverría conservaron sus carteras de Gobernación, Ultramar y Hacienda. En Guerra, con la Presidencia, quedó Jovellar. Y entraron: en Estado, don Emilio Alcalá Galiano, Vizconde del Pontón; en Fomento, don Cristóbal Martín Herrera; en Gracia y Justicia, don Fernando Calderón Collantes, y en Marina, Durán y Lira.

Heroico remedio fue para la turbada política el mutismo de don Antonio, mejor dicho, medio mutis como los que en las acotaciones de las comedias se designan con la siguiente fórmula: *hace que se va y se queda*. Para estos pasos escénicos tenía el maestro Cánovas una singular destreza, casi estoy por decir travesura, y de ello dio nuevos ejemplos en posteriores épocas de su mando. El flamante Ministerio correspondió dócilmente a los fines que motivaron su presencia en el retablo político, y el 1.º de octubre, tras una gestación que no debió ser muy laboriosa, la señora *Gaceta* dio a luz un decreto estableciendo que el nuevo Parlamento se formaría con arreglo a la ley electoral de 1870. El sufragio universal había vuelto a levantar la cabeza, y los *moderados*, con excepción del inflexible don Claudio Moyano, bajaron la cresta convencidos de que se quedarían fuera de la circulación política si continuaban encerrados en las covachas del tiempo viejo.

Desembarazado de los engorrosos obstáculos que le ocasionó la cuestión electoral, Cánovas volvió a ser cabeza visible de la Situación en la Presidencia del Consejo. A Jovellar dio el mando supremo de Cuba, prebenda que fue muy del agrado del general. En Guerra entró Ceballos; en Fomento el conde de Toreno. Martín Herrera pasó a Gracia y Justicia, y don Fernando Calderón Collantes a Estado. Los demás ministros, excepto Alcalá Galiano, siguieron en sus puestos.

Ante un público de amigos inquietos y ambiciosos, congregado en el Circo del príncipe Alfonso el 7 de noviembre, celebró Sagasta con endechas tribunicias el advenimiento del partido liberal monárquico y la felicidad que había de resultar del turno pacífico, del equilibrio, del balanceo metódico entre los dos *elementos* que diferenciaban e integraban la política general, sirviendo a la Nación y al Rey cada cual con su *credo*, cada cual con su *dogma*, sin perjuicio de *comulgar* ambos en el ideal común, en el ideal dinástico, etc... No expresó don Práxedes su pensamiento con los vocablos y frasecillas que aquí empleo. Yo no asistí a la reunión; pero creo interpretar fielmente la sustancia del discurso utilizando las notas tomadas al oído que me trajo el diligente informador *Epaminondas*.

Que Sagasta puso en las nubes la Constitución del 69 y pisoteó la del 45, no hay para qué decirlo. Hizo un discreto elogio de los derechos individuales y de la libertad de conciencia, armonizando estas conquistas con el estricto mantenimiento del orden, y concertó las notas chillonas del *Himno de Riego* con la grave salmodia de la *Marcha Real*. El Partido Constitucional combatiría con el mismo ardimiento los excesos de la demagogia y las atrocidades de la reacción... Todo iba bien, muy bien. Los liberales dinásticos, provistos ya de las necesarias recetas para entrar con salud en la política activa, andaban por Madrid a fines del 75 como chiquillos con zapatos nuevos. Faltaba que el Gobierno convocase al pueblo a los comicios, que se efectuaran las elecciones, y que se supiera quiénes salían triunfantes del seno hermético de las urnas.

Perdonadme, lectores de mi alma, que pase como gato fugitivo por este período de una normalidad desaborida y tediosa, días de sensatez flatulenta, de palabras anodinas y retumbantes con que se disimulaba el largo bostezar de la Historia. Todo este fárrago de convencionalismos resobados pasó de las manos caducas del año 75 a las tiernas manecitas del 76. Funcionó el artefacto electoral, y para haceros comprender su eficacia me bastará decir que Romero Robledo estrenó entonces su extraordinaria maestría en la fabricación de Parlamentos. Con tiempo y saliva designó y encasilló a los padres de la Patria, formando a su gusto el montón grande de la mayoría conservadora y el montón chico de la minoría liberal dinástica, sin olvidar unas cuantas figuras sueltas, sacadas de las urnas o de los cubiletes con un fin ornamental y pintoresco. Fue al Congreso Emilio Castelar por el cariño que Cánovas le tenía, y para que no estuviera solo pusieron a su lado al señor Anglada. Una vez más, y aquella vez más que otras, lució sobre Madrid y España la espléndida mentira de la Soberanía Nacional.

Ya sé, ya sé que mis lectores me agradecen mucho que no les cuente la teatral apertura de las Cortes el 15 de febrero de 1876, con la fastuosa mascarada palatina, ni el discurso del Rey, ni los subsiguientes trámites rutinarios de elección de Mesa, examen de actas y constitución definitiva en las dos Cámaras. Todo esto, visto a cierta distancia, es aburridísimo, letal, y el que lo contase de buena fe o lo leyere con paciencia moriría de un ataque agudo de fastidio. Las Cortes alfonsinas habían de empezar sus tareas pergeñando una nueva Constitución, pues la del 12, la del 37, la del 45, la del 54 y la del 69, todas incumplidas, o *barrenadas* como suele decirse, estaban ya inservibles.

Aunque el pío lector no me lo agradezca, doy de lado la discusión del Mensaje, juego de pirotecnia verbosa en el cual cada orador respiraba por sus heridas, conforme a la postura política en que le habían dejado los sucesos de los últimos años. Pidal se revolvía contra don Antonio por no haber traído este a la Restauración las furias ultramontanas; Moyano execraba la Revolución de septiembre, pintándola como un criminal esparcimiento demagógico; Sagasta, cantando por todo lo alto, izaba el gallardete de la Soberanía Nacional; Castelar y Pavía disertaron extensamente sobre el pro y el contra del 3 de enero del 74; Cánovas, con derroches de lógica elocuente, contestaba a unos y otros requiriéndoles a la paz y concordia en los altares de la legalidad alfonsina; todos, en fin, se encastillaban en las ficciones o decorosas pamplinas que les servían de plataforma en aquella encrucijada de los destinos de España.

Sospecho que estas páginas tendrán más amenidad hablando en ellas de mí mismo, de la honda depresión de mi ánimo en aquellos días de amodorrante sensatez. Sin que pudiera decir que estaba enfermo, yo me sentía desganado y triste; apenas salía de mi casa; ni una sola vez traspasé la puerta del Congreso; huía de la rarificada atmósfera de los que llaman *Círculos*, y para colmo de mi desdicha, en los meses transcurridos del año 76 no me visitó la vaga *Efémera*, ni tuve más relaciones con mi adorada Madre que la cobranza de mi asignación en la portería de la Academia de la Historia, sin que a la entrega de fondos acompañara carta ni referencia directa de la divina *Clío*. Llegué a creer que mi Madre yacía en grave postración espiritual o que se hallaba en estado de catalepsia, única enfermedad que acomete a los Dioses cuando no tienen nada que hacer, o se creen dispensados de intervenir en las acciones humanas.

También la vida de este pobre Tito había llegado a ser vida de durmiente o cataléptico. Sus horas se deslizaban una tras otra lentas, pardas y sin ruido. El ayer, el hoy y el mañana eran un solo día: esfumábanse los recuerdos, extinguíase la esperanza... De improviso, una noche me sacudió y me puso en pie restituyéndome bruscamente a mi ser normal un suceso inopinado, un relámpago de vida, la visita de un amigo queridísimo a quien yo no había visto en algunos años. Este amigo era Segismundo García Fajardo, el rebelde más tenaz y el revolucionario más gracioso que ha existido bajo el limpio cielo de los Madriles.

En los días trágicos de la muerte de Prim y en todo el año 70, fecundo en emociones y disturbios, derrochó Segismundo su agudeza satírica y los donaires de su feliz ingenio en soliviantar las masas populares de Lavapiés y las Peñuelas. Grande amigo de Romualdo Cantera, recibió de este albergue y sustento en los azares de la vida más desordenada y tormentosa que cabe imaginar. Aquel trueno de la política, bala perdida en la sociedad, era como sabéis sobrino carnal del marqués de Beramendi, caballero talentudo y de alta posición, que se cansó de proteger al mozo cuando las extravagancias de este llegaron a ser escandalosas. Abandonado del tío y de sus padres, Segismundo se dejó arrastrar por la desesperación revolucionaria, y aunque no tuvo arte ni parte en el conato de regicidio contra don Amadeo, fue perseguido con tanta saña que salió por pies y no paró hasta París. En aquella capital permaneció largo tiempo entre los innúmeros españoles que conspiraban para cambiar radicalmente las cosas de España.

Cansado, al fin, de soportar humillaciones, hambre y desnudeces, se valió de sutiles arbitrios para repatriarse. Atravesó toda Francia empleando los más inverosímiles medios de locomoción gratuita, y protegido por un fogonero vino de Irún a Madrid... Cuando ante mí se presentó, su rostro estaba tan desfigurado por la miseria y su vestimenta era tan haraposa que hubo de decirme su nombre más de una vez para que yo pudiera reconocerle... Le abracé conmovido, hícele sentar a mi lado, y él, con voz doliente y asmática, eco de un cuerpo vacío, me dijo: «No vengo a pedirte albergue, querido Proteo, que ese, aunque no mejor que la guarida de una bestia, ya lo tengo. Vengo a pedirte un pedazo de pan...»

## IX

Mi respuesta fue dar voces llamando a Ido para que nos sirviera al instante la cena. «Cenarás conmigo —dije a Segismundo—, y con esta señorita, Casiana *Coelho*, que si no es ya una profesora de instrucción primaria, lo será muy pronto. Ya sabes que diariamente, desde esta noche, habrá siempre en mi mesa humilde un plato para ti.» Por causa de la turbación de su ánimo, o quizás por la vacuidad de su estómago, el pobre Segismundo no pudo expresar su gratitud más que con truncadas frases expresivas.

Apenas tragó García Fajardo las primeras cucharadas de sopa y media copa de vino, pudo advertirse que recobraba su perdido vigor. Ya era otro hombre, y a medida que avanzaba en la ingestión de alimento, su gesto hacíase menos desmayado y su voz más segura y vibrante. «Gracias a mi antigua camarera y aposentadora, la benéfica *Señángela* —nos dijo—, no duermo a la intemperie. Aquella fiera, tan deslenguada como caritativa, me ha dado cobijo en un cuchitril inmundo de la calle de Cabestreros. Allí tengo unos palmos de terreno donde estirarme, sobre un montón de trastos y rollos de esteras. El amigo Balbona ya no está en la taberna de la calle de Toledo, y Romualdo Cantera se ha ido a vivir lejos de Madrid... Todo mi guardarropa se reduce hoy a estos venerables guiñapos que ves colgados sobre mi cuerpo.

—No te apures, noble hijo de España —le contesté yo—. Nosotros te proveeremos de ropa con algunas prendas mías y otras del amigo Ido, que próximamente mide tu estatura. Todo es cuestión de tijera y aguja. Aquí tenemos a Casianita, que es una gran sastra y arregladora de vestimentas para todos los gustos. Te adecentaremos... No te rías... y podrás salir a la calle con elegancia de figurín barato. Ya sabes que la elegancia es el signo de los tiempos. Bien apañadito, como un estirado señorete que viene de París, podrás presentarte a tu ilustre tío el marqués de Beramendi, y a tu amigo Vicente Halconero.»

Poniendo breves pausas en el buen comer, mi huésped replicó así: «En el fondo y aun en la superficie de su espíritu, mi tío Beramendi es un rebelde a macha martillo; pero su mujer, sus hijos y la sociedad en que vive no le permiten sustraerse a esta atmósfera de artificios convencionales y de mentiras aparatosas. Los hombres de ideas más avanzadas se vuelven suspicaces y medrosicos, y se acomodan a vegetar dentro de esta cárcel fastidiosa de la sensatez monárquica, mayormente si poseen buenas rentas para tratarse a cuerpo de rey mientras dure su cautiverio. En cuanto los jesuitas establezcan aquí esos Colegios elegantes de que ya se habla, los primeros niños que entren en ellos serán los de mi tío Pepe. Así lo quiere María Ignacia y así será.

»Lo mismo te digo de Vicentito Halconero. Es un chico excelente, talento claro de los que miran al porvenir y a la regeneración de este pobre pueblo. Pues hostigado por su madre, Lucila, y por sus suegros los Calpenas, solicitó el acta de La Guardia; le encasilló Romero Robledo, y ahí le tienes, entre los borregos de Cánovas... No, me equivoco... Entre los de Sagasta, que viene a ser lo mismo. Te diré ahora que la hermosa Lucila, al cabo de los años, se siente un poco ultramontana y papista. No hace mucho tiempo hizo un viaje a Roma con su esposo don Ángel Cordero, el sutil economista, sin otro objeto que besar la sandalia de Pío IX, y recibir la bendición pontificia... Con que ya sabes, a esta sociedad que me execra y me maldice, no puedo yo acercarme sin recibir desaires y sofiones.»

Avanzada ya la cena, añadió Segismundo a las manifestaciones anteriores confidencias de un orden más delicado. Poniendo en su acento el respeto que a su madre debía, díjome que esta, Segismunda Rodríguez, esposa del primogénito de los García Fajardo, se había dedicado en los últimos años al negocio de préstamos usurarios, y laboraba sigilosamente tras la pantalla de testaferros sin conciencia. Amasado un grueso capital desplumando lindamente al prójimo, la buena señora hipaba por la grandeza y era rabiosa alfonsina. Se desvivía por pescar un título nobiliario, y no siéndole fácil conseguirlo de los de Castilla resignábase a tenerlo pontificio, que como es sabido resultan muy económicos.

De sobremesa volvimos a tratar la cuestión de indumentaria. Casiana, movida de repentina inspiración, sacó de su cesta de costura la cinta-metro que usan los sastres y modistas, y puesto en pie Segismundo, le tomó las medidas a lo ancho y a lo largo. La señorita de *Coelho* cantaba los números y yo los iba apuntando en un papelejo. Hecho esto, y cuando Segis se despidió con demostraciones de gratitud, bien provisto de tabaco, le aseguré que a la tarde siguiente encontraría en mi casa el remedio de su indecorosa desnudez.

Coincidiendo en una resolución práctica, habíamos pensado Casiana y yo que la más expedita obra de misericordia era vestir al desnudo con un traje de *El Águila*. En efecto, a la mañana siguiente adquirimos, por las medidas que llevábamos, un terno modestito y de buen ver. Luego, en la calle de Toledo, compramos tres camisas y otras prendas interiores, a las cuales agregamos un sombrerete blando adquirido en *Las Tres B B B* de la Plaza mayor... Con toda esta carga nos volvimos a casa satisfechos y gozosos, pues nada era tan grato para mí, y lo mismo para Casianilla, como aplicar nuestros limitados recursos a una obra esencialmente cristiana y altruista.

Por la tarde, cuando se nos presentó el infeliz repatriado y le mostramos las para él lujosas prendas de vestir, advertimos que se humedecían sus ojos y que su boca tembliqueante no acertaba a formular las oportunas frases de reconocimiento. Con un tonillo evangélico, que maquinalmente me salía del pensamiento a los labios, le hablé de este modo: «Amigo, mejor será decir hermano mío, coge estas ropas y tenlas por tuyas sin reparar en la mano que te las entrega; corre a tu morada, y una vez que purifiques tus carnes con santas abluciones, vístelas con la decencia que Dios te ha deparado.»

El hombre infeliz, recogiendo parte de su equipo para hacer con él un lío, me contestó en el tono más sencillo y familiar: «Benditos sean los que practican el amor al prójimo con verdad y donosura. Muchos se precian de socorrer a los desvalidos; pocos hay que posean el arte de la caridad. Yo acepto estos dones y admiro la gracia con que se me ofrecen... Permitidme, mis queridos amigos, que no traslade a mi casa toda la ropa interior; me llevo solo una muda; lo demás aquí queda, pues mi desmantelado cubil se me antoja que no es, no ya el *Puerto*, sino el Golfo *de Arrebatacapas*.»

Con toda la presteza que su contento le infundía, el desgraciado y ya favorecido Segismundo partió, llevándose su ropa envuelta en un pañuelo. Casiana y yo nos quedamos discurriendo nuevas manifestaciones del arte de la caridad. Al otro día sorprendíamos al menesteroso caballero con una pañosa nuevecita y unas botas de becerro mate adquiridas en un bazar de calzado. Todo resultó a las mil maravillas: cuando resurgió a media mañana el amigo, bien lavoteado y vestido de limpio, parecía otro. Obsequiole Casiana con unas corbatitas de colorines en las que había trabajado la noche anterior. El espléndido regalo final de la capa y botas puso al buen Segismundo en un estado de beatitud seráfica. Yo reventaba de gozo, Casianilla no cesaba de reír, y los dos creíamos hallarnos en presencia de un muerto a quien acabábamos de resucitar.

Tras un largo rato de ocioso charloteo, en que intervino Ido con su cándido filosofismo, nos sentamos a la mesa. El muerto resucitado, dueño ya de los varios registros de su inteligencia, nos contó interesantes casos y episodios del vivir azaroso de los emigrados españoles en París. Habíalos allí de todas castas y procedencias: republicanos federales del 73, zorrillistas de la última extracción con afiliados civiles y militares, carlistas de todas las épocas, especialmente de la última, pues la causa de la legitimidad iba de capa caída y muchos partidarios del Pretendiente pasaban la frontera ansiosos de buscarse la vida en un país pacífico y libre. El *Pasaje Jouffroy* y el *Café de Madrid* hervían de españoles aburridos y famélicos. Algunos, embozados en sus capitas, acechaban el paso de un amigo que les diera un Napoleón o les convidase a un almuerzo de *dos francos cincuenta*; otros se instalaban en las mesas del café, y allí pasaban largas horas en tristes añoranzas, o planeando medios de trabajo para poder matar el gusanillo. Los más prácticos apencaban con los rudos oficios y se metían en una cerrajería, en una tahona o en talleres de encuadernación.

«Me han contado —dije yo— que republicanos y carlistas fraternizan allí, unidos por la común desgracia, y se buscan la vida dando lecciones de español.

—Así es —prosiguió Segis—. Yo me asocié con un ex-capitán carlista, natural de Azpeitia, excelente chico, que no hablaba bien más que el vascuence. Pereciendo de hambre, anunciamos una *Gran Academia de Lenguas* en la cual, el vascongado y yo, y un andaluz muy despierto que se nos agregó, ofrecíamos dar lecciones de español, de latín y de griego. El resultado fue desastroso... Debo añadir que de la emigración zorrillista poco podíamos esperar, porque los prosélitos de don Manuel, mal que bien, tenían para vivir y se cuidaban poco de los demás, como no fuera para darnos de vez en cuando un corto auxilio.

»De Ladevese recibí yo algún socorro que le agradeceré toda mi vida... La conspiración zorrillista labora en España tratando de mover las fuerzas militares para producir los tan acreditados pronunciamientos. En París se manifiestan con un *ojalaterismo* rosado y transparente que a muchos deslumbra, a mí no, pues de los pronunciamientos no espero nada bueno para mi Patria... Desesperado de la inutilidad de mis esfuerzos para resolver el problema vital, abandoné el *Pasaje Jouffroy*, donde todo se volvía cháchara sin sustancia, y planté mis reales en el *Café Cluny, Boulevard Saint Michel, Barrio Latino.*

—Dime, Segis, ¿no has visto por allí a Estévanez?

—Sí; pocos días antes de mi salida, llegó de Portugal. Está muy desalentado, y cree que todo intento revolucionario, ya sea zorrillista, ya sea de otro orden, quedará hecho polvo bajo el peso de esta oligarquía de tres cabezas: la femenina aristocrática, la militar masculina y la papista epicena... Como decía, me instalé muy a gusto en el *Barrio Latino*, que es para mí el París luminoso, la urbe de la ciencia y el arte. Allí están todos los focos del saber y de la enseñanza pública; allí están la Sorbona, el *Collège de France*, la Universidad; allí las Escuelas Superiores de Medicina, de Farmacia, de Ingenieros, el Observatorio Astronómico, innumerables Institutos, Laboratorios y Bibliotecas; allí todos los grandes editores de París; allí, en fin, la inmensa cátedra de escolares, estudiosos los unos, otros afiliados a la graciosa hermandad que llaman *bohemia*. Sobre este inquieto y juvenil personal flota la nube de poetas más o menos *parnasianos*, y de pintores más o menos *impresionistas*.

—¡Hermosa y florida República —exclamé yo—, esperanza de un gran pueblo!

—En el *Café Cluny* y en otro que está junto al *Odeón*, tenía yo mis Círculos predilectos. Hice amistad con unos chicos mexicanos y chilenos, pensionados para estudiar Medicina. Sociedad más a mi gusto jamás la conocí. Los americanillos eran estudiosos, y de la piel del diablo. Ellos, y un pintor español que hacía paisajes melancólicos, me arrastraron a la *bohemia*, para lo cual es condición precisa tener los bolsillos vacíos. Gocé y me divertí cuanto pude, y mis calaveradas extravagantes dejaron memoria en aquel rincón del París ático y bullicioso. Para que nada me faltase, tuve mi *griseta*, que me adoró durante dos días y medio.

»También aquel barrio era campo de acción de muchos expatriados españoles, que se administraban por un presupuesto absolutamente negativo. Con algunos de estos me lié yo en sociedad comanditaria al objeto de *arbitrar recursos* honradamente. Un tal Boneta, cantonal, me propuso un negocio que consideraba de resultados infalibles. ¡A trabajar se ha dicho! Alquilamos una tienda en la *rue Grenelle*, y nos instalamos en ella sin muebles ni cosa alguna. Pero en la fachada pusimos este anuncio sugestivo, *Misterios de la vida parisién*, y en la puerta un rotulillo que decía en letras bien claras, *Entrada, un franco*. A mi cargo corría la cobranza, mientras Boneta se paseaba en el salón vacío. El primer día cayeron algunos incautos, que al ver aquellas paredes desnudas preguntaban: «¿Pero qué es lo que se enseña aquí?» Boneta contestaba con voz estruendosa: *¡Rien!* Intervino la Policía obligándonos a cerrar *el establecimiento*. Con los francos recaudados tuvimos para cenar algunas noches.

—Esa broma o ese timo, querido Segis —repuse yo—, no habríais podido darlo en Madrid.

—Claro es —siguió diciendo el pícaro—. Pero tú no sabes que París es el pueblo más novelero del mundo. Verás ahora otro caso de la maravillosa inventiva de un emigrado español muerto de hambre. Un tal Catuelles, carlista, anunció en la prensa que estaba dispuesto a reconocer todos los hijos ilegítimos no reconocidos por sus padres. En el anuncio, redactado con frases muy patéticas, declaraba que lo hacía por lástima de las pobres criaturas, y deseoso de que estas pudieran entrar decorosamente en la vida social. Lo demás ya se supone: *precios convencionales*. Pues este hombre que en España habría pasado por loco, en París y en poco más de seis meses, reconoció ciento dieciocho hijos y ganó doce mil duros.

—¡Ay qué gracioso, qué hombre más listo! —exclamó Casiana riendo a carcajadas—. Pero usted, don Segis, ¿qué intentaba para ganar dinero y salir de su miseria?

—¡Ah, hija mía! Yo no tenía la travesura de Boneta ni el genio de Catuelles. Cuando llegué a los extremos de la necesidad me dejé llevar por dos amigos, uno cantonal y otro carcunda, a las conferencias religiosas que en cierta calle próxima a *San Sulpicio* daba una Sociedad Catequista. Aunque mis dos compañeros eran librepensadores, casi ateos, y yo no tengo creencias religiosas, apencábamos con aquella farsa porque los catequizadores recompensaban nuestro falso catolicismo con un modesto socorro. Por las noches nos hacían oír unas pláticas estúpidas y soporíferas. Pero ¡ay! esto no bastaba: querían los señores dar público espectáculo de nuestra piedad y mansedumbre, como éxito notorio de la labor catequizante y triunfo de Nuestra Santa Madre Iglesia. Eramos como unos doscientos, entre hombres menesterosos y beatas vejanconas. Todas las mañanas nos llevaban a confesar y comulgar en *San Sulpicio*, y hasta que ingeríamos el pan espiritual no nos daban el franco, óbolo remunerador de nuestras edificantes devociones.

—¡Pero tú comulgabas, Segis, tú...! —exclamé yo, vacilando entre la incredulidad y la risa—. ¿Es posible?

—¡Ya lo creo! Como que si no comulgaba no comía... ¡Ay, amigos del alma! Si ahora que estoy decentito me decido a presentarme a mi madre, ya sé lo primero que me dirá. Me parece que la estoy oyendo: «Hijo mío, ¿vienes dispuesto a sentar la cabeza y a enmendarte de tus errores? Si así es, tu madre te bendice, y lo primero que te recomienda es que entres resueltamente en la grey cristiana y cumplas con la Iglesia.» Yo le responderé: «Ah, madre querida; bien *cumplido* y purificado vengo de París. Traigo *cumplimiento* para lo que me resta de vida.»

# X

Desde aquel día, el náufrago salvado de las olas del infortunio quedó unido a mí por vínculos fraternales. Casiana y yo partíamos el pan y la sal con Segismundo, y él nos mostraba un cariño respetuoso que más parecía veneración. Juntos salíamos los tres de paseo, tranquilos, alegres, *ni envidiados ni envidiosos*, y por las noches no perdonábamos nuestra partidita de café en los de Zaragoza, Venecia o San Sebastián donde poníamos el paño al púlpito despotricando, ora en tonos enérgicos, ora en sarcástico estilo, contra la oligarquía dominante. Aunque perorábamos para una posteridad remota, los parroquianos que nos oían con la boca abierta celebraban nuestras locas arengas, cual si en ellas viesen una palpitante actualidad.

En nuestra casa teníamos luego una segunda *soirée* más interesante y divertida, porque en ella gozábamos la inefable libertad del disparate sin acortar el vuelo de nuestros arrebatados pensamientos. Reforzada nuestra trinca con la conspicua personalidad de Ido del Sagrario y la de un estudiantillo muy despierto llamado Gayoso, recorríamos hasta lo infinito los espacios quiméricos.

Allí se oyeron afirmaciones aplastantes y atrevidísimas hipótesis. Por ejemplo, oid a Segismundo: «Si en España viniera un cataclismo, *pongo por caso*, como dice Orovio en sus discursos... un cataclismo, *es un suponer*, que decía el general Infante, y fuéramos llamados Tito y yo a ejercer la dictadura, ¿qué haríamos?» El estudiante Gayoso saltó enseguida sosteniendo que no dominaríamos la situación si no consagrábamos los tres primeros días de mando a cortar cabezas, la mar de cabezas...

De esto protestaba Sagrario, movido de un alto espíritu de humanidad, y decía con enfático acento: «No se cuiden los señores dictadores de cortar cabezas, sino de cortar abusos, y esto se hará fácilmente blandiendo en una mano el cetro de la Ley y en la otra la antorcha de la Verdad. Sí; con ley, verdad, justicia y honradez ciudadana todo irá como una seda. Matar no, no. Me opongo a la horca y a la guillotina. Todo lo más que admito es el cartel que diga *pena de muerte al ladrón*, solo como amenaza contra los timadores y descuideros.»

A esto repliqué yo adoptando un término medio entre los feroces procedimientos de Gayoso y la indulgencia de don José. Este me interrumpió con atinadas razones: «Yo lo fío todo *al progreso*, y harto saben los *preopinantes* que *el progreso* es benigno, suave, mirando siempre a la Voluntad Nacional... Ya que los señores se dignan escucharme, les diré que no veo más dictadura que la del denodado señor duque de la Victoria.»

Tomó entonces la palabra Segismundo para expresar estas ideas, propias de su elevado cacumen: «Yo, conforme con el sesudo Sagrario, enarbolo los pendones de la ley, la verdad y la justicia; pero ¿cómo hemos de salvar el espacio mediante entre los furores del cataclismo y la normalidad fundada en esos ideales? Al constituirnos necesitamos Ejército. ¿Cómo pasamos del pretorianismo indisciplinado a la posesión de una fuerza regular que apoye la acción gubernativa? Será indispensable conciliar los intereses de los ricos con el bienestar relativo de los menesterosos. Hemos de crear un presupuesto novísimo, descargando las cifras asignadas al Clero y Milicia para reforzar las dotaciones de Enseñanza y Obras Públicas. Y yo pregunto a *los preopinantes*: ¿Cómo nos defenderemos de las fieras que, azuzadas por esta radical alteración del presupuesto, caerán sobre nosotros ansiosas de devorarnos? Por todo lo dicho y por algo más que se me queda en el magín, yo renuncio a la dictadura que galantemente me ha ofrecido el amigo Proteo, y la transfiero, como propone el señor Ido, al príncipe de Vergara, duque de la Victoria y conde de Morella.»

Casianilla, que había permanecido muda y atenta ante el varonil senado, se arrancó al fin con este juicio tan tímido como discreto: «Déjenme pedir a los señores *opinantes* que no se devanen los sesos por la incumbencia *del dictado*, que entiendo es el encaminar a la Nación para que del tumulto pase a la paz... Porque yo digo, del mucho orden sale siempre el desorden, *es a saber*, los motines y la rabia del pueblo, y de esto sale siempre la tranquilidad o *verbo y gracia* quedarse todo como una balsa de aceite. Dios Nuestro Señor ha dispuesto que tras de la calma tengamos las tempestades y tras de las tempestades la calma y el cielo sereno. ¿Que viene cataclismo? Pues que venga. El cataclismo se encargará de volver las cosas a la norma... O como se diga. ¿Me explico?»

Los cuatro le aseguramos que la entendíamos muy bien, y ella, cobrando ánimos, concluyó de este modo: «No quiero que Tito ni Segismundo se metan *a dictar* estas cosas. Si España se alborota, ya sabrá ella desalborotarse, y por lo que voy viendo, buen desalborotador será ese duque mentado por don José y que, según yo calculo, no es otro que el señor de Espartero.»

Aplaudimos todos, y disolví la reunión. El primer suceso memorable del día siguiente fue que Segismundo, al venir a casa, se encontró a *Sebo*, el cual ya tenía conocimiento de que en su repatriación García Fajardo había mudado de piel como las culebras. Díjole Telesforo del Portillo que el señor marqués de Beramendi deseaba ver a su sobrino, y que él tenía orden terminante de llevarle a su presencia de grado o por fuerza. Yo aconsejé a Segis que se dejara querer, pues algo bueno resultaría de su entrevista con el bondadoso prócer oligarca.

El segundo suceso histórico de aquel día fue la terminación de la guerra civil. Desde fines del año anterior andaban muy atropellados los carlistas. No tenían dinero, no tenían generales de empuje. El atontado Carlos VII puso al frente de sus tropas a don Alfonso de Borbón y de Habsburgo, conde de Caserta, hermano del ex-Rey de Nápoles Francisco II, e hijo en segundas nupcias de Fernando, el llamado *Rey Bomba*. El pobre conde de Caserta, con toda la hinchazón de su regia prosapia, carecía de dotes para regir una poderosa hueste en quien iba faltando la interior satisfacción. En tanto, el Gobierno de Cánovas, viendo ya maduro el fruto de la paz, organizó dos grandes Ejércitos con nutrido contingente de todas armas, mandado el uno por Martínez Campos y el otro por Quesada. El primero llevaba consigo a los generales Blanco y Primo de Rivera; Quesada iba en la compañía de hombres tan expertos y conocedores del territorio como Moriones, Loma, Villegas y otros.

Ambos Ejércitos adquirieron fáciles ventajas, así en el suelo navarro como en el país vascongado y límites de Santander. Martínez Campos emprendió su famosa marcha hacia el Baztán, iniciando el movimiento envolvente a lo largo de la frontera que pronto dio sus frutos. Primo de Rivera, después de sacudir duras palizas a las partidas facciosas, no ya Cuerpos de Ejército, en Santa Bárbara de Oteiza, La Solana y línea del río Egea, entró en Estella el 19 de febrero del 76. Tan importante suceso y la victoria alcanzada por el general Blanco en Peña Plata determinaron la desbandada de las tropas carlistas. Estas gritaban *itraición, traición!* y en grupos salían por pies hacia el Pirineo.

Segismundo García Fajardo, después de hablar con su tío el marqués de Beramendi, me refirió las opiniones de este sagaz hombre de mundo que sabía poner la realidad por encima de los engañosos convencionalismos. Según el marqués, las ventajas obtenidas se debían en primer término a la eficacia de las armas liberales, después al influjo de la plata repartida entre los pobres carlistas, descalzos, hambrientos, aburridos ya de un heroísmo inútil. Viendo ya seguro el fin de la guerra, Cánovas dispuso que don Alfonso fuese al Norte a recoger abundante cosecha de laureles. Entró el Rey en Tolosa el 21 de febrero, aclamado por alfonsinos y carlistas. Un batallón guipuzcoano se sublevó en Leiza a los gritos de *¡Mueran los traidores! ¡Nos han vendido!*, teniendo que retirarse Carasa con su Estado mayor y escolta, no sin que le insultaran. El batallón de Guernica se insurreccionó contra sus jefes, y en todas partes se repetía: *Esto se ha concluido.*

Completo esta página histórica con otra que me dictó Segis. Dando a tal página toda la importancia que merece, la copio al pie de la letra: «Mi tío Pepe me recibió con benévola conmiseración. Oyó el relato que tuve que hacerle de mis andanzas y miserias, y al reprenderme por mi vida borrascosa, atenuaba su severidad con inflexiones regocijadas. Harto conocía yo la rebeldía interna, así en lo político como en lo social, de mi señor tío; pero yo era pobre y él rico, yo no tenía casa ni hogar y él vivía en la dorada farsa de un mundo artificioso. Por esta fundamental diferencia, la rebeldía y el dogmatismo revolucionario de Beramendi eran no más que un adorno mental, florecillas del espíritu que el buen prócer sacaba a relucir tan solo en la intimidad de sus amigos.

»También María Ignacia, que al oír mi voz entró en el despacho, mostrose conmigo indulgente y compasiva. Tratando ante mí de aliviar mi desdichada suerte en la forma más práctica, Beramendi me notificó que estaba dispuesto a pagarme pupilaje decoroso y buena comida en cierta casa de huéspedes regida por una señora llamada doña Leche. Añadió que hoy mismo daría a Telesforo del Portillo las órdenes oportunas para que fuera yo recibido sin dilación en mi nueva morada, Relatores, 4. Acto seguido, María Ignacia puso en mi mano dos dobloncitos de a cuatro, para mis gastos menudos de tabaco y café, advirtiéndome con sequedad melindrosa que si yo no era económico y sensato no repetiría la dádiva.»

Cuando esto decía el buen Segis, sacó las moneditas de oro con el aleve intento de pasarlas de su bolsillo al mío. Como yo me resistiera enérgicamente, intentó ponerlas en la mano de Casianilla; pero esta rechazó la oferta con más jovialidad que indignación, diciendo: «Eso es para usted, don Segis; Tito y yo somos ricos por nuestra casa, ya usted lo sabe, y del amigo queremos la amistad y el cariño, no el vil metal, como dice don José cuando se le habla de oro.»

Pasados unos días, el 20 de marzo de 1876, propuse a Segismundo que fuésemos los tres a presenciar la entrada de Alfonso XII en Madrid al frente de las tropas victoriosas en el Norte, pues según anunciaba la Prensa tendríamos un acontecimiento grandioso, vibrante, solemne, un himno a la paz cantado al unísono por el pueblo y las altas clases sociales. Esta indicación mía dio motivo a un sustancioso juicio histórico del rebelde, que merece el honor de la letra de molde. Ahí va:

«Detesto la guerra civil dinástica, y es tan vivo mi odio a ese medio siglo de lucha fratricida sin gloria y sin fruto, que nada encuentro en él que pueda contentarme. Tanto me amarga esa guerra que me incomodan hasta las victorias, me carga el heroísmo y me revientan los laureles. Para mí, la contienda de familia debió quedar acabada y finiquita el mismo 34, a los pocos meses de entrar en España por Elizondo el inmenso mentecato don Carlos María Isidro, cuando Martínez de la Rosa lanzó la frase de *un faccioso más*. En este desdichado país no había entonces sentido político ni militar sentido, ni el vigoroso estímulo de la conservación nacional. Por la flaqueza de estos sentimientos, los españoles no supieron extirpar el mal aplicando con dureza implacable el procedimiento quirúrgico. La querella dinástica se hizo crónica, y la repugnante dolencia creció invadiendo el cuerpo social en el curso del siglo. Todavía ¡pobre España!, todavía tienes sarna que rascar para largo tiempo.

»En vez de resolver a rajatabla el problema *Vendeano*, diose tiempo a los carlistas para que se tomaran la beligerancia, para reclutar hombres y allegar dinero formando ejércitos casi regulares, para proveerse de una pequeña Corte y erigir un Estado minúsculo, dotado con todos los engorros burocráticos y administrativos. Los liberales, a su vez, se preparaban apercibiendo los resortes complejos del viejo mecanismo histórico. Enseguida empezaron los encuentros, las batallitas, el correr y perseguirse por los ásperos montes y los verdes oteros, que fueron y son campos del fanatismo. Para mayor desdicha de la Patria, ambos Ejércitos eran valientes, incansables. Los triunfos y los descalabros se compartían por igual. El heroísmo flameaba en uno y en otro bando; victorias hubo aquí, victorias allá, mas ninguna bandera logró desgarrar definitivamente la bandera contraria.

»En el rápido crecimiento de la grey militar, muchos veían ventajas positivas. Si acertaban estos ilusos España era un país felicísimo y envidiable, pues en los fatídicos tiempos de la guerra civil, las frecuentes concesiones de grados por méritos efectivos multiplicaron profusamente la cifra de oficiales y jefes. Muchos, hermanando el valor con la fortuna, pasaron muy pronto de tenientes a generales. De esta categoría teníamos caudillos bastantes para mandar los Ejércitos de Napoleón. Naturalmente, bromas tan sangrientas en el campo de la Historia no podían ser de larga duración. A los siete años de un batallar tenacísimo, los dos Ejércitos, fatigados y anhelantes de la paz, cayeron en la cuenta de que lo más conveniente y positivo para entrambos era pactar franca reconciliación, abrazarse y lanzar el *Todos somos unos*. Tal como lo pensaron lo hicieron, conviniendo en mantener y dar valor efectivo a los grados, empleos y condecoraciones ganados por una y otra hueste en siete años de rabiosa porfía. ¿Por qué, Señor, a santo de qué? Por si debía reinar varón o hembra.

»El huevo de Vergara fue ciertamente un huevo de paz. Pero de él, al calor de nuestras incurables tonterías políticas, ha salido una gusanera que es incubación de todo aquello que creíamos muerto y sepultado. Te dije antes que en las guerras intestinas me cargan los heroísmos, los laureles marchitos apenas ganados, y ahora te digo que me carga también la paz, porque aquí la paz es el huevo de que sale otra generación con la misma estúpida manía del pleito familiar dinástico, de la demencia bélica, de la multiplicación de generales... Ya ves lo que ha pasado en los últimos años. Otra vez parece que tenemos paces. Pero no te fíes...

—En este momento entra don Alfonso en Madrid —dijo Casiana—. ¿No oyen ustedes los tambores y cornetas que suenan lejos, lejos?

—Oímos, sí —prosiguió Segis—. Además de oír, desde aquí veo yo el contento del Rey y el júbilo del pueblo inocente y confiado que le aclama.

¡Pobrecitos! Llaman paz a una tregua cuya duración no podemos apreciar todavía.

—Tienes razón —afirmé yo—, y es posible que los carlistas no vuelvan a tomar las armas, porque verdaderamente no lo necesitan. Los vencedores se han traído acá las ideas de los vencidos, creyendo que en ellas consolidarán el trono flamante.

—Todo queda lo mismo —continuó García Fajardo, con gran seguridad en su juicio—. El Borbonismo no tiene dos fases, como creen los historiadores superficiales, sino una sola. Aquí y allá, en la guerra y en la paz es siempre el mismo, un poder arbitrario que acopla el Trono y el Altar para oprimir a este pueblo infeliz y mantenerlo en la pobreza y en la ignorancia. Lo único positivo en ese cortejo brillante que ahora atraviesa las calles de Madrid es un sinfín de generales, jefes y oficiales nuevos, agregados a los que ya teníamos, una caterva de funcionarios viejos o novísimos que fundarán sobre el doble catafalco, Altar y Trono, una política de inercia, de ficciones y de fórmulas mentirosas extraídas de la cantera de la tradición. Todo esto va decorado con el profuso reparto de honores, distinciones y títulos nobiliarios. Pronto veréis, amigos míos, el Anuario de la Grandeza empedrado de condes y Marqueses. En lo de acuñar nobles al por mayor y en la prodigalidad de los *Excelentísimos*, *Ilustrísimos* y *Reverendísimos*, no hay país en el mundo que nos iguale. ¡Oh desmedrada España! Cada día pesas menos, y si abultas más atribúyelo a tu vana hinchazón.»

# XI

Ya supondrán los píos lectores que habiendo paz en España ardió Madrid en fiestas, conforme al ceremonial de alegría pública que amenizaba nuestra Historia desde que volvió del destierro Fernando *el Deseado* en 1814. Vestían los balcones abigarradas percalinas, las más de ellas de respetable ancianidad, pues ya figuraron en el regocijo de 1860, cuando entraron las tropas vencedoras en África, y en el regocijo del 68, entrada de Serrano vencedor en Alcolea. De noche fulguraban las hileras de gas en los edificios públicos, y en el caserío lucían de trecho en trecho los farolitos de aceite con parpadeo mustio y lacrimoso. La iluminación pública era la misma que esmaltó las noches en diferentes ocasiones de júbilo, como el nacimiento del príncipe y las infantas, o la traída de aguas del Lozoya.

Salimos una noche a ver los festejos los tres inseparables; mas no tuvimos paciencia ni valor para correr el largo trayecto desde la Cibeles a Palacio, entre un gentío espeso, silencioso y embobado, que a mi parecer personificaba de un modo gráfico el aburrimiento nacional. Nos dijeron que en algún sitio de la carrera se alzaba un armatoste de pintados lienzos. Era sin duda lo que llaman un arco de triunfo, quizá un templete del *género clásico fastidioso* como el que pusieron en el popular regocijo de 1830, cuando María Cristina vino a casarse con Fernando VII. Toda esta balumba de tonterías no nos interesaba y la dimos por vista, acogiéndonos a la sociedad amable, risueña y chispeante del café de Las Columnas.

Y ahora, lector mío, a mi modo *continuaré la Historia de España*, como decía Cánovas. En cuanto terminaron los desaboridos festejos, las Cortes enredáronse en el arduo trajín de fabricar la nueva Constitución, la cual si no me sale mal la cuenta, era la sexta que los españoles del siglo XIX habíamos estatuido para pasar el rato. Naturalmente, se nombró una Comisión cuyos individuos trabajaban como fieras para pergeñar el documento, y a este propósito os diré que la última nota del regocijo público, en los jolgorios de la paz, la dio don Antonio Cánovas con una frase graciosísima que vais a conocer. Hallábase una tarde en el banco azul el presidente del Consejo, fatigado de un largo y enojoso debate, cuando se le acercaron *dos señores de la Comisión* para preguntarle cómo redactarían el artículo del Código fundamental que dice: *son españoles los tales y tales*... Don Antonio, quitándose y poniéndose los lentes, con aquel guiño característico que expresaba su mal humor ante toda impertinencia, contestó ceceoso: «Pongan ustedes que son españoles... los que no pueden ser otra cosa.»

Cuando ya conocimos la letra y el espíritu de la Constitución, Segismundo recitaba algunos fragmentos dándoles un sentido contrario al que textualmente tenían. El tercer párrafo del famoso artículo 11, que trata de la cuestión religiosa, lo volvía del revés en esta forma: «Todo ciudadano será molestado continuamente en el territorio español por sus opiniones religiosas y por el ejercicio de su respectivo culto, conforme al menosprecio debido a la moral universal.» Otras cláusulas del mismo Código ponía mi amigo en solfa, asegurándonos que a tales burlas le incitaba una vena profética posesionada de su espíritu. Sin atormentar su fantasía contemplaba en los días futuros la sistemática violación de aquella Ley, como violadas y escarnecidas fueron las cinco Constituciones precedentes. En el propio estado de pérfida legalidad seguiría viviendo nuestra Nación año tras año, hasta que otros hombres y otras ideas nos trajeran la política de la verdad y la justicia, gobernando, no para una clase escogida de caballeros y señoras, sino para la familia total que goza y trabaja, triunfa y padece, ríe y llora en este pedazo de tierra feraz y desolado, caliente y frío, alegre y tristísimo que llamamos España.

Del pesimismo profético de Segis participaba yo, haciéndolo aún más lúgubre por la negra melancolía que empezó a invadir mi alma poco después de las fiestas de la paz. Rápidamente creció aquel malestar insufrible, no sé si cerebral o nervioso, que en años anteriores me llevó a los mayores delirios. Durante algunos días conseguí sobreponerme a los fenómenos más enojosos de la dolencia, como la percepción de voces susurrantes que atormentaban mis oídos. Los seres invisibles hurtábanme el sosiego, y en giros vertiginosos se revolvían en torno mío, diciéndome palabras dulces, palabras tétricas o burlonas.

Cuando me encontraba junto a Casiana y Segis, apetecía la soledad, y si estaba solo deseaba cualquier compañía, aunque fuera la de la insignificante Nicanora. Enfadábanme la casa, y al buscar alivio en el aire libre y en el bullicio de la muchedumbre, la calle se me hacía también insoportable. En mi turbación hondísima, discurría yo que una de las causas de aquel desvarío borrascoso era el abandono en que me tenía mi divina Madre, pues aunque puntualmente me entregaba la portera de la Academia mi estipendio, ya no venía este acompañado de cartita o mensaje, y para mayor soledad no volvió a llegarse a mí la espiritual mandadera de *Clío*, la voladora *Efémera*.

Los cuidados y mimos de Casiana y las gracias de Segis me aliviaron un tanto a la entrada de verano. Llevábanme a dar largos paseos por las afueras, y alejándome del caserío de la Villa y Corte notaba yo en mis nervios efecto sedante. Un día nos íbamos por el Abroñigal, otros por Bellas Vistas, Amaniel y Arroyo de San Bernardino, o bien Manzanares arriba hasta cerca de El Pardo, o Manzanares abajo más allá del Canal. Aunque prohibí a Segismundo que me hablase de política, este no podía contenerse, y en forma jovial y guasona me daba cuenta de sucesos en los cuales yo no vi ningún interés. Con prodigiosa memoria repetía trozos del Breve que largó el Papa condenando el artículo 11 de la Constitución. Sus chanzas no me divertían; mandábale yo callar diciéndole que, pues éramos más súbditos de Pío IX que de Alfonso XII, debíamos concretarnos a gemir bajo la sandalia que nos aplastaba.

Ni la cólera pontificia, ni la promulgación del sexto Código fundamental, producto de los ocios políticos, ni el presupuesto alfonsino, ni la cuestión foral, atraían mi dislocado pensamiento... Pasaron tardos y tediosos los meses caniculares con suave mejoría de mi dolencia, y a la entrada de otoño creí notar que lo que ganaba en salud física lo perdía en facultades mentales, pues sentíame tonto, muy lento en el discurrir y en formar juicio de las cosas. En la soledad de mi casa, suspendidas ya las caminatas campestres, el buen Segis trataba de sacudir mi pereza mental refiriéndome pormenores de la maquinación sediciosa. En París habían llegado a un acuerdo Salmerón y Ruiz Zorrilla, concertando un pacto del cual esperaban grandes frutos los amigos de don Manuel. Contra este convenio tronó Emilio Castelar en carta dirigida a Morayta desde Garrucha. En tanto, los zorrillistas seguían conspirando de lo lindo en Francia y en Madrid. Segis me aseguró que en una vivienda oscura de la calle de la Aduana tenían Ladevese y Santamaría la oficina revolucionaria, en que tramaban un alzamiento combinado de paisanaje y tropa. Llegaron al Gobierno soplos de esta conjura, y una mañana fueron presas más de doscientas personas entre civiles y militares.

Escuchaba yo esto como quien oye llover, y no presté mayor atención a las parrafadas de Segis comentando el *bill de indemnidad* (dicho a la inglesa para entenderlo mejor) que Cánovas pidió a las Cortes en noviembre. Sagasta y el duque de la Torre, capitaneando con bravura el Partido Constitucional recién empollado, pedían ya el Poder, que era como pedir la Luna. Al discutirse la reforma de las leyes municipal y provincial del año 70, don Antonio se batió con ellos, con Castelar y con los *moderados*, en memorables sesiones de indudable interés teatral.

Leíame Casiana los discursos del malagueño; decía Segis a este propósito cuantos disparates se le ocurrían, y yo, recobrando por un momento la lucidez de mi espíritu, pude aventurar esta gallarda opinión, que mis interlocutores oyeron estupefactos: «Conozco el pensamiento de Cánovas; penetro en su cerebro por privilegio que me ha dado mi excelsa Madre. El hombre de la Restauración sacude a un lado y otro los latigazos de su potente oratoria porque ve en peligro su obra, la ensambladura del Altar y el Trono; sospecha que los enemigos del régimen se preparan a reconquistar por la fuerza el Poder que por la fuerza se les arrebató en Sagunto.

»Advierto que me miráis con incredulidad un poquito burlona. ¿No sabéis que puede existir y en mil casos existe el contacto espiritual entre dos, tres o más cerebros situados a larga distancia? Pues si esto ignoráis, yo lo sé y os lo digo para que lo creáis como artículo de fe, y no se os ocurra tomar estas cosas a broma. La vibración pensante se comunica de aquel cerebro al mío por arte magnético desconocido de los tontos, y aquí tenéis al pobre Tito fiel transmisor de las ideas del jefe del Gobierno.»

Pausa expectante y fúnebre. Casianilla y Segis se miraron perplejos, y luego volvieron sus ojos hacia mí con expresión de lástima cariñosa. Creían sin duda que yo no estaba en mis cabales, o que mi dolencia nerviosa derivaba marcadamente hacia la locura. Los dos llevaron la conversación a un tema jovial, como para desviar mi mente de las obsesiones monomaníacas... Debo añadir que empezaba yo a tomar entre ojos al buen Segismundo, por su insistencia en contrariarme y por su afán de traerme noticias que, a mi parecer, eran más que Historia chismografía. También Casiana me causaba cierto enojo y fastidio por la prolijidad de sus cuidados, que los enfermos solemos ser ingratos con las personas que nos asisten.

Una tarde, a la hora del crepúsculo, salimos de paseo los tres. Casiana y Segis iban delante, yo detrás, por la calle de las Huertas abajo. Fuera porque ellos se adelantasen o porque yo me retrasara, lo cierto es que les perdí de vista. Avancé hacia el Prado revolviendo mis ojos de una parte a otra, y al llegar cerca de la fuente de las Cuatro Estaciones vi un grupo de niñas grandullonas que, cantando y cogiditas de la mano, jugaban al corro. El ruedo era muy extenso: formábanlo unas veinte o veinticinco rapazuelas, vestidas con luengos ropajes flotantes de distintos colores. Acerqueme, y creyendo reconocer a una de aquellas ninfas juguetonas, la saqué violentamente del corro y le dije:

—Ven aquí; tú eres *Efémera*.

—Sí, sí —me contestó—. Todas las del corro somos *Efémeras*.

—¡Ah! Sí, sois muchas. Ya lo sabía yo. ¿Tú me has visitado algunas veces?

—No puedo asegurártelo. Mensajeras veloces, tenemos alas eternas, pero nuestra memoria no dura más que un día... Y cuando no nos mandan a recorrer las esferas jugamos, ya lo ves.

—Hijas del aire, ¡sed compasivas conmigo! Cogedme entre todas, que bien podéis hacerlo, y llevadme adonde está mi divina Madre.»

Prorrumpió en alegres risas la sílfide picaresca, y desprendiéndose de mi mano volvió al corro con sus gráciles hermanas. Corrí yo hacia ellas; pero a mis primeros pasos me cegó una ráfaga de luz vivísima, sulfúrea, violácea, y tuve que detenerme. No vi más a las *Efémeras*; oía su canto, un murmullo ciclónico que se desarrollaba en espirales cada vez más lejanas. Mi oído pudo percibir estas cláusulas: *En el Salón del Prado —no se puede jugar —porque hay muchos mocosos —que vienen a estorbar. —Con un cigarro puro —vienen a presumir: —más vale que les dieran —un huevo y a dormir...*

Andando a tropezones, medio ciego y en un estado de turbación indecible, traté de orientarme para volver a mi vivienda, sin pretender encontrar a Segis y Casiana. Mis ojos, encandilados por aquel resplandor intensísimo, no me guiaban bien en mi camino. Era la hora en que los faroleros corrían encendiendo los mecheros de gas. Por la Plaza de las Cortes, calle de San Agustín y otras que seguí con andadura maquinal, llegué a mi casa, donde me encontré solo. ¡Solo, Dios mío! No puedo expresar la tristeza que invadió mi alma al hallarme sin Casianilla. Cuando advertí que transcurría el tiempo sin verla entrar, mi tristeza se trocó en ira. Tumbado en el sofá esperé, esperé. Al cabo de media hora larga que me pareció un siglo, llegó mi compañera, inquieta y turbada. Antes que pudiese darme explicaciones de su desaparición en la calle, la increpé con voces ásperas y descompuestas. Mis gritos atronaron la casa. La pobre mujercita, que jamás me vio en estado tan contrario a mi natural mansedumbre, rompió a llorar amargamente, balbuciendo entre gemidos estas atropelladas razones:

«¡Ay, Tito mío; yo no tengo la culpa!... No me riñas así... Cuando te echamos de menos volvimos atrás. No te encontramos. Adelante otra vez... Como a ti te gusta ir hacia el Botánico, allá nos fuimos... ¡Ay Dios mío!... Tampoco estabas allí... Segismundo dijo que habrías ido hacia el Museo... ¡Ah! en el Museo tampoco te hallamos... Por mi salud, yo estaba loca, no sabía lo que me pasaba... Buscándote por un lado y otro del Prado seguimos hasta la Cibeles... Aturdidos, y sin saber ya qué hacer, subimos por la calle de Alcalá, entramos por la del Turco. Me dio una corazonada. Yo dije: *Al ver que nos perdíamos se habrá ido a la plazuela de las Cortes, y allí estará sentadito en un banco, al pie de la estatua de...* No sé, no sé cómo se llama aquel hombre... No encontrándote, me dio otra corazonada, puedes creérmelo como Dios es mi padre, y dije: *Apuesto a que se ha metido en casa. Voy corriendo, voy volando.* Y volando vine acá... ¡Tito, por la Virgen Santísima, no me digas esas cosas!... ¡Ay, yo me muero si tú no me quieres!»

—¿Y Segismundo?— pregunté con acento agresivo, de suprema desconfianza.

—Pues cuando llegábamos a la plazuela de las Cortes se nos presentó de repente aquel señor *Sebo*, ya sabes, y le dijo a Segis que tenía que hablarle... que si el señor marqués o la *señá* marquesa... En fin, Tito, que yo eché a correr dejándolos con la palabra en la boca.»

Pasado un rato se calmaron mis irritados nervios. La fiel Casiana, con sinceras razones y blandas caricias, me devolvió la perdida tranquilidad. Hicimos las paces. Volví a mi quietud enfermiza, no sin que me atormentaran horas de insomnio, dudas, tristezas y alucinaciones horribles.

No aquella noche, ni la siguiente, sino tres o cinco noches después (que la cronología por entonces era problema insoluble para mí), hallándonos Casiana y yo de sobremesa pensando mucho y hablando poco, se llegó a nosotros Ido del Sagrario con paso grave y actitud sacerdotal. Imponiéndonos silencio con marcada rigidez de su dedo índice, para que oyéramos las campanadas del reloj de San Juan de Dios, alargó la nuez y en tono sibilítico nos dijo: «Excelentísimo Señor, señorita *de Coelho*, en este momento ha fenecido el año de 1876 y ha entrado a presidir nuestra existencia el 1877. *Laus Deo.*»

## XII

¡1877! La cifra pasó fugaz por mi mente. Menos que los años me interesaban los meses y los días, pues el Tiempo había llegado a ser para mí un concepto caótico... Volvió Segismundo a mi compañía y tertulia con la cordialidad de amigo verdadero y de hombre agradecido. Una mañana (averigüe la fecha quien tenga empeño en conocerla) se presentó ante nosotros con un chaleco rameado y un pantalón de género inglés. Antes que me lo dijese comprendí que aquellas prendas eran el desecho del rico guardarropa de Beramendi.

«Hemos de mostrar prácticamente —me dijo el rebelde con sorna sutil— que nos asimilamos la característica elegancia de la sociedad alfonsina. Otra característica de los tiempos es que estos se retrotraen y vuelven las cosas al estado que tenían años ha. Sabrás, querido Tito, que el hombre del día es Montpensier. Por las calles le he visto con su tradicional paraguas y su aire de príncipe acomodaticio y contento de la vida. Sus querellas con la reina doña Isabel, a quien quiso destronar; el duelo trágico con el Infante don Enrique y los trabajos de zapa para cargarse la corona democrática que las Constituyentes otorgan a don Amadeo, han pasado al cesto en que arroja la Historia los papeles inútiles. Busca y obtiene la reconciliación con los Borbones reinantes, moviéndole a ello las gracias de su linda hija Mercedes. Te diré, si lo ignoras, que el simpático Alfonso se ha enamorado perdidamente de su primita.»

Otro día (indagad la fecha por el curso de los astros o el vuelo de las aves), se nos apareció el pícaro Segis con un precioso alfiler de corbata en que lucían dos perlitas y un rubí, y me dijo, poniendo en sus palabras tanta seriedad como gracejo: «Vivimos en la época del fausto insolente y de los grandes negocios. No se habla de otra cosa que de capitales extranjeros que afluyen aquí buscando empleo y beneficios pingües, de grandiosas empresas industriales, de ferrocarriles más largos que la cuaresma, y de otros cortos y ceñidos al interés particular. La alta banca se mueve; el dinero se desentumece, y corre a donde lo llaman el crédito y el trabajo.

»España renace; pero los provechos de este resurgir de la vida económica no alcanzan todavía más que a las clases opulentas. Y yo pregunto: *¿Por qué lo que llamamos capas inferiores de la sociedad no ha de agregarse* *también a esta corriente financiera?* Si bien se mira, la multitud es rica por solo el hecho de ser tal multitud. Los *muchos pocos*, alineados en cifra, representan ¡oh Tito! suma considerable. Ha llegado, pues, el momento de crear los *Bancos Populares*, que recojan los ahorros del pobre y se los devuelvan multiplicados. De tal modo, entiendo yo que laborando de consuno las capas de abajo y las capas de arriba se abrigarán recíprocamente. ¿No crees tú lo mismo?»

Le contesté que sí, sin añadir observación alguna. Había yo notado que Segismundo, habitualmente muy diestro en el uso de la ironía, la sutilizaba entonces hasta hacer de ella un arte maravilloso... Pasadas dos semanas, se nos presentó Fajardo mejor apañado de indumento: traía botas de charol y un gabancete, no nuevo pero en buen uso, prenda de fijo adquirida en un establecimiento de compraventa mercantil. A mis felicitaciones por su buen porte, y a las preguntas que le hice, me contestó que había mejorado de posición gracias a la buena amistad del insigne *Sebo*, quien le había conseguido empleo modesto y decoroso en un *Banco Popular*... Relacioné al instante las referencias de Fajardo con una entidad de crédito establecida no hacía mucho en la Plaza de la Cebada, y cuyas operaciones daban que hablar a la gente.

«Sí, querido Proteo —me dijo Segis—; trabajo en las oficinas de ese *Banco*, fundación admirable que no viene a vaciar un lleno sino a llenar un vacío en la sociedad española, porque ha de traer la sangre plebeya a vigorizar el cuerpo financiero de la Nación... Sangre nueva, sangre fresca: el ahorro menudo, el globulillo rojo circulando por las venas de este país anémico... Por último sabrás, si ya no lo sabes, que la creadora de esta institución benéfica y patriótica es una dama ilustre en quien yo veo el símbolo de la raza hispana, mujer de un vigor mental extraordinario cual nunca se vio en hembras de nuestra tierra, portento de sagacidad, clarividencia y maestría en el arte o ciencia de las finanzas, bonita y graciosa de añadidura; es, en fin, doña Baldomera Larra, hija del gran *Fígaro*.»

En conversaciones posteriores, me contó mi amigo que la gente de la Plaza de la Cebada, y todos los lugareños que se albergaban en los paradores de la calle de Toledo y adyacentes, hacían cola a la puerta del *Banco Popular* para imponer *sus monises* en las cajas de doña Baldomera. Aquello era un jubileo, era un escándalo, y la policía tenía que intervenir para poner orden. Se contaba que en los pueblos vendían las fincas con objeto de hacer imposiciones en el flamante *Banco*. La genial hacendista, persona muy sugestiva y de fenomenales dotes oratorias, echaba discursos a la entusiasta y codiciosa plebe, y al darles el primer plazo de los cuantiosos intereses, les ofrecía ganancias pingües, colosales. La garantía de tan inaudito negocio ¿cuál era? Pues unas minas de plata, de oro o de piedras preciosas radicantes en el suelo virgen de América, minas de incalculable riqueza cuya explotación multiplicaría los parneses depositados en las arcas Baldomeriles.

En las visitas que casi diariamente me hacía el buen Segis, contábame el asunto en cierto modo fundamental y étnico del *Banco Popular*. Sostuve yo que la credulidad candorosa del pueblo español y las artes hipnóticas de la hija de Larra eran, como signo indudable del estado mental de la raza, más dignos del fuero de *Clío* que las ficciones vanas en que se agitaban nuestros políticos; en suma, que la Historia debía consagrar más páginas al zurriburri de las finanzas plebeyas que al barullo retórico de las Cortes, y al trajín de quitar y poner Constituciones que no habían de ser respetadas.

Acorde con cuanto yo dije, Segis me manifestó que estaba contento en su destinillo. La dama banquera le consideraba, mostrándole un afecto casi maternal, al que correspondía el funcionario con su puntual asistencia y el esmero y pulcritud de su trabajo de contabilidad. Iba, pues, muy a gusto en el machito, y como los Marqueses de Beramendi le aseguraban su hospedaje y manutención, el duro diario que en el *Banco* percibía destinábalo a mejorar su vestimenta. Cada vez que se nos presentaba con algo nuevo en su atavío, ya fuese prenda de ropa, ya un relojito barato, nos decía:

«Ved aquí el positivo producto de las minas de América, de esos ricos yacimientos de metales preciosos ¡ay! que han venido a ser la felicidad del pueblo madrileño. Adelante con la ilusión, vida y encanto de las naciones pobres. Tú, buen Proteo, que a ratos escribes o garabateas en las tabletas de la divina *Clío, continúa la Historia de España*, como dice Cánovas, transmitiendo a la posteridad estos actos de fe candorosa y de sutil taumaturgia; añade a ello la fiebre taurina, la ciencia recóndita de esos que llaman *los apóstoles*, y que andan por los barrios bajos curando todas las enfermedades con agua más o menos limpia, y habrás hecho el retrato fiel de la España de la Restauración.»

No tenía yo ánimos en aquellos días para *continuar la Historia de España*, ni conforme al canon político, ni acogiéndome al rico tema de la ilusión plebeya que me recomendaba Segis, deseoso de arrastrarme al concepto irónico de la psicología nacional. Declaro que el acto del Rey poniendo la primera piedra de la Cárcel Modelo en las proximidades de la Moncloa, las sesiones de las Cámaras, el cambio de ministro de Hacienda, así como el viaje que emprendió don Alfonso para visitar las provincias de Levante y Mediodía, no me interesaban poco ni mucho. Cuando mis amigos me contaban estas menudencias históricas sonábame todo a hueco. La tristeza invadió nuevamente mi alma, complicándose con un malestar físico que me llenó de inquietud, avanzados ya los días tibios de la primavera.

Después de Semana Santa empecé a notar que mi vista se nublaba; sentía como arenillas en los ojos, sin que de ello me aliviasen los cuidados de Casiana, que dos o tres veces al día bañaba con agua de rosas mis pupilas enfermas. Los patrones me recomendaron ejercicio y distracción. Conforme con este tratamiento elemental, mi compañera sacábame de paseo todas las tardes; pero mi vista mermaba tan rápidamente, que a los pocos días de estas divagaciones por el Botánico y Ronda de Atocha, tuve que agarrarme al brazo de mi leal Casianilla para no tropezar con los transeúntes. Al propio tiempo crecía la fotofobia, y ni aun amparando mis ojos con gafas negras érame posible resistir la viveza de la luz en plena calle. Fue menester reducir los paseos a la hora crepuscular, motivo mayor de tristeza y abatimiento. Siguieron a esto dolores en las sienes, vascularización en la córnea, que perdía su brillo, tomando según me dijeron un aspecto mate, sanguíneo.

Tanto Segis como los demás amigos que me acompañaban en mis largas horas tediosas, convinieron en familiar consulta que era forzoso acudir a la Ciencia. Agravado el mal en breve tiempo, hasta el punto de que ya no distinguía más que los objetos próximos y de mucho bulto, se trató en mi casa de elegir el médico que había de curarme, y Pablo Nougués, doliente también de la vista, llevó a mi casa una tarde para que me examinase al doctor Albitos. Era este un oculista joven, inteligentísimo en su profesión, de trato muy ameno y agradable, discípulo del famoso Delgado Jugo. Examinó el doctor mis dolidos ojos con escrupulosa atención y cariño; enterose de cuanto en mi naturaleza y en mis costumbres pudiera ser considerado como antecedente de la enfermedad. Sus palabras dulces me consolaron; mi sufrimiento sería tal vez un poco largo; pero si no me faltaba la virtud puramente medicatriz de la paciencia, él respondía de mi curación. Terminó el diagnóstico con el nombre científico y un tanto enrevesado de lo que yo padecía. No se me olvida aquel nombre, que fue como un rótulo, clavado por el médico en mi frente: *Queratitis Parenquimatosa.*»

Desde aquella tarde quedamos unidos con vínculo estrecho mi *Queratitis* y yo, cual un matrimonio doloroso que había de durar hasta que la ciencia del oculista nos divorciara. Fortalecido por mi paciencia, de la que hice acopio exuberante, cargaba mi cruz y con ella recorría el agrio camino de la vida hora tras hora, semana tras semana. Recluso en mi habitación, sumido en intensa oscuridad, yo no distinguía los días de las noches, ni un día de otro, ni apreciaba el principio y fin de cada semana. Era para mí el tiempo un concepto indiviso, una extensión sin grados ni dobleces. Las únicas interrupciones de la continuidad eran los momentos en que me hacían la cura de los ojos el doctor o su ayudante.

En aquel lúgubre rodar de mi existencia notaba yo menos constancia en las visitas de los amigos. Hasta el propio Segis se me antojó poco asiduo: casi siempre tenía perentorias ocupaciones que le obligaban a retirarse pronto. Solo la fiel Casiana permanecía junto a mí superándome en paciencia, y llevando a los límites de lo sublime la humanidad, el amor y la misericordia.

Compadecedme ahora más que nunca, piadosos lectores, pues encontrábame ya en el período más doloroso y tétrico de mi largo padecer. Mi ceguera llegó a ser absoluta, mis ojos inflamados dábanme la sensación de dos ascuas mal contenidas dentro de las órbitas. Los fomentos calientes y las duchas de vapor, que me administraba el ayudante del oculista, aliviábanme a ratos. Casianilla me servía con puntual solicitud la medicación interna, mercuriales, antisépticos... Cuando a mis oídos llegaba el tintín de la cucharilla revolviendo las dosis terapéuticas en el vaso de agua, sentía yo cierto regocijo. Aquel rumor cristalino era mi único reloj, y por él tenía yo un vago conocimiento de las horas... En cierto modo imitaba el ritmo de la *Queratitis*, arrullándome en sus duros brazos...

Mi existencia no era más que una sombra encerrada en ancha caverna, que ya me parecía roja, ya de un tinte violáceo surcado de ráfagas verdes. En tal estado llegué a perder, según después he podido apreciar, la conciencia de la realidad. Una tarde o una noche, no sé precisarlo, sintiendo junto a mí rumorcillo de faldas, alargué la mano y dije: «Casiana, ven, siéntate a mi lado.» Y una voz tenue, con leve inflexión burlona, me contestó: «Tonto, no soy Casiana. Soy *Efémera*.»

No me dio tiempo a expresar mi alborozo porque, apenas oí la voz primera, otras voces sonaron en alegre y voluble cháchara, y al par de esta, rumor de pisaditas como de seres alados que juegan y revolotean rozando apenas el suelo con blandos pies. «Ya os siento, ya os escucho, mensajeras de mi Madre —exclamé—. ¿Venís a consolarme?... ¿Me traéis nuevas de la que es vuestra Señora y Señora mía?»

Las ninfas juguetonas siguieron revoloteando a mi alrededor, y el aire que movían sus flotantes túnicas me daba en el rostro. Del murmullo picaresco destacose una voz que claramente me dijo: «Somos las *Efémeras* ociosas que hoy están libres, dueñas de los aires y del tiempo... La Madre, que se halla lejos, lejos, y también ociosa, nos ha mandado que juguemos y nos divirtamos sin más ley que nuestro albedrío. Venimos de embromar a Cánovas, y ahora la emprendemos con el buen Tito. *(Risillas mal sofocadas.)* Nos ha dicho Cánovas que quiere consultar contigo el problema matrimonial de don Alfonsito... Ja, ja, ja... Ji, ji, ji...»

El giro vertiginoso de las sílfides me mareaba, me volvía loco... Algunas, al pasar junto a mí, dábanme papirotazos en la cabeza con sus manos livianas y frías... Arreció el murmullo reidor, chancero. Levanteme frenético, empecé a dar voces, traté de coger a una de las ninfas, creí agarrar su ropa, tiré fuertemente y la traje hacia mí diciendo: «Ven, *Efémera*, quédate aquí.» Pero ella se escapó susurrando: «Volveré, Tito. Soy tu amiga.» En esto oí la voz de mi compañera que a mi lado dormitaba y que a mis gritos habíase despabilado. Abrazándome tiernamente me dijo: «¿Qué te pasa, muñeco mío? ¿Sueñas, deliras? ¿Por qué llamas *Efémera* a tu Casianilla?»

## XIII

Contra lo que sin duda creerán mis compasivos lectores, aquel delirio me sentó muy bien. Acostome Casiana y me dormí con sueño tranquilo y reparador. Al despertarme, no sé a qué hora, sentí notorio alivio en mi estado general... La oleada de ambiente quimérico me refrescaba el alma y producía en mis pobres vísceras acción más eficaz que los antisépticos y calomelanos... Cuando el bendito don José vino a preguntarme cómo me encontraba, le dije: «Muy bien, amigo Sagrario. Fíjese ahora en lo que voy a encargarle. Si vienen a visitarme las señoritas *Efémeras*, o una *Efémera* sola, no haga la tontería de cerrarles la puerta; páseme aviso inmediatamente, que estoy dispuesto a recibirlas. Mucho cuidado, don José, mucho cuidado.»

Casiana y el patrón callaron. Yo, sin ver gota, comprendí que se miraban alarmados y compasivos, como diciendo: *Nuestro pobre Tito, a fuerza de sufrir ha perdido la chaveta...* Omito los pormenores del proceso patológico, hora tras hora y día tras día, en aquella existencia de clínica, monótona y triste... Debo añadir que la imaginación endulzaba mis males, ora tiñendo de color rosa las paredes de mi caverna, ora dejándome ver con los ojos cerrados objetos y figuras enteramente arbitrarios y convencionales. De esta labor anárquica de mi fantasía resultó que, hallándome despierto en mi sillón de paciente resignado, paseábame por las calles viendo todas las cosas como las viera en mis tiempos de perfecta salud, hablaba con los amigos, hacía visitas, y a mi casa tornaba tranquilamente con un paquetito de dulces para Casiana.

Si este regalo de vida ilusoria dábame la imaginación hallándome despierto, ¿qué no me daría en las horas del descanso nocturno, bien arrebujado entre las sábanas?... Una noche de furiosa tormenta con desaforados truenos y copiosa lluvia, que azotaba las paredes y sacudía los cristales de mi ventana, entraron en mi habitación tres *Efémeras*. Saltonas, risueñas y parlanchinas, tomaron asiento en los bordes de mi cama. Asustado me incorporé y les dije: «¿Por dónde entrasteis, picaronas?» Y una de ellas, acercándose tanto a mí que su aliento frío me dio en la cara, contestó: «Entramos por un cristal roto de la claraboya de la escalera, y aquí nos tienes.» Suscitose entonces un vivo diálogo que transmito a la posteridad en la forma más concisa:

«*Yo.* ¿Sois espíritus traviesos, maleantes, desligados del gobierno y autoridad de la Madre?

*Efémera 1.ª* Somos ninfas libres y desocupadas, dueñas del espacio.

*Efémera 2.ª* Llevamos de un confín a otro las razones de la sinrazón.

*Efémera 3.ª* Nos divertimos despertando a los dormidos, y adormeciendo a los que se tienen por muy despabilados.

*Yo. (Defendiéndome de los pellizcos y estrujones con que me atormentaban las seis manos de aquellas malditas hembras.)* ¿Qué queréis de mí, espíritus desmandados, aviesos? Idos de mi casa, dejadme en paz.»

Furioso me arrojé del lecho gritando: «¡Casiana, Casiana, despierta, levántate, que hay duendes en la casa!» Y las raudas féminas, que ya me parecían harpías, brincaban por la habitación y chillaban desaforadamente. En su algarabía de aves parleras destacose este concepto: «No busques a tu Casiana. Tu dulcísima compañera se divierte ahora con otro muñeco...» Como loco me abalancé hacia el lecho de Casianilla, colocado en otro testero de la estancia, y palpando en las ropas revueltas advertí que estaba vacío... Desaparecieron las diablesas con revoloteo susurrante, y yo, medio desnudo, caí fatigado en el sillón de la paciencia, sin cesar en mis alaridos angustiosos: «¡Casiana, don José, Nicanora!...»

La primera que vino en mi auxilio fue Casiana, haciéndose de nuevas y asegurando que se levantaba en aquel instante. «Tú no dormías en esa cama —le dije, rechazando sus caricias—. Tú, ausente de mí, te divertías con otro muñeco...» Disputamos un rato. Yo callé, al fin, guardando mis recelos, con la idea de observar en noches y días sucesivos... Desde aquel inaudito suceso, real o imaginario, el monstruo de los celos empezó a morderme el corazón...

Al siguiente día, el doctor Albitos, después de un largo cuchicheo que tuvieron con él apartados de mí don José y mi costilla, me recetó bromuro en frecuentes dosis, y cuando me lavaba los ojos con la ducha de vapor y me ponía colirio de atropina para impedir que se soldasen los bordes del iris, díjome cariñosamente: «No solo hay que proveerse de paciencia, querido, sino también de serenidad y de sentido común para no dejarse arrebatar por ideas insanas, que insubordinan el sistema nervioso y dan al traste con la acción medicatriz. Ánimo, amigo. Resígnese a no ver nada por ahora, que mejor está ciego que el que ve visiones.»

Me convenció Albitos por el momento; mas no tardé en volver a mi horrible pesimismo. Creí notar en Casiana cierta displicencia o cansancio, que atenuaba su celo de enfermera... Aplicando después toda mi observación a Segismundo, traté de escrutar por sus palabras y actitudes el estado de su conciencia. Advertí en él menos acritud en la ironía, y un delicado estudio para medir los conceptos y darles estructura familiar y una intención candorosa. Oyéndole, yo decía para mí: «Tú conciencia se ha impurificado. Ya no eres el mismo. Quieres engañarme y no lo conseguirás.»

Con ánimo de sondearle le dije: «Segis, alguna noche de estas has estado tú en casa sin entrar a verme, y has permanecido en una habitación interior hasta la madrugada o hasta el día siguiente.» La contestación fue un reír descompuesto de Segismundo, y el sostener que yo desatinaba. Pero bien conocí que su risa era fingida, como de histrión que no domina su papel, y del mismo modo aprecié las burlas que, por lo que dije, hicieron de mí Casiana y Nicanora, allí presentes. Ocurrió entonces un hecho que hubo de aumentar mi escama. García Fajardo varió sutilmente de conversación, largándome estas parrafadas que me dejaron atónito:

«Se me olvidaba decirte, querido Tito, que un periódico de gran tirada viene publicando hace días unos artículos, muy bien escritos, que llaman grandemente la atención. No se habla de otra cosa en Madrid.

—¿Y a mí qué me importa que hablen o no hablen de artículos de periódico que yo no he leído ni podré leer en mucho tiempo? ¿Para qué me cuentas esas cosas, tontaina?

—Te las cuento porque todo el mundo dice que esos artículos son tuyos, y verdaderamente, su estilo y gracia delatan el ingenio de Proteo Liviano.

—¡Qué desatino!... ¿Y de qué tratan los articulejos, que por lo visto son anónimos?

—El asunto, interesantísimo, está tratado de una manera magistral. La tesis es que el Gobierno español no procede con altas miras patrocinando el casamiento del Rey Alfonso con su prima Mercedes. Si Cánovas, como dice la voz pública, sabe ver el porvenir y presiente la España futura redimida de tanta barbarie, debe entablar negociaciones para enlazar a don Alfonso XII con la princesa Beatriz de Inglaterra, hija menor de la reina Victoria. En las estipulaciones matrimoniales se reconocería a Beatriz el derecho de mantener viva su fe protestante al venir a ocupar el trono de España. De este modo se planteaba sobre sólida base el problema de la libertad confesional, y pronto entraríamos en una vida de tolerancia, de cultura, dejando de ser rebaño predilecto del Romano Pontífice.

—Yo no escribí eso, yo no sé nada de eso —exclamé, en tono descompuesto y airado—. Tales enredos son invención tuya para mortificarme.

—No, no. Todos creen que tú eres el autor de los artículos. Por cierto que en uno de ellos dices que ya hubo conatos de negociaciones en la primavera del año pasado, cuando estuvo en Madrid el príncipe de Gales.

—Quizás cuando vimos aquí a ese príncipe dije yo algo de eso. Pero no fue más que una idea, un decir, nada... Ahora estoy pensando que toda esa monserga la has escrito tú, Segismundo, y que me la atribuyes a mí para aumentar mis cavilaciones, mis sobresaltos, y hacerme más viva y patente la sensación de mi inutilidad.»

Comprendiendo Segis que yo me excitaba demasiado guardó silencio, dejando el asunto para mejor coyuntura. Con ligeros descansos, mis inquietudes tomaron cuerpo en los días subsiguientes. Mi caverna se teñía de un azul intenso algunas veces, otras de un rojo de sangre... Despierto creía notar que eran demasiado largas las ausencias de Casiana. A lo mejor venía con la historia de que su tía Simona estaba enferma del hígado. ¡Así reventara!... Dormido, o a medio dormir, adquiría la certidumbre de que estaba vacío el lecho de la que fue mi dulce compañera... Mi corazón era ya una piltrafa, destrozado por la mordedura de los celos...

Una tarde siniestra de soledad y sufrimientos, mi exaltación fue tan grande que salí por los pasillos dando gritos y tropezando en las paredes. Ido vino a mi encuentro para contenerme y llevarme de nuevo a mi cuarto, y las expresiones melifluas de su filosofismo angelical fueron el fulminante que hizo estallar mi cólera: «Déjeme usted... No me toque... Usted me ha vendido, usted es un traidor... Quítese de mi presencia. En su casa se ha labrado mi deshonra... Le tenía a usted por un santo, y resulta usted un alcahuete... Atrás, villano... Déjeme en paz.» Me arrojé en la cama, ocultando mi rostro entre las almohadas, y oí los gemidos del pobre Sagrario que lloraba como una Magdalena.

Pasado un mes, pienso que no entero, de sufrimientos horribles más en lo moral que en lo físico, sobrevino el extraño incidente que a continuación se narra. Antes debo indicar que a ratos iniciábase ligero alivio en mi dolencia de los ojos. La percepción luminosa cada vez era mayor, y refugiándome en una casi oscuridad podía distinguir vagamente los objetos de más bulto. El amable y gracioso Albitos me vaticinó que antes de tres o cuatro semanas mi retina cumpliría como buena ejerciendo las funciones que le asignó la Naturaleza. Pero no contaba el buen doctor con las aventuras de mi dislocada imaginación, lanzándose sin freno ni paracaídas a los espacios novelescos. Una tarde o noche, no lo sé, hallándome solo en mi caverna teñida de color violeta con franjas de oro, vi que a mí se llegaba una mujer. ¡Ay! era *Efémera*, la buena, la estatuaria, la que en Tafalla y Madrid me trajo dulces mensajes de mi adorada Madre. La reconocí al sentir en mi hombro su mano marmórea. Alargué la mía para coger su túnica, y advertí que sobre esta llevaba un delantal casero.

«Aunque te has puesto el delantal de Casiana —dije yo—, bien te reconozco, *Efémera*.» Tras breve pausa, la fantasma pronunció estas apagadas voces: «No soy *Efémera*. Tampoco soy Casiana, aunque lleve su delantal para ser tu servidora y enfermera.» Yo callé, atontado y confuso, y mi perplejidad subió de punto cuando escuché este otro concepto: «¿No me conoces por el acento, pobre Tito? ¿Tendré que decirte mi nombre? Soy *Leona la Brava*.

La gentil aparición se sentó junto a mí y, echándome su brazo por encima de los hombros, me habló de esta manera: «Vengo a tu lado para cuidarte y servirte en sustitución de la mujer desleal que te abandona seducida por el ingrato Segismundo...» Algo debí yo de responderle, quizás expresando consternación o vergüenza por la desdicha que me anunciaba. Insistió ella en su afirmación, prosiguiendo así: «A tu lado me tendrás, si quieres, hasta que recobres la vista y la salud. Si una compañera de amor y de caridad has perdido, en mí tienes otra más solícita y fiel que esa desventurada recogida por ti del arroyo.» Tuve un momento de horrorosa duda; pero no tardé en recobrar toda la fuerza de mi arrebatada inventiva genial. Como yo me asombrase de que *Leona* descendiera de su posición rumbosa, para unir su existencia a la de un hombre enfermo y casi pobre, la dama de Mula me dio esta explicación de su actitud humilde:

«Debí empezar por decirte, Titín salado, que hace algún tiempo me despeñé de aquella cumbre de bienestar y lujo jactancioso en que me viste antes de caer enfermo. Reñí con Alejandrito, ¿no lo sabías? Te contaré el caso con descarnada sinceridad. *J'adore la vérité. Je haïs le mensonge.* Al dichoso Alejandrito le daré yo lo suyo, que no es poco: hombre más impertinente y más chinche no ha nacido de madre; y a mí me daré lo mío, que es más grave... Pues, hijo, apestada de *mon bourgeois* tuve una tentación... Cosas del temperamento, de la ociosidad... En fin, chico, que me colé demasiado, y cuando *mon vieux* se enteró de que yo la había puesto en la cabeza unas cositas puntiagudas... que no traen gran malicia cuando los hombres no son casados... Figúrate la trapatiesta que se armó. Total, que caí de mi escabel dorado. Como yo me había hecho al lujo y a la *bonne chère*, me vi en el caso de vender algunos muebles y empeñar alhajas para seguir viviendo a mi modo. Aunque aún no me tienes enteramente tronada, camino de eso voy. A pesar de mis tropiezos, soy siempre una mujer buena, y vengo a tu lado para renovar nuestro cariño y practicar las obras de misericordia.»

Apenas empecé yo a comentar tan vulgar historia, *Leona* me pidió que siguiese escuchando, pues aún faltaba la segunda parte. «Es el juego de la vida humana —dijo—, el eterno balancín, el vaivén de las prosperidades y las miserias. Cuando yo me precipitaba en la desgracia, tu Casianilla subía de golpe a grandezas que nunca pudo soñar. Has de saber que tu dulcísima cuanto traidora compañera, inducida por esa lagarta de Simona, ha cobrado a toca teja todos los atrasos de su sueldo como inspectora de Escuelas. Para ello ha tenido que mover ciertas influencias altas y bajas el pillastre de Segismundo, *le demon ironique*.

»¡Menuda suerte la de esos bribones! Mientras la señorita Conejo embolsaba buenos duros por un empleo que nunca desempeñó, Segis pescó un magnífico destino en el Ministerio de Ultramar. ¿No lo sabías? Pues el marqués de Beramendi le pidió a Cánovas esa bicoca, y don Antonio al instante... pum, pum... Como comprenderás, ahora están en grande. La Conejo lleva brillantes en las orejas y García Fajardo fuma puros de a peseta. Han tomado un piso en la Costanilla de los Ángeles. ¿Ves qué vueltas da el mundo, Tito?

—Sí, sí, qué de vueltas tan horribles... —exclamé yo—. Vueltas damos todos... todos...» Me sentí anonadado, me faltaba la respiración... Púseme en
pie, giré sobre mí mismo y caí en redondo al suelo...

## XIV

Después de aquel que yo no sabía si llamar suceso, fenómeno, pesadilla o caso real, caí en un estado parecido a la idiotez. Hablaba muy poco, no solo por desgana de conversación sino porque sentía dificultad para articular las palabras. Advertí que Albitos mostrábase intranquilo respecto al curso de mi dolencia cerebral: la de la vista iba indudablemente mejor. Ya no tenía yo dolor en las sienes ni escozor en los ojos, ya veía un poco más. Pero hacíaseme imposible distinguir las facciones de la mujer que me servía. ¿Era Casiana, era *Leona*? ¿Era una sola que cambiaba de rostro a cada momento? Tocábale yo las orejas para ver si tenía brillantes. Mi olfato buscaba en sus vestidos el perfume que solía usar Leonarda. En las visitas de los amigos que iban a mi casa tampoco pude discernir si entre ellos hallábase Segismundo, pues las voces de todos me parecían la misma.

Una noche de largo insomnio me levanté a palpar el lecho de mi enfermera. No estaba vacío.

Pregunté: «¿Eres *Leona*?»

Y la respuesta fue: «Sí, soy *Leona*. Déjame dormir.»

Las pérdidas de sueño durante la noche cobrábamelas por el día durmiendo a pierna suelta. No sé cuándo me sacó de mi hondo letargo una mano que tocaba mi frente, mano fría y marmórea.

«¿Eres Casiana? —pregunté a la persona que me despertó.

—No. Casiana se fue de paseo con su marido.

—¿Eres Leonarda?

—No. Leonarda ha salido a comprarte las medicinas que hoy recetó Albitos.»

La mano de mármol cogió la mía, y tirándome del brazo me incorporó en la cama. Al propio tiempo, una voz de dulcísimo timbre me dijo: «¿No me has conocido? Soy *Efémera*, la fiel y amable, la de Tafalla, la mensajera de *Clío*. Levántate y obedéceme.

—¿Qué tengo que hacer?

—Vestirte para una visita y venir conmigo adonde yo te lleve.

—¿Pero cómo he de salir yo, ciego, enfermo?

—Te digo que me obedezcas, que me sigas y calles.

—Mi ropa ¿dónde está?

—Aquí la tienes —dijo poniendo sobre la cama todas las piezas, sin que faltase una.

Mientras me vestía vi muy clara la figura estatuaria, con su helénico rostro y el sutil ropaje negro. Era mi *Efémera*, la ninfa predilecta, la que me llevaría quizás a los brazos de mi excelsa Madre. Con arte mágico me vestí, sin que me faltara ninguna prenda ni se me olvidase el menor detalle. Por el mismo arte maravilloso y taumatúrgico me condujo *Efémera* de la mano, sacándome no sé si escaleras abajo, o escaleras arriba por la claraboya de cristales. Lo cierto fue que me encontré en la calle bueno y sano, como en mis mejores tiempos, viendo claramente todas las cosas, alegre y muy orgulloso de llevar en mi compañía una estatua griega. Todo cuanto hallé a mi paso era de una perfecta naturalidad. Tan solo me parecía ilógico y absurdo que los transeúntes no se fijaran en que iba yo acompañado de una señora de mármol, sin más ropa que el vaporoso túnico negro.

*Pian pianino*, cambiando frases cortas y vulgares, llegamos a la calle de Alcalá y de rondón nos introdujimos en la Presidencia del Consejo, sin que los guardias civiles que custodiaban la puerta pararan mientes en el ser fantástico que iba conmigo. En la escalera oscura y angulosa me encontré solo, y solito llegué a la puerta de la Subsecretaría, a punto que por ella salía Fernández Bremón con un fajo de papeles. «Qué caro te vendes, Tito —me dijo el sagaz periodista—. Puedes pasar. Aunque Saturnino no está solo, él te dirá si el presidente te recibe al momento, o si tienes que esperar un rato.»

En el despacho de Esteban Collantes tertuliaban unos cuantos señores de esos que van a las oficinas a matar el tiempo rumiando la comidilla de la actualidad política. No más de un cuarto de hora permanecí en aquella sociedad *charlamentaria*, deslizando algunas palabritas en la ociosa conversación. Cuando me llegó la vez, Esteban Collantes me condujo al salón presidencial, al tiempo que se retiraban el marqués de Orovio y el conde de Toreno. Y heme aquí, lectores cachazudos, crédulos y traga bolas, en el despacho *del monstruo*, hablando mano a mano con él en el diván frontero a la mesa escritorio.

Empezaré por decir que olfateaba yo el ambiente, creyendo rastrear la persona invisible de la Madre *Clío*. Dábame en la nariz el delicioso y peculiar olor suyo. No sé si os he dicho que mi Madre gastaba en sus ropas un solo perfume, el aroma exquisito de los tomillos del monte Hymeto.

Entrando en materia sin preámbulos, como buen tasador del tiempo, don Antonio me dijo: He leído los artículos de usted. Yo leo todo escrito que tiene entre sus líneas una intención recta y sana, aunque el autor, dejándose arrastrar de las seducciones de la forma, no penetre en las entrañas de la realidad, que no está nunca en la superficie. Ha tratado usted con sumo arte y donosura el asunto del casamiento del Rey. Escribe usted muy bien, y la gallardía con que eleva sus miras hacia la Historia me encanta. Pero ha de permitirme que a sus opiniones oponga las realidades indestructibles que para tan complejos problemas nos ofrece la constitución interna de nuestro país.»

Bien claro vi que se trataba de los trabajos periodísticos cuya paternidad me había colgado Segis. Con gran agilidad de espíritu me declaré modestamente autor de los articulejos, sin que pudiera percatarme de la ocasión y lugar en que hube de escribir semejantes cosas. Para no hacer el ridículo dejé correr el engaño y seguí prestando atención al gran don Antonio, que continuó de esta manera:

«Si en algunas afirmaciones se ha equivocado usted, en otras ha tenido un feliz acierto. Hubo en efecto negociaciones para traer al solio de España a la princesa Beatriz de Inglaterra. Cuando tuvimos aquí al príncipe de Gales planteé yo el asunto. Pero debo decirle que lo inicié tímidamente, movido de un ideal histórico que siempre me sedujo, aunque nunca dejé de prever las dificultades de tan audaz empresa. No pasaron aquellas tentativas de una exploración que pronto quedó terminada, pues apenas llegamos a tratar del cambio de religión para que la princesa de Inglaterra pudiera ser reina de España, se vio la imposibilidad de llegar a un acuerdo. Nos hallábamos ante un nudo imposible de desatar, porque el puritanismo protestante es tan fanático como nuestro catolicismo. En cuanto la reina Victoria se enteró de que su hija tenía que hacerse papista para ser nuestra Soberana, cerró la puerta a toda inteligencia. Esto no se hizo público; por el contrario, se guardó un secreto escrupuloso para evitar el estallido de un turbón ultramontano que sabe Dios a qué extremos de violencia habría llegado.

—¿Y cree usted, señor don Antonio —me atreví yo a decirle con el mayor respeto—, que si la reina Victoria hubiera mirado con buenos ojos el cambio de religión de Beatriz habríase producido aquí alguna tormenta clerical?

—Seguramente, sí. Pero ésa la hubiese sofocado yo. Respondo de ello.

—También he dicho en mis artículos —manifesté codeándome con el ilustre estadista— que el matrimonio anglo-español ofrecía dificultades con abjuración o sin ella; pero luego sostuve que el problema confesional, el gran problema hispánico, no podía ser abordado y resuelto aquí más que por un hombre que ha venido a ser dueño de todas las voluntades: este hombre es don Antonio Cánovas del Castillo.

—Ay, amigo —dijo el jefe de la Situación, afirmando los lentes en el caballete de su nariz—; no me suba usted un punto más de la altura en que me han puesto las circunstancias, ni me atribuya un poder omnímodo sobre la opinión, que no podrá nunca lograr quien no posea dotes sobrenaturales. Abata usted un poco su fantasía, y véngase conmigo a examinar de cerca el ser interno de nuestra patria. Esta vieja nación, con sus glorias y sus tristezas, sus fuerzas y sus recuerdos, sus instituciones aristocráticas y populares, y su extraordinario poder sentimental, constituye un cuerpo político de tan dura consistencia que los hombres de Estado, cualesquiera que sean sus dotes de voluntad y entendimiento, no lo pueden alterar. El alma de ese cuerpo es igualmente maciza, petrificada en la tradición y desprovista de toda flexibilidad. El único gobernante capaz de llevar a esa alma y a ese cuerpo a un nuevo estado de civilización es el Tiempo, y yo seré todo lo que usted quiera, amigo Proteo, pero el Tiempo no soy.

—Me conformo con esa opinión fatalista por ser de usted. Pero es triste cosa en verdad que España tenga que subsistir largo tiempo bajo un poder extraterritorial que entorpece y ahoga todos sus alientos, y ata sus manos y sus pies con el cordón dogmático, inutilizándola para emprender nuevas direcciones de vida. Esto dije en mi último artículo, y esto repito ante usted, suplicándole que sea benévolo con mis audacias.

—Admito las audacias como labor sintética y teorizante, como un bosquejo artístico de la Historia del porvenir. Mas yo no teorizo, yo gobierno, señor Liviano, y como gobernante estoy amarrado por los ciento y tantos cordones de la realidad. De mi gestión depende que ese ser interno que he descrito a usted no se convierta en elemento trágico. Mi deber es sofocar la tragedia nacional, conteniendo las energías étnicas dentro de la forma lírica, para que la pobre España viva mansamente hasta que lleguen días más propicios. No podemos marchar a saltos, ni con trompicones revolucionarios. Las algaradas y las violencias nos llevarían hacia atrás en vez de abrirnos paso franco hacia un adelante remoto.

—También escribí que aplicando con firmeza las Regalías de la Corona o del Estado, un Gobierno fuerte y hábil podría contener al Papa dentro de su esfera espiritual, y atajar sus intromisiones vejatorias en el régimen interior de los pueblos.»

Cuando esto decía yo sentí más intenso el olor de la Madre, la fragancia de los tomillos del monte Hymeto. Después de vacilar un instante, don Antonio habló así: «Mucho tiento será menester hoy para desenvainar en nuestra edad la espada que esgrimieron Carlos V, Felipe II y Carlos III contra diferentes Papas, desde Clemente VII hasta Clemente XIV. Aquellos Monarcas eran de más fuste que los que ahora tenemos, y el Papa de hoy, desposeído del poder temporal, aprieta furiosamente las clavijas del mecanismo dogmático con que gobierna las conciencias católicas. Yo procuro por todos los medios fortalecer el poder real, debilitado por las agitaciones revolucionarias y por las propagandas de los ambiciosos de bajo vuelo. Y si en este reinado y en los siguientes mantiene su fortaleza el poder real, será obra fácil reducir y someter al poder eclesiástico.

»Por lo demás, hemos resuelto del modo más feliz el asunto interesante del casamiento del Rey. ¿Qué nos importan las majaderías del inquieto Montpensier, ni la palinodia que ha tenido que cantar para poner a su hija en el trono de España? Hemos doblado esa hoja triste de las querellas dinásticas. Los resquemores de doña Isabel han ido a parar a la cesta de los papeles rotos. Esa buena señora no tiene derecho a trazar una página rencorosa en los anales contemporáneos. Ningún efecto nos han hecho las ridículas bravatas de mis buenos amigos los *moderados* de la vieja cepa, ni el discurso del pobre Moyano sacando a relucir un texto arcaico y manido de Donoso Cortés. Lo importante, lo definitivo es que la Infanta Mercedes, futura reina de España, atesora las cualidades más bellas: linda, modesta, dócil, amable, inteligente, apenas lanzado su nombre en el remolino de la opinión, se ha hecho popular. ¿Qué más podemos apetecer? reina bonita, discreta, popular... *Por lo demás...*»

Dejé de percibir la voz de don Antonio. Después vi su figura en pie, desvanecida, alejándose de mí. El grande hombre se hallaba en un salón lujoso, rodeado de damas elegantes, marquesas y duquesas que le agasajaban solicitando su conversación ingeniosa, amenísima, a veces cáustica. Entre aquellas señoras creí ver a la dama de Mula, y seguramente vi a *Mariclío*, fastuosa, calzada con el alto coturno. Pasó a mi lado inundándome con su fragancia helénica.

Lo más extraño fue que detrás de la Madre vino hacia mí Casiana. Al verla empecé a dar voces, y entonces sentí que me sacudían los brazos diciéndome: «Despierta, hijo, que ya has dormido más de la cuenta.» Mis primeras palabras al abrir los ojos fueron: «¡Ah, qué delicioso olor a tomillos!» Casiana me acercó al rostro un ramo de estas aromáticas hierbas. «¡Déjame gozar de aroma tan delicioso! —exclamé yo—. ¡Ay, pero esas plantas no son del monte Hymeto!

—Son de la Casa de Campo.

—¿Vienes tú de allí, chiquilla?

—No, hijo, no. Esto me lo trajo Nicanora que fue allá con varias amigas a visitar a un guarda, pariente suyo.

—¡Oh, la Casa de Campo! Allí estarían paseando la Infanta Mercedes y el Rey Alfonso, que son novios y se van a casar pronto, ya lo sabes. La futura reina es simpática, humilde, linda, y apenas se habló de su boda se hizo popular.

—Todos hablan bien de ella menos Segismundo, que está con la tecla de que por ser hija de Montpensier debían haberla puesto a cien leguas del trono de España. El demonio de Segis y otros tan locos como él, ya lo oíste noches pasadas, querían que nos trajeran aquí una *protestanta* para casarla con don Alfonso.

—Cánovas me ha dicho que la idea es hermosa. Pero que se opone a realizarla *el ser interno*... ¿lo entiendes?... El cuerpo y alma de esta Nación, que es Católica hasta los tuétanos. Don Antonio teme que *el ser interno* se le vuelva trágico, y trata de irlo conllevando por lo lírico hasta que, fortalecido el poder real, *etc*... En suma, Casianilla de mis pecados, que ha de llover mucho hasta que los Gobiernos de esta tierra puedan decirle al amigo Pío, o a sus sucesores: *Tente allá, Papa, que los españoles ya sabemos salvarnos cada cual a su modo.*»

## XV

Desde aquel día, que en mi mente quedó marcado con el recuerdo de los tomillos del monte Hymeto, avancé rápidamente en la curación de mi vista. La horrenda *Queratitis*, que había sido mi suplicio en gran parte del año 77, se apartaba de mí, se retiraba, se iba. Tan acertado estuvo Albitos en devolverme la luz de los ojos como en el régimen y medicinas aplicadas para librar a mi cerebro del desorden anárquico. Gracias a esto no tardaron en deshacerse por sí mismas las fábulas que mi intelecto, lanzado a un delirio de Carnestolendas, forjó para embromar a la razón.

La quimera que más tardó en disiparse fue la de *Leona la Brava*. Mas tuve la suerte de que esta viniera un día a visitarme, no habiéndolo hecho antes por haber estado ausente de Madrid durante algunos meses. Viéndola en su propio ser, sin ninguna mudanza en su estado de prosperidad y rumbo, comprendí que era pura novela mía picaresca lo de los cuernecitos que le puse a don Alejandro, novelón sentimental el venir a ser mi enfermera, y terrorífico folletín por entregas el truculento caso de la fuga de Casiana con Segismundo. Este buen amigo me desengañó también con su asidua presencia, con la lealtad y gracejo de su conversación amenísima. En cuanto a la entrevista con Cánovas, y a la intervención de las *Efémeras* buenas y malas, diré que esto lo trasladaba yo a la esfera de mis relaciones ideológicas con *Mariclío*, estableciendo una especie de equilibrio entre lo cierto y lo dudoso, y saboreando los puros goces que encontré siempre en la verdad de la mentira.

Antes que se me olvide, debo anotar en los anales de mi Madre el estrepitoso fin del drama económico de doña Baldomera, según me lo contó testigo de tanta autoridad como Segismundo. Llegado el momento en que la sutil arbitrista vio agotada la simplicidad de los imponentes, determinó levantar el vuelo hacia una región lejana de la esfera terráquea. Los mismos que en el fervor del entusiasmo la llamaron *nuestra madre*, al ver en la casa señales de tronicio, no se contentaban con menos que con arrastrar a su protectora por la Plaza de la Cebada y calle de Toledo, hasta la Fuentecilla. Agregó Segis a sus noticias este comentario fieramente sarcástico:

«Ved aquí, amigos míos, la mejor muestra de la injusticia del pueblo, que si entregó sus ahorros a la genial banquera hízolo por ambición canallesca y por su idea estúpida de la multiplicación del vil metal. Yo sostengo que mi *jefa* y *principala* no engañó más que a los que ya venían engañados y ciegos desde su nacimiento. Procedió como hábil financiera que ve la parte suya en un negocio, sin cuidarse de la parte de los que operan con ella. Según mi cálculo, la buena señora no se ha llevado más que unos siete millones de reales, cantidad mezquina si se compara con los millones desfalcados por agiotistas de más alta categoría social.

—Ya lo creo —afirmé yo—. Ejemplos mil tenemos aquí del *Baldomerismo* en grande escala, de Sociedades de Seguros inseguros, en las cuales, unos cuantos caballeros de muchas campanillas han arramblado con los ahorros de una o dos generaciones, quedándose luego tan frescos. A esos elegantes *Baldomeros* les han dado títulos de condes y Marqueses, y andan por ahí con el rango y tratamiento de *Excelentísimos señores*.

—A la hija de Larra —prosiguió Segis con profunda convicción— le daré yo el superlativo de *archi-excelentísima*, pues era muy buena para sus empleados, afable con los imponentes, a quienes llamaba sus hijos, y observante del axioma de que *la caridad bien entendida empieza por uno mismo*. Si le dieron siete millones, qué había de hacer la pobrecita más que cogerlos y decir: *gracias, caballeros; me voy a tomar aires*.

»Ahora os contaré la fuga de la banquera, que fue en la madrugada del 4 de diciembre, día de Santa Bárbara, festividad muy del caso para esta clase de catástrofes. La señora estuvo con unas amigas en el teatro de la Zarzuela viendo la función, y concluida esta se fue a su casa, calle del Sordo. Allí se preparó para el viaje, y antes de amanecer salió en un coche de colleras camino de Pozuelo, donde tomó el tren mixto del Norte y... ¡Adiós, Madrid, que te quedas sin gente!

»El secretario de la dama, don Saturnino Iglesias, evaporose también. Se ha dicho que un señor Pallares, que fue jefe de Policía en tiempo de la República, ha favorecido el mutis de la gran histrionisa de los números. Por mi parte, no he tenido que *desaparecerme*, ni temo que me empapelen como funcionario modestísimo de aquella mágica oficina, porque en el último día de noviembre olí la quema, pedí mi cuenta y presenté la dimisión, pretextando tener que ausentarme para un asunto de familia.»

El mutis de doña Baldomera en el escenario social tuvo, como supondréis, sus naturales derivaciones. De ello se hablará cuando la sagaz hacendista reaparezca en el campo de la actualidad. Por el momento, en las agonías del 77 y primeros vagidos del 78, lo más importante para mí era el acentuado restablecimiento de mis ojos, y la reconquista de la facultad visual perdida en largos y dolorosos meses. Los que no han vivido en tinieblas por más o menos tiempo no conocen el purísimo, inefable gozo de ver y contemplar hombres y cosas, lo feo y lo bonito, la Naturaleza toda en la plenitud de sus maravillosos aspectos. Es como vivir de nuevo. Yo resucité, yo renací, y difícilmente puedo expresar mi alegría.

Coincidió mi resurgimiento a la vida con los desposorios de Alfonso y Mercedes, obligado motivo de festejos oficiales, palatinos, y en aquel caso señaladamente populares. Yo no me acerqué a la basílica de Atocha, teatro del espléndido ceremonial, ni vi el desfile de la procesión epitalámica desde el templo a Palacio. Aunque frecuentaba ya la calle y los paseos, no quise meterme en el remolino de las muchedumbres regocijadas, ávidas de contemplar tan lucido espectáculo. Pero, sin verlo, la frescura de mi imaginación permitíame apreciar el soberbio cuadro, por el recuerdo de otras cabalgatas del propio estilo en diferentes ocasiones de la Historia.

Desde el Retiro, donde me paseaba con Casianilla, veía yo en mi mente las carrozas de la Casa Real, los arreos del guadarnés, los soberbios caballos que pausadamente tiraban de los coches, el mover rítmico de las cabezas de los brutos adornadas de vistosos plumachos, las bordadas libreas, las blancas pelucas, el sinfín de jinetes palatinos y militares, los timbaleros y clarines, reyes de armas, monteros de Espinosa, caballerizos, correos y carreristas, los mancebos, lacayos y palafreneros, y por fin, los regios novios y el acompañamiento de coronadas testas, de príncipes, embajadores y magnates, que componían el cortejo nupcial. Si doña Isabel II brillaba por su ausencia, por su presencia majestuosa resplandecía doña María Cristina, de albo cabello y dulce sonrisa que el paso de los años no había logrado destruir. Don Francisco de Asís ocupaba el puesto que por regia clasificación le correspondía, y el suyo los duques de Montpensier y las Infantas hermanas de Alfonso XII.

Si aparté mis ojos, recién abiertos a la luz, de estas magnificencias callejeras, no pude resistir la tentación de presenciar las dos corridas de toros con caballeros en la plaza, que fueron el número popular en el programa de los reales festejos. Obra fue del Municipio esta solemnidad taurina. Por cierto que los ediles discutieron calurosamente si debía celebrarse en la Plaza mayor, teatro antaño de los regios torneos taurómacos así como de los autos de fe, o utilizar para el caso la nueva Plaza de Toros, inaugurada en 1874. Prevaleció por fin este criterio, y yo, ávido de gozar el lindo espectáculo, tomé cuatro delanteras de grada, pues además de Casiana convidé a Segis y a Ido del Sagrario.

Llegado el día feliz entré en la Plaza con mi pareja y mis dos amigos, arrebatado de un gozo infantil que embellecía y agrandaba todas las cosas. El nuevo Circo, que yo veía entonces por primera vez, se me representaba superior en grandeza y hermosura a la idea que tenemos del Coliseo de Roma, y el ornamento de banderolas, escudos, gallardetes, guirnaldas, guardamalletas, lanzas de torneo y demás requilorios, se me antojó lo más bello y gracioso que pudiera imaginarse. El alborozo de mi espíritu convertía las flores de trapo en naturales y olorosas, los tapices de percalina en ricos reposteros de seda y oro.

Si de tal modo transfiguraba mi fantasía las cosas materiales, imaginad mi desenfreno optimista al contemplar el mujerío que en gradas y palcos dábame la impresión de una corte celestial de belleza y amor. Desde nuestros asientos veíamos perfectamente el palco regio; cuando en él aparecieron Mercedes y Alfonso, rodeados de Majestades históricas aunque cesantes y venidas muy a menos, y de las princesas y príncipes de Borbón y Orleáns, estalló un ciclón de aplausos y aclamaciones que bramaba y crujía como un cataclismo atmosférico.

Después de colocarse en el ruedo, debajo del palco de los Reyes, una Compañía de Alabarderos en triple fila y en actitud de firmes, Mercedes dio la señal para el comienzo del desfile. Tras de cinco alguacilillos aparecieron por la puerta de caballos los timbaleros y clarines de la Real Casa con uniforme de gala; seguía una carroza conduciendo a dos caballeros en plaza, tirada por cuatro soberbios alazanes empenachados; a los estribos marchaban a pie, como padrinos de campo, *Frascuelo* y otros dos lidiadores, que eran *Regatero* y Hermosilla, según alguien me dijo; venían luego dos pajes con rejoncillos, y cuatro más conduciendo del diestro otros tantos caballos, enjaezados con montura de raso y pasamanería de oro y plata.

Vi después lo que enumero con la prolijidad que me permite el continuo pasar de figuras tan pintorescas: otro coche de gala con ocho corceles empenachados, y lacayos ostentando las libreas de los grandes de España que apadrinaban a los caballeros en plaza; gran carroza sobresaliente con adornos y arabescos de plata en su caja, propiedad, según oí, del duque de Santoña; tiraban de aquel armatoste dos troncos de poderosos potros morcillos, y en él iban dos caballeros, vestidos de azul y rojo y de morado y blanco; marchaban al vidrio los espadas Cayetano Sanz, Gonzalo Mora, Ángel Pastor y Francisco Sánchez; detrás, pajes con caballos y rejoncillos, coche de respeto, carruajes de los padrinos condes de Bazalote y Superunda, escoltados por lacayos, mancebos y palafreneros.

Concluían la relumbrante procesión las cuadrillas de lidiadores, formadas por diecisiete espadas, cuarenta y ocho banderilleros, cuatro puntilleros, tres chulos y veintisiete picadores, y a la cola iban mozos de caballos, tiros de mulas de arrastre con preciosos arreos y mantillas, ramaleros y mayorales luciendo ropa de terciopelo y fajas de seda. Pensaba yo que humanos ojos no habían visto nunca mascarada tan espléndida y suntuosa, desfile mareante por lo abigarrado de los colorines, el esplendor del oro y la plata, el movible oscilar de plumachos y el continuo pasar de figuras y figurillas, rígidas unas, flexibles otras, y todas recargadas de tintas chillonas. Casianilla estaba embobada; Ido del Sagrario abría un palmo de boca; Segis, siempre descontento y mordaz, burlábase de aquel lujo estúpido y un tanto chabacano; y yo, que al principio admiraba todo como un chiquillo, acabé por atontarme ante las vueltas, revueltas y movibles luces de aquel rutilante caleidoscopio.

La cabalgata dio la vuelta al redondel, y al llegar debajo del palco real, apeáronse caballeros y padrinos, saludando todos a las Majestades y Altezas. Los alabarderos abrieron filas, y por la puerta de Madrid salió la brillante procesión, no quedando en el ruedo más que los lidiadores y tres alguaciles a caballo.

Comenzada la lidia, los caballeros en plaza rejonearon sus toros. Era la primera vez que yo veía tal juego, y fuera de la gallardía de los jinetes y de la soberbia estampa de los bridones, no encontré en ello gran emoción. El tercer toro rejoneado embistió a uno de los alguacilillos, que fue a caer con caballo y todo entre los alabarderos, produciendo algún estropicio. El mismo torito alcanzó a un caballero en plaza cuando iba a clavar su rejoncillo, le volteó, matándole la cabalgadura, y el airoso campeón, vestido a la chamberga, hubo de ser retirado a la enfermería. La lidia ordinaria me interesó un poco al principio; pero como no entiendo de toros ni frecuento este espectáculo, acabé por sentir aburrimiento y ganas de que aquello terminara. Ido del Sagrario, no más perito en tauromaquia, hacía de cuanto veíamos críticas tan sesudas como la que podría yo hacer de la *Ilíada* de Homero.

En los ratos de hastío convertía mis ojos del ruedo a los palcos y gradas, para pasar revista al pintoresco público. La hilera de palcos ofrecía un aspecto deslumbrador. Allí estaban la Navalcarazo, la Belvís de la Jara, Luisa Campoalange, la Perijaa, y las más admiradas hermosuras de la Grandeza, luciendo albas mantillas y adorno de camelias y gardenias en la cabellera y en el seno. No lejos del montón aristocrático vi a *Leona la Brava* con Carolina Pastrana y otras amigas del género *demi-mundano*. Ocasión es de decir que, en aquella época de sus progresos en el arte social, daba la dama de Mula la mejor prueba de su talento vistiéndose con modestia, procurando oscurecerse y pasar inadvertida.

En un palco fronterizo entre sombra y Sol vi una tanda de mujeres, ataviadas estrepitosamente con pañolones de Manila, mantillas de madroños, altas peinetas y gran carga de flores en el pelo. Eran las que el año 72 hicieron en la Castellana, a las órdenes de Ducazcal, la famosa manifestación contra la dinastía de Saboya: la *Moño Triste*, la *condesa del Real Cuño*, la *Sílfide*, *Pepa la Sastra*, la *Cacharrito*, Rosa Huertas, la *Napoleona*, *Paca la Alicantina*, la *Eloísa*, la *Clotildona*, etc.

Retrocediendo con mi atenta observación hacia la grey aristocrática, vi en dos palcos a Vicente Halconero y al marqués de Beramendi con sus familias. En las gradas, no lejos de nosotros, había tres muchachas picoteras, inquietas y reidoras, que a ratos miraban hacia mí, saludándome con lindas garatusas formuladas con los morros y con los abanicos. «¿Ves aquellas tres chicas que vuelven hacia acá sus rostros picarescos como haciéndonos burla? —dije a Casiana—. Pues son tres *Efémeras* que han venido disfrazadas de personas, dejando en alguna percha de los espacios sus túnicas flotantes. Pertenecen al grupo de las malas, traviesas y enredadoras. No mires hacia ellas; no les hagamos caso.» Casiana, sin comprender bien lo que yo decía, se dio por enterada.

Observamos luego que, en los tendidos, hombres y mujeres comían a mandíbula batiente y empinaban botellas o zaques, sin desatender los incidentes de la corrida. La razón de estas merendonas era que, empezando las corridas a las doce y terminando a las cuatro por causa de la cortedad de los días, trastornábanse las ordinarias horas de almorzar y comer.

Entre los accidentes restantes de la lidia ordinaria, el que más presente ha quedado en mi memoria es el achuchón que dio un toro a los alabarderos, apostados al pie del palco Real. Rechazaron estos con sus hierros la embestida del morucho, que volvió a la carga con más coraje, abriendo brecha. La res sufrió terribles lanzazos, rompiéronse bastantes alabardas, dobláronse otras, volaron los tricornios por el aire, y muchos Guardias sufrieron el destrozo de sus uniformes. Pero ni los alabarderos abandonaron su puesto de honor y de peligro, ni el cornúpeto se mostraba propicio a terminar la desigual pelea. Fue preciso que el espada Felipe García colease al codicioso bruto para hacerle abandonar el campo.

Llegó el momento final, que yo vi con gusto porque ya me cansaba fiesta tan prolija y fatigosa por el vértigo de sus complicadas emociones. La inmensidad de la concurrencia dificultaba la salida; largo rato empleamos en pasar de la Plaza a la calle, y en las apreturas de aquel atranco, Segis comentaba con negro humorismo el festejo, en su doble aspecto popular y aristocrático.

«¡Cuánto nos hemos divertido! —exclamó—. ¿Verdad, Casiana, que tenemos retortijones de tripas para todo el año? Me alegro de haber venido para no verme obligado a leer en la prensa taurina la descripción de esta chocarrería sublime... Si me dieran el dinero que gastó el de Santoña en esa carroza de cuento de hadas, lo emplearía en comprarle una chichonera de oro, recamada de esmeraldas y brillantes, al alcalde que inventó esta mojiganga de *Las mil y una noches*... Aburridas... Me ha entusiasmado Manzanedo, me han hecho tilín los padrinos de la Grandeza, y entre las brutalidades de los lidiadores y las *finustiquerías* de los caballeros en plaza, me quedo con las primeras.

»Los alabarderos han estado monísimos; merecen la Gran Cruz de San Fernando por el *canguelo* que pasaron. Y si hubiera que dar un premio a las figuras culminantes del *jembrerío* de los palcos, yo agraciaría con la *Jarretiera* inglesa a la *Moño Triste*, obligándola a enseñar la pierna para que el público viese imponer entre aplausos la insignia de tan ilustre Orden. Yo hubiera organizado este espectáculo en la Plaza mayor, abriéndolo con un torneo y cerrándolo con un auto de fe, para que la fiesta fuese más nacional y castiza. El último y más lucido número habría sido quemar en elegantes hogueras al duque de Sexto, a Manzanedo, a los Grandes y pequeños de España, a Cánovas, Ducazcal, Romero Robledo, Varagua, Saltillo, y el *Marqués del Bacalao...* En efigie, por supuesto.»

Cuando ya pasábamos de las apreturas a sitio de algún desahogo, nos encontramos con Celestina Tirado, buscando a Fructuoso y *Graziella* que se le perdieron en el tumulto de la salida. Tiempo hacía que no nos veíamos: noté a la mujer *dantesca* más vieja, huesuda y barbuda que en los días de mi última visita al laboratorio de la italiana. Interrogada por Casianita sobre la corrida regia, la zurcidora de voluntades nos dijo:

«A ratos me ha parecido comitiva de boda, a ratos acompañamiento de entierro, porque... Créanlo, yo me fijo en todo... Algunas de las carrozas eran coches de la funeraria, pintados de colorines para dar el pego a los bobalicones... La Corte muy brillante; la reina Mercedes linda y triste... Motivos tiene para ello... *Graziella* y yo examinamos detenidamente el pañuelo que agitaba para cambiar los tercios de la lidia... ¡ay qué pena!... Por el movimiento que hacían en el aire las puntas del pañuelo, y por los giros y pliegues de la tela junto a la carita de Su Majestad, vinimos a conocer como este es día que la pobre Mercedes vivirá muy poco.

—¡Quita allá, bruja indecente! —exclamé yo indignado—. No nos vengas con vaticinios ni sandeces.

—Por la luz del santo día, Tito; créanlo, que estos signos no fallan: la hija de Montpensier no llegará a San Juan.»

## XVI

Al abrirse las Cortes el 15 de febrero ya pude yo decir que había recobrado completamente la salud. Pero como me enojaba el barullo del Congreso no asistí jamás a las sesiones. Las únicas noticias parlamentarias que puedo daros son que, por renuncia de Posada Herrera, fue elegido don Adelardo López de Ayala presidente de la Cámara popular, y que desde los primeros días arreciaron su oposición los sagastinos. Todo ello es, históricamente considerado, flojo, anodino y sin sustancia.

Más interés tuvo la conspiración zorrillista, que desde París enviaba sordos mugidos, llenando de zozobra los corazones monárquicos. Hablábase mucho de los generales Villacampa y Lagunero, y los más timoratos les veían aparecer aquí y acullá como fantasmas sediciosos, capitaneando soldados o paisanaje. Renegaba yo de la vana y artificiosa política de aquellos tiempos, y cuidábame tan solo de darme buena vida y de pasar el tiempo plácidamente en teatros y honestas diversiones. El 30 de marzo fui con Casiana al estreno de la comedia de Ayala, *Consuelo*, en el Español, y ocupamos dos modestas delanteritas en el anfiteatro principal. La sala rebosaba de selecto público, descollando en sus palcos los Reyes, los duques de Montpensier y un lucido acompañamiento de magnates y fantasmones.

Casianilla y yo no apartábamos los ojos de la simpática Merceditas, que en el teatro como en la Plaza de Toros, en los paseos y en todas partes, se llevaba tras sí los corazones. La obra del gran Ayala gustó mucho, sin llegar al éxito clamoroso y entusiasta de *El tanto por ciento*. Pasaje culminante de la representación fue el monólogo del actor segundo, que dijo Vico de un modo magistral. Aclamado el insigne poeta con aplauso ardoroso se presentó en el palco escénico, no ciertamente cogido de la mano de los actores como es costumbre en estas solemnidades, sino solo, enteramente solo, pues su categoría de presidente de las Cortes le obligaba, según se dijo, a recibir los homenajes teatrales en un decoroso aislamiento. La eminente actriz Elisa Mendoza Tenorio subió a las más altas cumbres del arte en la creación del carácter de la protagonista.

Como antes indiqué, yo no perdía ripio para gozar de todo espectáculo artístico de noble cultura. En años anteriores fui parroquiano ferviente de la *Sociedad de Conciertos*, que celebraba sus fiestas los domingos de Cuaresma en el Teatro-Circo del príncipe Alfonso. La incomparable orquesta que primero dirigió Barbieri, luego Monasterio, Mariano Vázquez y otros maestros, ha sido y es la gran educadora del pueblo de Madrid en el clásico y supremo arte musical. Por ella han venido a ser el más puro recreo de nuestras almas las monumentales, las soberanas sinfonías de Beethoven y lo mejor del repertorio de Haydn, Mozart, Mendelssohn, Weber, Handel, Schubert, y demás genios de la gloriosa pléyade germánica. Después de educarme yo quise iniciar a Casiana en los misterios de la santa religión de Euterpe. Durante las primeras audiciones, la pobrecilla no lograba tomar gusto al intrincado lenguaje de aquella teología del sonido. Pero poco a poco iba entrando, y acabó por deleitarse con el andante de la *Sinfonía Pastoral* y el *allegretto scherzando* de la *Octava*.

Cuidábame yo mucho de dar al espíritu de Casianilla un matiz de cultura, sacándola de la rusticidad y ordinariez en que se había criado. Sus nobles sentimientos, y los estímulos de su alma querenciosa de un vago ideal, me ayudaron en mi tarea. Firme en mi propósito, llevábala con frecuencia al Museo del Prado, y a los tres o cuatro días de andar por aquellas salas mi compañera se asimiló el valor estético de la pintura, supo apreciar a los maestros, y distinguía perfectamente a Velázquez del Tiziano y a Murillo de Rubens, dando a cada uno lo suyo.

Una mañana, cuando nos hallábamos en la Rotonda recreándonos en la variada colección de obras capitales, que no tiene igual en el mundo, sorprendiome la presencia de Vicentito Halconero, que con su mujer y su suegra se deleitaba como nosotros en aquel Olimpo pictórico. En cuanto me vio el simpático amigo vino a saludarme muy cariñoso, y me presentó a su familia; yo, naturalmente, no les presenté a Casiana, y esta se mantuvo cohibida y avergonzadita, fijos los ojos en el suelo, cual si quisiera recatarse con el invisible manto de su modestia.

Insinuante y efusivo, Halconero me dijo así: «¡Caramba, Tito, cuánto me alegro de verle! Hasta hace muy poco no supe que ha estado usted enfermo de los ojos... Ya me extrañaba a mí no encontrarle por ninguna parte... Pero lo que es ahora, ya no se me escapa usted, querido. Tenemos que hablar. Usted es un hombre que vale mucho, y no debe estar oscurecido, huyendo de la gente y malogrando en la inacción sus extraordinarias dotes de talento y cultura. Eso no puede ser, no puede ser. Es preciso que hablemos, amigo mío.»

Contestele yo, con mi habitual llaneza, que me encontraba muy bien en la oscuridad y que me infundía temor la idea de salir de ella. Disertamos un rato, y al llegar el momento de la despedida me dijo Vicente: «Mala cosa es la oscuridad, y ello tiene usted ejemplo en la dolencia que acaba de padecer. Los hombres que valen deben vivir en plena luz. De eso hemos de tratar detenidamente. ¿Quiere usted que vaya yo a su casa, o vendrá usted a la mía?» Le contesté que tendría mucho gusto en visitarle, y con esto nos despedimos. Casiana y yo continuamos admirando a Van Dick, Correggio, Velázquez, Rafael y el delicioso y minúsculo cuadro del Mantegna *Las exequias de la Virgen*.

Ocurrió esto a fines de abril o principios de mayo, no me acuerdo bien. En lo restante de mayo llevé a Casiana a la Armería Real, donde le fui mostrando uno por uno los soberbios arneses, y dándole a conocer los altos héroes que habíanlos llevado sobre su cuerpo en famosas batallas. Visitamos también el Museo Naval, y allí vio Casianilla despojos gloriosos de Trafalgar y los modelos de las antiguas y modernas naves de guerra. En el Museo de Artillería contemplamos recuerdos agradables o lastimeros de la vida de la Patria, y en el de Historia Natural, mi compañera se deleitó contemplando los fósiles gigantescos y el rico muestrario de la fauna felina, de la ornitológica y de los organismos inferiores.

*Continuando la Historia de España* os diré que la mozuela que yo recogí del arroyo adelantaba con seguro paso en sus conocimientos. Dominada prodigiosamente la lectura y escritura, don José y yo le dábamos lecciones de Aritmética, de Geografía y de Historia compendiada. Había leído ya el *Quijote*, el *Gil Blas* y algunos libros modernos de poesía o amena literatura. Su instrucción era gradual, lenta y práctica; expresaba su gozo por cada conocimiento recién adquirido huyendo de las demostraciones pedantescas, todo ello sin olvidar los trajines caseros que constituían su mayor deleite. Modista de sí propia, vestía con suma sencillez, evitando las formas llamativas y de relumbrón. Como yo, se encontraba muy bien en la oscuridad y le infundía temor la idea de salir de ella.

A principios de junio circularon por Madrid rumores de que la reina Mercedes no gozaba de buena salud. En nuestras divagaciones por la Castellana y el Retiro, Casiana y yo la veíamos pasar en coche con su esposo, y en efecto, notamos en su linda carita palidez, tristeza, un indeciso mohín que a mí me pareció algo como despego de la vida. Nos interesábamos por la joven Soberana como si fuera de nuestra familia, y el propio sentimiento creo yo que alentaba en todo el pueblo de Madrid. Vino Mercedes al trono de España como símbolo de paz, sin odios por su parte, sin ningún recelo por parte de la Nación. Merecía reinar, merecía vivir...

Después de San Antonio, festividad del padre de la reina, fue más denso el rumor de la enfermedad de esta, y ya no se ocultaba lo grave del caso. Quién decía que era una afección al pecho, quién que una fiebre maligna; muchos recordaban que otros hijos de Montpensier habían muerto en plena juventud, de calenturas infecciosas, contra las cuales nada pudo la ciencia; algunos, desviando los hechos del terreno lógico al de las conjeturas supersticiosas, afirmaban que sobre don Antonio de Orleáns pesaba una maldición: no podía ser feliz en su vida doméstica el que había sido en la pública desleal, ingrato y locamente ambicioso. Era el duque una capacidad administrativa, hombre ordenadísimo, económico, buen esposo, buen padre, y a despecho de estas apreciables dotes nadie le quería. En la mente popular se claveteaba con remaches duros la idea fatalista de que los hijos inocentes han de expirar las culpas de los padres pecadores.

El 22 de junio aumentó tanto la gravedad de la reina infeliz, que se desconfiaba de salvarla. En la mayordomía de Palacio agolpábase el gentío aristocrático y oficial, cubriendo de firmas tal número de pliegos que pronto se formaron montes de papel en las anchas mesas. El pueblo soberano, que no firmaba porque no sabía o no le dejaban, hizo pública demostración de su afecto a la reina ocupando silencioso y triste la Plaza de Oriente y sus avenidas. Casiana, Segis y yo recorríamos los grupos de aquella plebe consternada y ansiosa que, clavando sus ojos en los balcones de Palacio, firmaba según su peculiar modo de escritura. Las impresiones que recogimos aquí y allá pueden ser sintetizadas en esta forma: Merceditas era la cándida paloma que trajo a España el ramo de oliva. Mientras ella calentó el nido huyeron espantadas las víboras de la trágica escandalera dinástica en el siglo XIX.

El día 23 llegaron de París los duques de Montpensier, llamados por un angustioso telegrama del Rey Alfonso. Ante la hija herida de muerte disimularon su consternación, y a espaldas de Mercedes pidieron que fuese llamado a consulta el célebre médico republicano Federico Rubio...

El 24 arreció la gravedad de la enferma con síntomas y caracteres que inducían a la desesperación; se creyó que la reina terminaría su vida en el aniversario de su natalicio: el día de San Juan Bautista cumplía Mercedes de Orleáns dieciocho años. Contra este horrible sarcasmo del Destino protestaron la familia de la moribunda, el mundo palatino, las clases altas y bajas de Madrid y el pueblo entero de España, elevando al cielo todas las formas de plegaria, desde las más solemnes a las más humildes. Hiciéronse rogativas en innúmeros templos, catedrales, parroquias, conventos, santuarios y ermitas; enronquecieron frailes, monjas, capellanes y canónigos de tanto pedir a Dios la vida de la joven reina; y hasta las pobrecitas presas de la Cárcel de Mujeres reunieron, cuarto a cuarto, suma bastante para mandar decir una misa rezada con el mismo piadoso objeto.

En la noche del 24 al 25 se inició ligera remisión en la enfermedad. Las salas próximas a la regia alcoba parecían un campamento; aquí y allá, recostados en los lujosos divanes, daban descanso a sus fatigados huesos Montpensier, la princesa de Asturias, los cardenales Moreno y Benavides, y los palatinos de servicio. Las personas que no se movían a ninguna hora de junto al lecho de Mercedes eran don Alfonso, la marquesa de Santa Cruz y la Infanta Luisa Fernanda.

El 25 renació la confianza. Federico Rubio dijo que no se debía tener por imposible la salvación de la reina. A propósito del doctor Rubio referiré las voces que aquel día corrieron por Madrid. Según el rumor público, el famoso médico se presentó en Palacio vestido de americana y se le dijo que no podía penetrar en la Cámara Real sin ponerse levita, a lo que don Federico respondió que él no entraba en aquella casa por su voluntad, que le habían llamado para ver un enfermo, y que iba con el traje que usar solía en el ejercicio de su profesión... Después supe por el propio Federico Rubio que todo aquello era una fábula, que fue a Palacio como le exigían su dignidad, su educación y el respeto a los compañeros.

Llegada la noche del 25 al 26 disipáronse las esperanzas rápidamente. No había salvación para la reina. Extendida la triste noticia por todo Madrid, el público abandonó los teatros, los cafés y los círculos de recreo. Grandes muchedumbres acudieron a Palacio, invadiendo el patio y galerías bajas. La guardia exterior tuvo que desalojar el edificio; pero el gentío siguió estacionado en la Plaza de la Armería y en la de Oriente...

Desde las primeras horas de la mañana del 26, entrañaba la situación de Mercedes una definitiva, inevitable desesperación. Todas las personas que rodeaban el lecho mortuorio, hijas de Reyes las más, magnates o príncipes de la Iglesia las otras, presenciaron enmudecidas por la congoja el lento descender de la reina a la región de la eterna sombra... Mercedes expiró a las doce y cuarto.

En pleno día, el vecindario de Madrid llenaba las calles; se oían más las pisadas que las voces... A punto de las tres de la tarde, el insigne Ayala, desde su sitial de la presidencia del Congreso, pronunciaba una corta oración fúnebre, de la cual entresaco lo que a mi parecer expresa con más delicadeza y ternura el duelo de España en aquel luctuoso día:

«Ya lo oís, señores Diputados: nuestra bondadosa reina, nuestra cándida y malograda reina Mercedes, ya no existe. Ayer celebramos sus bodas; hoy lloramos su muerte. Tan general es el dolor como inesperado ha sido el infortunio; a todos alcanza; todos lo manifiestan; parece que cada uno se encuentra desposeído de algo que ya le era propio, de algo que ya amaba, de algo que ya aumentaba el dulce tesoro de los afectos íntimos; y al verlo arrebatado por tan súbita muerte, todos nos sentimos como maltratados por lo violento del despojo, por lo brusco del engaño.

»Joven, honesta, candorosa, coronada de virtudes antes que de la Real diadema, estímulo de halagüeñas esperanzas, dulce y consoladora aparición... ¡quién no siente lo poco que ha durado!... No sé, señores Diputados, si la profunda emoción que embarga mi espíritu en este momento me consentirá decir las pocas palabras con que pienso, con que debo cumplir la obligación que este puesto me impone. No es porque yo crea sentir más vivamente el funesto suceso que ninguno de los que me escuchan; porque son tan variadas, tan acerbas las circunstancias que contribuyen a hacer por todo extremo lamentable la desgracia presente, que no hay alma tan empedernida que le cierre sus puertas. Pero concurre una tristísima circunstancia, que nunca olvidaré, a que yo la sienta con más intensidad en este momento.

»Testigo presencial de los últimos instantes de nuestra reina sin ventura, aún tengo delante de mis ojos el lúgubre cuadro de su agonía; aún está fresca en mi mente la imagen de la pena, de la horrible y silenciosa pena que, con varios semblantes y diversas formas, rodeaba el lecho mortuorio: he visto el dolor en todas sus esferas. Allí, nuestro amado Rey, hoy más digno de ser amado que nunca, apelaba a sus deberes, a sus obligaciones de príncipe, a todo el valor de su magnánimo pecho, para permanecer al lado de la que fue la elegida de su corazón, y para reprimir, aunque a duras penas, el alma conturbada y viuda que pugnaba por salir a sus ojos. Allí, los aterrados padres de la ilustre moribunda, viva estatua del dolor, inclinaban su frente ante el Eterno, que a tan dura prueba les sometía, y con cristiana resignación le ofrecían en holocausto la más honda amargura que puede experimentarse en la vida. Incansables en su amor, la princesa de Asturias y sus tiernas hermanas seguían con atónita mirada todos los movimientos de la doliente reina, como ansiosas de acompañarla en la última partida. Allí, la presencia del Gobierno de Su Majestad representaba el duelo del Estado; los presidentes de los Cuerpos Colegisladores el luto del país...»

A estas expresiones elevadas, patéticas, que revelaban al orador elocuente y al poeta eximio, añadió Ayala otras que podríamos llamar de literatura oficial, proponiendo que enmudeciera la tribuna parlamentaria hasta que el cuerpo de la infortunada reina recibiese cristiana sepultura.

El suceso del día siguiente fue la exposición pública del cadáver de Mercedes en el Salón de Columnas. No exagero al decir que medio Madrid desfiló por la capilla ardiente. Las apreturas fueron horribles; se entraba por la Plaza de la Armería y se salía por la Puerta del príncipe. El sentimiento, derivando a la curiosidad, convertíase en fuerza irresistible que todo lo arrollaba: hubo desmayos, síntomas de asfixia, magulladuras y estrujones tan violentos que muchas personas hubieron de ser auxiliadas en la Casa de Socorro o en las farmacias próximas.

Casiana y yo llegamos a la Plaza de Oriente, y viendo el tumulto no nos atrevimos a meternos en tan terribles angosturas. Minutos después nos encontramos a Celestina Tirado que salía de Palacio, desgreñada, sudorosa, jadeante. Antes que yo le hablara, llegose a nosotros con esta retahíla:

«La he visto, la he visto. ¡Qué dolor de niña! Está ya medio descompuesta, vestidita con el hábito de la Merced, en una caja de tisú de oro. Por cierto, Tito salado, que cuando en la Plaza de Toros solté la profecía, sacada de los signos y *céteras* que nunca fallan, me equivoqué en el santo, nada más que en el santo... Quise decir San Pedro y dije San Juan... Desde que ando en este oficio se me trabucan los santirulicos»

## XVII

Una tarde de julio, paseando por el Prado, oímos estas coplas, cantadas por las tiernas niñas que jugaban al corro: *¿Dónde vas, Alfonso XII? —¿Dónde vas, triste de ti? —Voy en busca de Mercedes, —que ayer tarde no la vi. —Si Mercedes ya se ha muerto; —muerta está, que yo la vi: —cuatro duques la llevaban —por las calles de Madrid.* La simplicidad candorosa de estos versos, en boca de inocentes criaturas, se me metía en el corazón avivando la doliente memoria de la reina sin ventura, muerta en la flor de la edad.

Otro día, en Recoletos, oí las mismas coplas, continuadas de este modo: *Su carita era de Virgen, —sus manitas de marfil, —y el velo que la cubría —era un rico carmesí. —Los zapatos que llevaba —eran de rico charol, —regalados por Alfonso —el día que se casó.* Recreándonos con tan ingenua cantata dimos la vuelta al corro, y pudimos enriquecer el poema infantil con esta otra cuarteta: *El manto que la cubría —era rico terciopelo, —y en letras de oro decía: —Ha muerto cara de cielo.*

«Fíjate —dije a Casiana—, y convendrás conmigo en que esos lindos cantares contienen más inspiración y mayor encanto que las odas hinchadas y las elegías lacrimosas con que los poetas de oficio lamentaron el prematuro fin de Merceditas, apedreándonos con ripios duros y aburriéndonos con el desfile monótono de imágenes sobadas y terminachos rimbombantes.»

Opinó como yo Casianilla y me dejó estupefacto al preguntarme: «Dime, Tito: ¿tú conoces a los poetas que hacen esos cantares? ¿Quiénes son, dónde están?

—No lo sé, hija mía —contesté—. Solo te digo que el pueblo hace las guerras y la paz, la política y la Historia, y también hace la poesía.»

Si no referí antes mi primera visita a Vicentito Halconero, fue porque en ella nada hubo digno de mención. Redújose a cortesías de ritual y a remembranzas de sucesos que se desvanecieron en el tiempo. Las posteriores entrevistas tuvieron más interés. Vivía mi amigo en la calle de San Quintín, Plaza de Oriente, y cuando le visitaba por la tarde, como a esas horas salía yo siempre con Casiana, quedábase mi compañera sentadita en un banco de los jardinillos entrando yo solo en la casa.

Requería Vicente mi persona un día y otro para convencerme de la necesidad de que yo me lanzase de lleno a la política activa, afiliándome con él al partido de Sagasta. Apuró Halconero sus razones sin persuadirme, y entre otras cosas me dijo que el propio don Práxedes le manifestó deseos de tenerme a su lado, porque ansiaba fortalecer el Partido Constitucional con gente moza, atraer a todos los jóvenes de mentalidad a la moderna, aunque hubiesen sido revolucionarios y alborotadores en días no lejanos. El relleno de sus adeptos, consistente en progresistas acartonados, necesitaba renovación.

Después de hablar por boca de Sagasta, habló Vicente por la suya diciéndome que si me determinaba podía contar desde luego con un distrito seguro para salir diputado, bien cediéndome el suyo, La Guardia, bien Villarcayo, el de su suegro, pues este ansiaba retirarse de la vida pública. «Como ve usted —añadió—, tengo dos distritos. Escoja el que quiera.»

Contestele que yo agradecía mucho su generoso interés, pero que me repugnaba el *cunerismo* y nunca pasó por mi mente pertenecer a esos rebaños parlamentarios que forma el ministro de la Gobernación como Dios hizo el mundo, de la nada. Sostuve que en España no existe la representación nacional, y que los diputados no expresan más opinión que la de unos cuantos señores; que en las Cortes no reside ninguna parte de la soberanía, y que la ley fundamental del Estado no es más que una edición bonita y esmerada de las coplas de Calaínos. Todos los poderes residen en el Rey y en las camarillas, a las que están subordinados los jefes de las ganaderías políticas.

De estas afirmaciones surgió una discusión entre cómica y seria, y Halconero acabó por arrancarme la promesa de que iría yo con él a ver a Sagasta. Al salir de casa de mi amigo y entrar en los jardinillos para reunirme con Casiana, vi un ruedo infantil que cantaba con dulces vocecitas las coplas que en otra página he transcrito, y estas que ahora copio: *Los faroles de Palacio —ya no quieren alumbrar, —porque Mercedes se ha muerto —y luto quieren guardar. —Junto a las gradas del trono —una sombra negra vi, —cuanto más me retiraba —más se aproximaba a mí. —No te retires, Alfonso; —no te retires de mí, —que soy tu esposa querida —y no me aparto de ti.*

Cumplí a Vicente Halconero mi promesa de visitar a Sagasta, y una mañana fui con él a casa del jefe de los Constitucionales, Alcalá, 52. Había yo tratado superficialmente a don Práxedes en años anteriores. Antes que Vicentito me presentase, Sagasta me reconoció, saludándome como si nuestro trato hubiera sido frecuente y nunca interrumpido. Ya sabéis que la característica de aquel hombre realmente extraordinario era el don de simpatía, el don de gentes, la flexibilidad del ingenio y de la palabra, sin que por ello dejase traslucir su pensamiento en la conversación. Entendía yo que en su afable sonrisa no debíamos ver un accidente, sino un estado constitutivo de la personalidad, y además la máscara impenetrable de su genial astucia.

Don Práxedes rompió la conversación sacando a relucir diabluras y extravagancias de mi temprana juventud, y no fue poco mi asombro al ver que tales simplezas conocía y recordaba. Pronto comprendí que trataba de ganar mi voluntad y atraerme a su esfera por la afinidad de los caracteres y la semejanza de nuestros respectivos modos de expresión. De frase en frase nos metimos en la política, y Sagasta hizo el panegírico de la Monarquía constitucional, prometiendo a España días muy felices. La buena crianza obligome a una delicada conformidad con las opiniones del riojano, y al observar yo que recogía la sonrisa en su larga boca para departir con grave estilo, pensaba que seguía riéndose por dentro.

Una observación del amigo Halconero llevó a don Práxedes a tocar el tema de mi incorporación a su partido. Yo me excusé declarándome inepto para la vida pública, tal como aquí se practicaba entonces; y él, entre severo y festivo, me habló de este modo:

«Ya sé, ya sé que a usted las cavilaciones le han hecho algo metafísico y que los desengaños han matado su optimismo. Déjese de tonterías, amigo, que por ese camino no se va a ninguna parte. Usted sostiene que vivimos en un mundo de ficciones; que la representación nacional, base del régimen, será una farsa mientras hagamos los diputados por un sistema de moldes y cubiletes. Algo hay de verdad en todo lo que usted dice, lo reconozco; pero también afirmo que semejantes males solo puede remediarlos el Partido Constitucional, maridaje perfecto entre el poder real y la soberanía del pueblo... No lo dude usted, amigo Liviano, pues mi partido, en la oposición, está haciendo ya una gran obra política. El porvenir es nuestro. Si usted no lo reconoce todavía, lo reconocerá bien pronto. Yo he de intentar la regenaración de este país. ¿Fracasaré? Allá veremos. Lo que aseguro es que si mis esfuerzos resultan fallidos y sucumbo en la demanda, caeré siempre del lado de la libertad.»

**134**

Con esto y poco más, terminó mi primera visita a don Práxedes. El rápido avance del verano interrumpió mis relaciones con Halconero porque este se fue a La Guardia, Vitoria y San Sebastián... Casiana y yo, no queriendo infringir la moda de la emigración estival, partimos para nuestras posesiones de La Sagra, radicantes en el término de un desconocido pueblo llamado Borox. Reducíase el patrimonio mísero de los Conejos a unas tierrucas de pan llevar y a una casucha propiedad de la tía Simona. Encantadas entraron Simonica y Casiana en su pueblo natal; pero a mí me pareció muy desagradable. En Borox no se conocía el árbol; había una sola fuente, y el agua de esta no servía para cocer los garbanzos: utilizábase en tales usos la que brotaba de un manantial distante cinco kilómetros del pueblo, y era transportada por arrieros-aguadores que surtían a todo Borox y sus aledaños.

Aunque la pobreza y sequedad de aquel suelo eran lo más apropiado a nuestra ingénita cursilería, yo no me conformé con tan ruin *villeggiatura*, y nos fuimos a Esquivias, lugar próximo donde Simona tenía parentela. Por mediación de esta alquilamos una hermosa casa, con huerta, rodeada de viñedos y frutales. Ya sabéis que Esquivias es la patria de doña Catalina de Salazar, esposa de Cervantes, y que allí vivió algún tiempo el príncipe de nuestros ingenios. Gozábamos el alto honor de veranear en una villa famosa en los anales de las Letras patrias. El pueblo era cómodo y alegre, y en su vecindario encontramos muchas personas de buena crianza, y algún señorío. Había no pocos veraneantes de Madrid, gente de medio pelo, pero campechana y cortés.

Tan bien nos fue en Esquivias que nos quedamos hasta la vendimia, muy entretenidos y gozosos. En aquella temporada placentera no teníamos más relación con el resto del mundo que las cartas que de vez en cuando nos escribía nuestro amigo Segis, desde San Sebastián primero, después desde Zaragoza y Barcelona. Al llegar a Madrid me enteré de acaecimientos que surgían y pasaban sin dejar tras sí más que el comentario fugaz de las lenguas ociosas: que Martos, después de entenderse con Ruiz Zorrilla, logró catequizar al duque de la Torre y llevarlo a las trincheras revolucionarias; que los tres celebraron una conferencia en Biarritz, de la cual, según los *ojalateros* de Madrid, resultaría muy pronto el triunfo de la República. Estas ilusiones y otras de rosados matices se desvanecieron en la normalidad perezosa de la vida política en aquellos tiempos de glacial positivismo.

La intentona revolucionaria de Navalmoral de la Mata fue otro caso de la vacuidad histórica que caracterizó aquellas décadas. El 25 de octubre regresó el Rey Alfonso de un viaje que hizo a las provincias del Centro, y al pasar en coche por la calle mayor, cerca ya de los Consejos, un jovenzuelo disparó contra él dos pistoletazos, sin causarle daño alguno. El agresor, detenido al instante, se llamaba Juan Oliva Moncasi, era natural de Cabra (Zaragoza), y según dijo, estaba afiliado a la Internacional. La emoción de este suceso no duró mucho. El tal Oliva era indudablemente un fanático; pero con menos visos de locura que de tontería. Según mi leal entender, en aquella época de una insipidez mal azucarada, hasta el regicidio era tonto, desaborido y sin picante. Del desdichado Oliva se habló un poco en aquellos días, y otro poco cuando le dieron garrote en enero del año próximo.

El mundo marchaba, dejando atrás a personalidades ilustres que habían cumplido ya su misión en la vida. En agosto del 78 falleció la que fue reina gobernadora, doña María Cristina; en diciembre perdió la democracia al famoso tribuno don Nicolás María Rivero; y a principios del año siguiente, 1879, acabó sus días Espartero, duque de la Victoria y príncipe de Vergara, que durante un cuarto de siglo llenó con su nombre la Historia de España.

Mientras llega ocasión de traer a estas páginas las cosas de Cuba, os diré que la llamada paz del Zanjón (más bien tregua o convenio, al estilo del de Vergara) pactada entre Martínez Campos y los jefes de la insurrección, no era del gusto del Partido Peninsular Español de la Gran Antilla. Sonaron con mayor estridencia que antes las declamaciones patrióticas; Martínez Campos, viendo que el Gobierno de Madrid se mostraba esquivo para realizar lo pactado con los insurrectos, se *atufó*, dio de lado al Capitán general Jovellar y a los *españoles incondicionales*, y se vino a Madrid decidido a plantear la grave cuestión ante el Rey, el Gobierno y las Cortes.

Cánovas del Castillo, estimando con razón o sin ella que el horno político de España no estaba para bollos autonómicos ni otras zarandajas ofrecidas a los cubanos, mostró su repugnancia a convertir en leyes las estipulaciones del convenio del Zanjón, y para salir de aquel convenio puso en práctica la consabida artimaña del medio mutis, que había empleado con éxito en los comienzos de la Restauración.

El 27 de febrero planteó don Antonio la crisis total, aconsejando al Rey que encargase de formar Gobierno a Martínez Campos. ¡Lástima grande que un hombre como Cánovas desestimara el alto ideal que Martínez Campos defendía; error funesto que don Antonio, por falta de valor para imponerse a los patrioteros, entregase el Poder a un hombre que si en lo militar era eminente, en lo político carecía de trastienda y travesura para luchar con las pasiones humanas! ¡Fatalidad inexorable! Cánovas, no atreviéndose a resolver el gran problema antillano, cedía los trastos de gobernar a quien, sobrado de valor para todo, no podía consumar la magna empresa por falta de aptitudes políticas. De este modo, entre un sabio que no quiere y un valiente que no puede, decretaron para un tiempo no lejano la pérdida de las Antillas.

Llevó Martínez Campos al Ministerio de la Gobernación a *Paco* Silvela, el más joven de los tres hermanos de este ilustre apellido, todos muy notables en la jurisprudencia, la literatura y la política. Fuera de disolver las Cortes y convocar otras nuevas, el Gabinete Campos-Silvela poco o nada hizo, a no ser que se tenga en cuenta su obra negativa. Las reformas políticas de Cuba, que se había comprometido a realizar don Arsenio, pasaron suavemente al panteón del olvido, y ni aun se trató de sacar adelante el proyecto de ley de abolición de la esclavitud que parecía lo de más urgencia.

En cambio, los ministros pusieron toda su atención en el proyecto que daba por quebrada a la Compañía constructora de las líneas férreas del Noroeste, facultando al Gobierno para otorgar por concurso lo que restaba por construir. De ello resultó que adjudicaron el bonito negocio a un afortunado francés llamado *Monsieur* Donon, a quien, según se dijo, protegían altísimas personalidades.

Pasando de lo colectivo a lo personal, os contaré que Halconerito insistió en sus deseos de sacarme diputado, aprovechando aquellas elecciones. Yo me negué en absoluto, y nunca me pesó este apego a la dorada oscuridad: así lo digo, porque en mi salvaje independencia llevo dentro una luz espiritual que me hace amable y placentera la vida.

A los que se hayan sorprendido de no ver en mi compañía hace algún tiempo la figura de García Fajardo, les diré que poco después de irme yo al veraneo de Esquivias mi grande amigo se reconcilió con su madre, Segismunda Rodríguez, señora de circunstancias, dotada de no comunes talentos para traer dineritos de los bolsillos ajenos al suyo propio, y para decorar su vanidad con fáciles blasones. De esta dama os hablé hace algún tiempo, y aquellas referencias las completo ahora diciendo que doña Segismunda había realizado su dorado sueño de poseer un título nobiliario, aunque fuera pontificio: desde el verano anterior titulábase condesa de Casa Pampliega.

Satisfecho este anhelo, y viéndose ya en la madurez de la vida, sin más afecto que el de su hijo, requirió la compañía de Segis con el ansia de completar su corrección teniéndole siempre consigo. Sacó al rebelde del poder de doña Leche, y firme en la idea de apartarle de las malas compañías de Madrid, emprendió con él largos viajes que fueron a un tiempo de recreo y de vanidad. Pasaron sus temporaditas en los balnearios y playas del Norte, visitaron después Barcelona, Zaragoza y otras capitales, y llegado el invierno se fueron a Andalucía, terminando su agradable excursión con la temporada de Semana Santa y Ferias en Sevilla.

En cuanto supe el regreso de Segismundo a Madrid me fui a verle a su casa, y lo encontré más reformado de indumento que de lenguaje. La madre de García Fajardo, en el descenso de la vida, conservaba la siniestra hermosura de su rostro ceñudo y desapacible. En otro tiempo compararon su cabeza con la de Medusa, y aún podía sostenerse la comparación; solo que su cabellera de serpientes había blanqueado. Al visitar por primera vez a mi amigo hablamos de sus recientes viajes, y la señora condesa de Casa Pampliega se despachó a su gusto, contando con prolijidad enfadosa las preciosidades que había visto en el Norte y Sur de las Españas.

A la tarde siguiente volví a casa de Segismundo, y puedo aseguraros que esta segunda visita fue memorable, digna ciertamente de ser marcada con piedra blanca en mis historias. Al entrar yo se despedía una dama elegantísima, guapetona, de grandes ojos negros fulgurantes, carnosa, espléndida en hechuras, bien plantada... Quedé absorto ante tan seductora belleza, y dije para mí: «Sin saber quién es esta mujer, sé que la he visto en alguna parte. ¿Dónde, Señor, dónde?... No me acuerdo.»

Cuando Segis volvió de despedir a la linda señora, notando mi asombro y perplejidad, me dijo: «¿Pero no la conoces? Parece que estás tonto. Es Elena Sanz.

## XVIII

—¿Elena Sanz?... ¡Ah!... Sí... Sí —exclamé yo golpeándome la frente—, la hermosa cantante española... Nunca la vi fuera de la escena; por eso la desconocía.

—En el teatro, querido Tito —me dijo Segis—, su belleza entra en el orden de lo monumental, y al pasar del escenario a la vida es un conjunto de gracias y seducciones que quitan el sentido. Recordarás que la aplaudimos en el Real por primera vez, interpretando el carácter de Leonor de Guzmán, favorita del Rey don Alfonso XI y madre del bastardo Trastamara y de sus hermanos, que tanta guerra dieron en estos Reinos.

—Ya, ya me acuerdo —contesté—. Luego la vimos en la *Azucena* de *El Trovador*, tipo musical a que da extraordinario relieve su potente voz de contralto.»

Queriendo mostrar sus conocimientos en el arte del *bel canto* aplicado a la ópera, doña Segismunda intervino en la conversación con estas sensatas razones: «Entiendo yo que eso de *contralto* es lo mismo que *barítona*, o como quien dice, el barítono de las mujeres. Recuerden lo bien que estaba Elenita, vestida de muchacho, en esa ópera tan preciosa... No me acuerdo... ¿Cómo se llama?

—*Lucrecia Borgia* —contestó Segis—. El papel de *Maffeo Orsini* le va que ni pintado. ¡Qué elegante mozo, qué frescura, qué gracia!... Como dice *Asmodeo* en sus formas críticas, Elena Sanz *rayó a gran altura* en el *racconto* del primer acto y en el brindis del tercero.

—Pero donde está incomparable, ideal, es en *Aida* —afirmé yo—. ¡Qué Amneris! Diríase que es la auténtica hija del Rey de Egipto... Cuando entra en escena parece que viene de dar un paseíto por el Nilo y de echar un vistazo a las Pirámides.

—Todas esas óperas y otras le hemos oído en Sevilla —me dijo Segismundo—. Cada vez está mejor.

—Además —añadió la condesa de Casa Pampliega—, como vivíamos en el Hotel de París, donde ella moraba, nos hicimos muy amigas. Elenita es una mujer simpatiquísima, buena como el pan, toda pasión, generosidad, ternura.»

Hijo y madre siguieron bosquejando con cariñosa benevolencia el retrato de la *diva* guapetona y adorable, y yo me retiré porque tenía que hacer en mi casa. Al bajar la escalera pareciome sentir leves pasos al compás de los míos; volví el rostro y nada vi. Cuando llegué a la calle, además de los pasos oí una voz tenue que deslizó en mi oreja estas dulces palabras: «Soy la *Efémera* a quien nuestra Madre augusta confía las comunicaciones de índole más delicada. ¿No me ves?

—Vagamente, como un espectro engendrado por la luz solar, veo tu perfil de mármol y tu ropaje azul.

—No es azul; es verde con grecas de plata, fíjate bien. Y la región espiritual que cruzamos con fugaz vuelo mis hermanas y yo es aquella inmensa esfera encendida por el fuego de amor, que crea o destruye las familias humanas... Cuando hablabas con tu amigo y su madre estaba yo presente, pero no pudiste verme. Cuando salías te seguí para comunicarte el pensamiento de la divina *Clío*: ella movió la voluntad de tus amigos a fin de que te dieran a conocer a la gentil artista que, con su gallarda persona y sus acendrados sentimientos ha de ocupar grande espacio de la Historia... pero entiéndase bien, en los anales *del ser interno* de la Nación. Demasiado sabes tú que la vida externa y superficial no merece ser perpetuada en letras de molde. Lo que aquí llaman política es corteza deleznable que se llevan los aires. Desea *Mariclío* que te apliques a la Historia interna, arte y ciencia de la vida, norma y dechado de las pasiones humanas. Estas son la matriz de que se derivan las menudas acciones de eso que llaman *cosa pública*, y que debería llamarse *superficie de las cosas.*»

Aplicando toda mi atención a las palabras de aquella fémina incorpórea, pude hacerme cargo de las excelsas órdenes que me transmitía. «Bueno —le dije—. Ya sé que la hermosa *diva* de los ojos de fuego trae, además de sus papeles de teatro, otro muy importante en la Historia. Dispuesto estoy a escribir lo que, tocante a esa señora, sea digno de pasar a la posteridad; pero ¿de dónde voy a sacar los pormenores y noticias de una vida que desconozco? ¿Ha de relatarme ella misma su propia biografía? Los amigos suyos que también lo sean míos, ¿podrán contarme el pasado de esa mujer seductora, algo de su presente, y revelarme los pensamientos y propósitos con que intenta elaborar su porvenir?»

Ibamos por la Plaza de Santa Ana, y al atravesar el jardincillo donde años después se colocó la estatua de Calderón, la infantil y grácil *Efémera* brincaba, separándose por momentos de mí para pisotear el césped y volver luego a mi lado con paso de cabritilla juguetona. De pronto me cogió de la mano, y como yo le manifestase de nuevo mi perplejidad ante la falta de datos para escribir la *Vida y Hechos* de la bella cantatriz, obligome a sentarme en un banco y me dijo: «No te apures, Titín, que aquí tengo yo, y voy a dártelo, el remedio de tu ignorancia.»

Acto seguido sacó del seno un cartuchito de papel, y de este una pluma que me entregó, acompañando la acción con las siguientes diabólicas palabras: «Tu Madre te envía la péñola que ella usó algunas veces para apuntar los nombres de los Reyes enamorados que por sus liviandades perdieron el trono, y los de otros que por las mismas o parecidas flaquezas lo ganaron. Todo lo que con ella se escribe es verdad, aunque otra cosa quiera el que la coge en su mano para llenar de letras un blanco papel. ¿Te vas enterando? Si te propusieras escribir con esta pluma una mentira, ella no te obedecería y pondría la verdad.»

Pronunciando la última palabra, introdujo la pluma en el bolsillo interior de mi levita y desapareció de mi vista... Apenas percibí un rumor, un viso verde rasgando el aire.

Sin detenerme a reconocer la dirección que por el alto espacio seguía la mensajerita de mi Madre, emprendí presuroso el camino de mi casa, espoleado por la inquietud y confusión que la presencia de la linda *Efémera* me causara, y con la esperanza de que cesarían mis dudas en cuanto pudiese probar la maravillosa virtud de la pluma que a despecho del escritor escribía siempre la verdad. Pocos minutos me bastaron para llegar a mi vivienda, y segundos tan solo tardé en sentarme junto a mi mesa, requiriendo con ágil mano tintero y papel.

Púseme inmediatamente al trabajo, entregándome al arbitrio de la mágica péñola, la cual empezó a traducir mi pensamiento, o más bien a sugerirme el suyo en esta forma: «Elena Sanz nació en Castellón de la Plana por los años de 1852 o 53, y no doy más referencias de su progenie, ni puntualizo la fecha de su nacimiento, porque ello ni quita ni pone un ardite en el valor documental de esta verídica historia. Os diré tan solo que a mediados del

63 ingresó con su hermanita Dolores en el Colegio de las Niñas de Leganés, sito, como saben hasta los más indoctos, en la calle de la reina, a mano derecha bajando de la calle del Clavel a la de San Jorge.

»Acreditados autores dan a entender que la gentil Elenita y su hermana entraron a recibir educación en aquel benéfico instituto por los auspicios o voluntad expresa del representante del Patronato señor marqués de Leganés, más conocido por los ilustres títulos de duque de Sexto y marqués de Alcañices. Cuestión es esa que dejo al libre criterio de los lectores, limitándome a consignar que la nueva colegiala se distinguió por su belleza, por su aplicación al estudio, y singularmente por su magnífica voz y extraordinarias aptitudes para la música y el canto. El maestro don Baltasar Sardoni, profesor del Colegio en las clases de solfa, vaticinó a Elenita un porvenir brillante y provechoso si consagraba su florida juventud y su admirable órgano vocal a la ópera italiana.

»Todo Madrid sabe que en algunas tardes y noches de Semana Santa, acude gran gentío al Colegio de Niñas de Leganés para oír cantar a las educandas motetes, misereres, y otras piezas religiosas propias de tales solemnidades. A fuer de historiador de indiscutible veracidad, aseguro que la voz angélica de Elena Sanz, sobreponiéndose a la de sus compañeras, subyugó al público, y que este llevó de la iglesia a la calle y de la calle a diferentes Círculos y salones el nombre de la precoz *niña de Leganés*, que anunciaba la extraordinaria mujer de teatro en un porvenir próximo. También sostengo, sin temor de ser desmentido, que el año 66, cuando salió Elena del Colegio, era una moza espléndida, admirablemente dotada por la Naturaleza en todo lo que atañe al recreo de los ojos, completando así lo que Dios le había dado para goce y encanto de los oídos. Muchas familias aristocráticas se la disputaban para gozar de su canto en reuniones y tertulias. Por fin, en alas de su incipiente nombradía, fue llamada a Palacio por la reina Isabel, que la oyó, la celebró, ofreciéndole su protección gallardamente, como siempre lo hizo, para que pudiera llegar pronto a las cumbres más excelsas del arte.

»Por conveniencia o por capricho, averígüelo Vargas, el historiador os anuncia que para seguir su relato dará un formidable salto en el tiempo, omitiendo no pocos episodios de la vida de Elena Sanz, que si para ella entrañan indudable importancia, no han de traer ningún hilo nuevo al sutil tejido de la historia presente. No tengo por qué decir, ni ello hace al caso, cómo fue Elena Sanz a Italia para perfeccionarse en el arte del canto; cómo se dio a conocer en los teatros de aquellos Reinos, obteniendo ruidosos éxitos por su belleza y su arte; cómo recorrió triunfalmente varias capitales de Europa y América; y cómo, en fin, volvió a París el año 73, en la plenitud de su hermosura y de su talento musical. En uso del sagrado derecho de preterición me callo lo que importa poco a mis fines, y me apresuro a consignar que uno de los primeros cuidados de Elenita en la capital de Francia fue visitar a su protectora y amiga la reina Isabel en el Palacio Basileusky...»

Cuando a este punto llegaba, acercóseme Casianilla muy quedito, y mirando por encima de mis hombros lo que yo escribía, me dijo: «Pero ¿qué haces, Titín? No has levantado mano del papel desde que entraste en casa. Eso que escribes, ¿es Historia o qué demonios es?

—Novela, chiquilla, novela —repliqué un tanto confuso—. Ahora me da por ahí. Pero esta invención supera en verdad a la misma Historia.

—¡Bonita cosa será! —exclamó Casiana pasando sus ojos por las cuartillas—. Ya veo que sacas una heroína y que esta se llama Elena.

—Nombre supuesto, convencional. Mi heroína es *Doña Leonor de Guzmán*, señora muy bella y frescachona, que cantaba como los ángeles y que tuvo amores con el Rey don Alfonso.

—¿Con este Rey de ahora, con el viudo de Mercedes?

—No, mujer, no digas desatinos. Fue con otro Rey, a quien llamaban Alfonso onceno allá en los tiempos de Maricastaña, siglo XIV.

—¿Y esa *Doña Leonor* era cantante?... ¿De malagueñas, de jotas, o de...?

—De ópera, hija mía. Uno de sus mayores triunfos era *La Favorita*. ¡Qué arias se cantaba ella sola, qué dúos con el Rey!

—Explícame, explícame eso. ¿Dices que el Alfonso cantaba también?

—No, Casiana, no es eso. Déjame ahora. Temo que se me vaya el santo al cielo si me entretengo en hablar contigo... Vete a tus quehaceres... Esta noche te contaré todo el argumento.»

Seguí mi trabajo con febril actividad, y la mágica pluma, que ya iba concordando sus verdades con la inspiración mía, trazó estas interesantes cláusulas: «Que doña Isabel II recibió a su amiga Elenita con la efusión más cariñosa, no hay para qué decirlo. La convidó a comer; llevola en su coche a los paseos por el *Bois*; y para que la oyeran cantar invitó en repetidas *soirées* a sus amigas, entre las cuales estaba la famosa soprano Ana de Lagrange, tan querida del público de Madrid. Aplaudida y celebrada pomposamente fue la Sanz en aquella linajuda sociedad. Todo esto es corriente y vulgarísimo. Lo que sigue, no solo es interesante, sino que pertenece al orden de las cosas de indudable trascendencia en la vida de los pueblos... No reírse, caballeros...

»Ello fue que al ir Elenita a despedirse de Su Majestad, pues tenía que partir para Viena, donde se había contratado por no sé qué número de funciones, Isabel II, con aquella bondad efusiva y un tanto candorosa que fue siempre faceta principal de su carácter, le dijo: «¡Ay, hija, qué gusto me das! ¿Conque vas a Viena? Cuánto me alegro. Pues mira, has de hacer una visita a mi hijo Alfonso, que está, como sabes, en el Colegio Teresiano. ¿Lo harás, hija mía?» La contestación de la gentil artista fácilmente se comprende: con mil amores visitaría a Su Alteza; no, no, a Su Majestad, que desde la abdicación de doña Isabel se tributaban al joven Alfonso honores de Rey.

»Como testigo de la pintoresca escena, aseguró que la presencia de Elena Sanz en el Colegio Teresiano fue para ella un éxito infinitamente superior a cuantos había logrado en el teatro. Salió la *diva* de la sala de visitas para retirarse en el momento en que los escolares se solazaban en el patio, por ser la hora de recreo. Vestida con suprema elegancia, la belleza meridional de la insigne española produjo en la turbamulta de muchachos una impresión de estupor: quedáronse algunos admirándola en actitud de éxtasis; otros prorrumpieron en exclamaciones de asombro, de entusiasmo. La etiqueta no podía contenerles. ¿Qué mujer era aquella? ¿De dónde había salido tal divinidad? ¡Qué ojos de fuego, qué boca rebosante de gracias, qué tez, qué cuerpo, qué lozanas curvas, qué ademán señoril, qué voz melodiosa!...

»En tanto, el joven Alfonso, pálido y confuso, no podía ocultar la profunda emoción que sentía frente a su hechicera compatriota... Partió *la diva*... Las bromas picantes y las felicitaciones ardorosas de *los Teresianos* a su regio compañero quedaron en la mente del hijo de Isabel II como sensación dulcísima que jamás había de borrarse... Una de las primeras óperas que Elenita cantó en Viena fue *La Favorita*.»

Escrito lo que antecede, suelto la mágica pluma y me permito obsequiar a los conspicuos lectores con este monólogo de mi propia cosecha:

«¡Bien haya, oh tierna Isabel, Majestad bondadosa y desdichada, aquel filósofo-político que añadió a tu nombre el lastimero mote de *La de los tristes destinos*!... Digo esto porque en tu larga vida de Soberana pusiste siempre tu corazón blando sobre tu inteligencia, y abusaste irreflexivamente del poder afectivo y lo extendiste fuera de tu órbita personal, llevándolo a trastornar y corromper la vida del Régimen... ¿Quién te inspiró la diabólica idea de enviar a la linda histrionisa al Colegio Teresiano, donde tu hijo educábase para Rey constitucional, grave, reflexivo, guardador de las leyes, primer ciudadano de un país ávido de acomodar su vida a la virtud y a las buenas costumbres? ¿No pensaste que Alfonso se hallaba en la edad crítica de la formación del carácter, expuesto a llevar a la existencia del hombre los arrebatos de la edad juvenil? Sin darte cuenta de ello, ¡oh reina!, movida de tu ardorosa ternura, cumpliste tu sino, en el cual hemos de ver siempre una modalidad incendiaria. Con la tea del buen querer pegaste fuego al templo del Estado.»

Esto pensé, y por lo que valiera aquí lo digo, entre dos parrafadas de la divina péñola forjada por los geniecillos que a su servicio tiene la Verdad.

## XIX

Puestos los puntos de la pluma sobre el papel, rápidamente fue tomando estado caligráfico la vida de Elena Sanz. De las notas que aparté, creyéndolas de escaso valor para mi objeto, se me antoja sacar alguna en estas páginas para que los lectores se hagan cargo de la grandeza de alma de mi heroína. «Hallándose de paso en París durante la tremenda explosión revolucionaria de la *Commune*, apareció en los sitios de mayor peligro recogiendo y curando a los heridos, y cuando las tropas de Thiers acometieron y destrozaron a los valientes comunistas, la intrepidez de *la diva* tocó los linderos de lo sublime. Más tarde le concedió la villa de París distinciones y diplomas por su ejemplar conducta, y de permitirlo la ley se la hubiera condecorado con la Legión de honor. Añadiré a esto que en todo tiempo distinguió a Elena Sanz una generosidad inaudita; no se presentaba a sus ojos ningún infortunio que no fuese al momento espléndidamente socorrido; el pueblo la titulaba, con sobrada razón, la madre de los pobres.

»De un brinco me planto en el año 79 para deciros...» Al llegar este punto advertí que no necesitaba de la milagrosa pluma para continuar historiando, pues los hechos que ahora relataré fueron apreciados fácilmente por mi propio conocimiento, o por fidedignas referencias de los amigos. Guardé en lugar seguro el cálamo de la verdad, y con el mío, vulgarísimo y comprado en la tienda, seguí pergeñando los anales de la vida hispana, sin distinguir lo interno de lo externo.

Según los verídicos informes de Segis y de su madre, en Sevilla dejaron de ser platónicas las relaciones de Alfonso XI con *Doña Leonor de Guzmán*. Durante algún tiempo permaneció esquiva la hechicera cantatriz, encendiendo más con sus desdenes la exaltada pasión del Monarca. Pero al fin, de tal modo extremó Alfonso sus delicadas artes de seducción, artes realmente soberanas, que la pobre Elenita, quebrantada en su tesón de mujer y de artista, *cayó del lado de la libertad*.

Declaro que al saber esto tuve lástima de la hermosa y popular artista. A mi modo de ver, fue gran necedad preferir el título de favorita del Rey al de favorita del público. Pronto habría de serle imprescindible el abandono de su brillante carrera teatral. Ved aquí el triste balance: pérdida de doscientos o trescientos mil francos anuales con que le pagaba el público sus gorgoritos; ganancia de una obvención de amor relativamente miserable. A este desnivel lastimoso habría de añadir la oscuridad, la social anulación a que fatalmente la condenaba el implacable principio de la Razón de Estado.

¡Oh, la Razón de Estado! Esta pícara norma del vivir de los Reyes, no siempre compatible con los sentimientos humanos, vino a truncar la dicha de la *bella del Rey*. Cánovas, y todos los hombres importantes que con él dirigían la política de la Restauración, creyeron indispensable para la felicidad de España que Alfonso XII contrajera segundas nupcias, y que estas fuesen con princesa católica de la más alta estirpe reinante. Busca buscando, encontraron en la familia de Hapsburgo una joven Archiduquesa de la empingorotada parentela del Emperador de Austria Francisco José. Nuestros palaciegos se hacían lenguas de la distinción, talento y virtudes de la que habían elegido para compartir con Alfonso el solio de España.

Entabladas las negociaciones, pronto se llegó a un felicísimo acuerdo. Decidiose celebrar las acostumbradas *vistas* que preceden a los desposorios regios, y este trámite tuvo efecto en Arcachón, a donde acudió la novia con su madre la Archiduquesa Isabel, y don Alfonso con el séquito correspondiente a su alta jerarquía. Resultaron las *vistas* conforme a lo previsto en el Protocolo, es decir, que fuéronse gratos el uno al otro. ¡Ya teníamos reina!

Un detalle que no debe preterirse es que el Rey fue a la entrevista de Arcachón con el brazo derecho en cabestrillo. En la temporada estival de La Granja sufrió Alfonso aquel año un accidente de caza, que le estropeó la mano, imposibilitándole para escribir durante muchos días. Por cierto que Su Majestad, hombre poco sufrido y algo voluntarioso, no quería someterse al sistema de quietud y recogimiento que le impusieran los médicos para curarle. Ninguna de las personas que le rodeaban conseguía que el Rey refrenase su impaciencia por lanzarse a la vida ordinaria.

Solo el criado de confianza de Alfonso, llamado Prudencio Menéndez, discreto mediador en las relaciones del Monarca con *Doña Leonor de Guzmán*, logró someter a su Señor a las prescripciones facultativas, gracias a este arbitrio de mágico efecto. Escribió a *La Favorita* una sentida carta. Entre otras cosas, le decía: «Cumpliendo mi primer deber os comunico, doña Elena, la verdad sobre la importancia que tiene el accidente sufrido por el Señor, para vuestra tranquilidad y para que no creáis tantas mentiras como os contarán. Le ruego, señora mía, que cuando le escriba le encargue por Dios no haga ningún esfuerzo hasta que la cura esté *echa*, pues de hacer ensayos podría quedar mal, *digáselo* usted por Dios, que a usted le hará caso.» Para mayor exactitud no he querido alterar la ortografía arbitraria del documento.

Pertenece esta incidencia al ser interno de España. Ved de qué manera tan chusca el cabestrillo de Alfonso entrelaza la protocolaria etiqueta del ser externo, en *las vistas* de Arcachón, con el influjo decisivo de Elena Sanz. Después de lo que relatado queda, el duque de Bailén partió para Viena al frente de una lucida Embajada, con objeto de pedir al Emperador Francisco José la mano de la Archiduquesa María Cristina. Mientras tanto, se preparaban en Madrid los imprescindibles y tan acreditados festejos reales, con iluminaciones, fuegos de artificio, corridas de toros con caballeros en plaza y demás requilorios que los esponsales de la Majestad requieren.

Enorme angustia produjo a toda España la inundación de Murcia, en la noche del 14 al 15 de octubre de 1879. Desde que reventó el pantano de Lorca en el siglo XVIII, no se había visto en aquella comarca catástrofe tan terrible. Innumerables familias perecieron arrastradas por las aguas. Fue una especie de parodia del Diluvio Universal, sin arca de Noé, pero con aluvión de suscripciones, rifas, espectáculos, y sinfín de arbitrios que se idearon en toda Europa y en América, para socorrer a los infelices huertanos supervivientes de aquel espantoso cataclismo. Aún duraban las tómbolas y las cuestaciones cuando la Razón de Estado, y su inseparable compañera la Iglesia, unieron con lazos indisolubles al Rey don Alfonso de Borbón y a la archiduquesa doña María Cristina de Hapsburgo-Lorena.

Suprimo la cansada letanía de los festejos: el coruscante cortejo nupcial, las áureas carrozas, los pintorescos palafrenes, el derroche de percalinas, arcos de embadurnadas lonas, farolillos pitañosos y demás garambainas para recreo de transeúntes aburridos. Apenas efectuadas las nupcias mayestáticas, Martínez Campos y Silvela, que no habían hecho cosa de fundamento en la esfera gubernamental, se retiraron por el foro, volviendo Cánovas a ocupar el Poder con su inseparable acólito Romero Robledo. Reanudadas las tareas parlamentarias, empeñáronse vivas discusiones políticas por si fuiste o no fuiste, y por si hicimos o dejamos de hacer. En una de aquellas sesiones ocurrió el famoso incidente llamado *el sombrerazo*. Hallábase no sé qué diputado contendiendo con don Antonio Cánovas, cuando este, dejándose arrebatar de su altanería, agarro el sombrero, y con mirada despectiva y ademán impropio de aquel lugar que algunos llamaban augusto, salió del Salón seguido de los demás ministros, dejando al orador con la palabra en la boca. Gran escándalo, desenfreno de vocablos no muy parlamentarios, y retirada de todas las minorías.

Quedaron los ánimos un tanto agriados... La muerte no quiso que terminara el año sin arrebatarnos algunas personalidades ilustres. El 29 de diciembre murió el general Zabala, una de las glorias más puras de nuestro Ejército, y el 30, Adelardo López de Ayala, presidente del Congreso y figura culminante en el Parnaso español. Más le lloró la Patria como poeta que como político. El mismo día 30 quiso hacer de las suyas el fanatismo sectario: al entrar en coche por la Puerta del príncipe del Palacio Real Alfonso XII con su esposa María Cristina, les disparó dos tiros un vesánico, Francisco Otero González, natural de Santiago de Nantín, aldea de la provincia de Lugo. Las alevosas balas no tocaron a los Reyes. El criminal fue detenido en el acto. Revelose como un inconsciente, incurso cual su precursor Oliva en el pecado de estupidez. Repito que los regicidas de aquellos tiempos, en que hasta la exaltación política era rutinaria y pedestre, más bien parecían engendros del Limbo que del Infierno.

En los comienzos del año 1880, hízose más patente la invasión del positivismo en las almas de los afortunados políticos que entonces estaban en candelero. El sabio consejo de un estadista francés que dijo a sus contemporáneos *enriqueceos, que ningún hombre público agobiado por la pobreza puede hacer la felicidad de su Patria*, fue tomado al pie de la letra por los que aquí pastoreaban el rebaño nacional. El bendito *Monsieur* Donon, a quien se adjudicó en concurso la terminación de las líneas férreas del Noroeste, dio pruebas de ser hombre sagaz, y al propio tiempo muy agradecido. Al constituir su Consejo de Administración repartió las plazas de Consejeros, dotadas espléndidamente, entre lo más granado de la Situación conservadora, dando también su poquito de turrón a los liberales, y mucho más a la gente palatina.

Recuerdo ya las caras risueñas y complacidas que tenían en aquel tiempo todos los agraciados con los premios gordos de la lotería *Dononiana*. Recuerdo también que un conspicuo gacetillero hizo un chiste que ha quedado de repertorio. Disputaban varios amigos en el Salón de Conferencias del Congreso para determinar cuáles eran los segundos apellidos de las dos ramas borbónicas. Alguien dijo que todos llamábanse Borbón y Este, y nuestro gacetillero contestó en el acto que el Rey de España se llamaba don Alfonso de Borbón y del Noroeste.

Platicando yo un día de tales cosas con mi amigo Segis, recordamos el caso de doña Baldomera. La sagaz arbitrista, cuya fuga relaté a su tiempo, había vivido tranquila en Ginebra, comiendo el fruto de sus ardides financieros. *Libre, feliz e independiente* permaneció en Suiza amparada por las leyes de aquel país, donde no había extradición. Alguien le hizo creer que en España ya no se acordaban de ella, y que podía recorrer a su antojo toda Europa si así le venía en gana. Alucinada por esta idea marchó a París. En mal hora lo hizo. Cuentan que por denuncia de su hermana Adela, *la dama de las patillas*, fue doña Baldomera Larra detenida y puesta a buen recaudo. Tramitada la extradición, trajeron a la pobre señora a Madrid entre gendarmes y guardias civiles.

Díjome Segismundo que solía visitar a la cautiva en la Cárcel de Mujeres, por agradecimiento a las bondades que tuvo con él en los días felices del *Banco Popular*. Últimamente habíala encontrado sosegada, risueña, expresándose con el donaire y afabilidad que usar solía tiempos atrás en su conversación. Creyó entender Segismundo por el tono y actitud de la sutil financiera, que esta, repartiendo con arte y discreción los dineritos que aún poseía, esperaba ser absuelta libremente. «Pues nada más justo —dije yo—. ¿Qué razón hay para condenar a esa señora? La cárcel debe ser para todos o para ninguno. Sí; que la absuelvan, y en cuanto esté libre que restablezca su *Banco*, y otra vez se le llenará la casa de dinero.»

Los progresos del positivismo en nuestra sociedad conocíanse, no solo en las caras sonrosaditas y alegres de los que se procuraban enormes sueldos para dulcificar la vida, sino en las incorporaciones de diversos grupos al Partido Constitucional, de que resultó el inmenso conglomerado llamado *Fusionismo*. Antes de esto, Martínez Campos, procediendo con gallardo desinterés y harto de las arrogancias de don Antonio Cánovas del Castillo, se agregó a la hueste sagastina.

Tales movimientos del ánimo pertenecen al ser interno de la Nación, preferente objeto de mis investigaciones en la tarea histórica. Cultivando gozoso el huerto de la vida intrínseca seguiré el cuento de Elenita, que en este año de 1880 me ofrece particularidades de incitante interés. Ya sabía yo que la simpática y bondadosísima doña Isabel II no veía con malos ojos los deslices de su hijo Alfonso con Elena Sanz, y que no había retirado a esta el cariño que le profesaba desde que fue lucida colegiala en las Niñas de Leganés. Nacido el primer hijo de aquel idilio morganático, doña Isabel hizo manifestaciones muy sinceras y expresivas, aunque reservadas, en favor de Elena Sanz. A este primer vástago le pusieron el nombre de Alfonso.

Robustecí mi conocimiento de tales cosas requiriendo la maravillosa péñola, que un día me escribió este trozo de palpitante verdad: «La reina Madre Isabel II comisionó a un venerable sacerdote que había sido su confesor, don Bonifacio Marín, para que visitase a don Alfonso XII, interesándole por la que ella llamaba *su nuera ante Dios*. El dichoso cura expresó a Elena Sanz sus impresiones de la visita en una carta fechada en 4 de abril, de la que transcribo este sustancioso parrafito: "He sido recibido y oído con gratitud y amabilidad inexplicables, cuyo júbilo particular le comunico *por orden expresa*, a la par que con toda mi espontaneidad".»

La pluma me ha suministrado referencias de otra carta del criado y confidente del Rey, Prudencio Menéndez, en la que este, después de notificar a Elenita que *el Señor* se proponía escribirle con extensión, terminaba así, haciendo referencia al bastardo Alfonso: «Celebro mucho que esté tan bueno el *Señorito*, y que la distraiga a usted, que bien lo necesita...» La péñola me dio asimismo noticia de otra epístola del marqués de Alta Villa, fechada en el *Palais de Castille* de París, en la que se lee un membrete que dice: *Grand Maître de la Real Casa de doña Isabel II*. En esta epístola, el *Grand Maître* pide a Elena Sanz que recomiende con eficacia al Rey una porción de cosas de mucho interés para él, para el señor marqués, naturalmente. Luego hace referencia a una cestilla de dulces que Elenita le envió para doña Isabel, y concluye con estas cariñosas admoniciones: «Adiós, Elena. Tengan ustedes juicio. Acuérdese usted y tenga *él* presente que puede usted perder su voz y su carrera... y esto tiene consecuencias bien desagradables.»

La Razón de Estado, sorda y ciega ante los casos idílicos tocantes al augusto fuero de la pasión humana, continuaba elaborando tranquilamente la vida externa de España, ora con hechos de carácter político, ora con otros de un orden familiar. Entre estos debo señalar el parte que publicó en la *Gaceta* la Facultad de Medicina de la Real Cámara, notificando al país con tonos jubilosos que Su Majestad la reina doña María Cristina se hallaba en estado interesante.

## XX

En los mismos días en que la pregonera del vivir oficial comunicaba al pueblo español albricias y congratulaciones, por la probable felicidad de que nuestros Reyes tuvieran pronta y quizá masculina sucesión, empezó a correr por Madrid rumor muy denso de los amores de Alfonso con *doña Leonor de Guzmán*, y hasta llegó a decirse que había nacido el primer bastardo, el primer *Trastamara*. ¡Bonito porvenir te esperaba, oh Nación española!

Revolviendo en mi mente tan inauditos casos, y pensando en las complejidades que podían ocasionar en tiempos próximos o lejanos, despertose en mí cierta conmiseración simpática por la reina doña María Cristina. ¿Tendría conocimiento la augusta señora de los hechos que delataba el obstinado mosconeo popular? Sospechaba yo que sí. La sospecha se trocó en certidumbre un día que me encontré con mi antiguo amigo Quintín González, esposo de la sensible planchadora Nieves, con la que yo tuve algo que ver en los tiempos para mí venturosos de don Amadeo I. Quintín ya no era portero de Palacio, sino ujier de antecámara, cargo cuyas funciones le aproximaban a las reales personas. Díjome *que la Señora lo sabía*. Pero que se encastillaba dentro de su dignidad como reina de cuerpo entero, no dejando traslucir agravios de cierta índole, que rebajan más al que los manifiesta que a quien los infiere.

Deseaba yo ver de cerca a la reina María Cristina. Una tarde, mi buena suerte me deparó la ocasión de satisfacer esta curiosidad en el Real Sitio de Aranjuez. Fuimos Casiana y yo a pasar el día en aquellos amenos lugares, y un amigo residente en el pueblo nos proporcionó papeletas, con las cuales podíamos ver los jardines y la casita de abajo, no el Palacio, por estar allí los Reyes. Paseamos tranquilamente por la Isla, y el señor que nos acompañaba nos dijo que no veríamos a Sus Majestades, pues desde por la mañana hallábanse en *La Flamenca*, con los duques de Fernán Núñez y unos príncipes austriacos.

Admirábamos Casianilla y yo los gigantescos álamos que parecían tocar las nubes, las copiosas y murmurantes aguas que por una y otra parte embelesaban la vista, cuando divisamos a los Reyes con lucido acompañamiento, que en dirección contraria a la nuestra venían. Al llegar las regias personas cerca de nosotros, nos detuvimos para dejarles paso y saludar con todas las ceremonias que nuestra buena educación, a falta de monarquismo, nos exigía.

La reina pasó muy cerca de mí, y en su elegante persona se saciaron mis ojos. Agradome en extremo su porte señoril y su aire de dignidad y nobleza. A nuestro saludo contestó la Soberana con una reverencia graciosa y afable. Casianilla, con la boca abierta y los ojos espantados, veía alejarse a María Cristina, admirando tanto su persona como su ropaje. Luego me dijo: «Bien se le conoce el nacimiento, la estirpe que es, como tú dices, la más encumbrada del mundo.»

De regreso del paseo di a mi compañera una compendiosa lección histórica de la Casa de Austria. Rebañando en mis vagos recuerdos hablé del Rey de Romanos, del entronque de la Casa de Borgoña con la de Castilla, de doña Juana la Loca, del Emperador Carlos V, de su hermano don Fernando, heredero de la Corona imperial, y luego de toda la serie de Hapsburgos y Hapsburgos-Lorenas hasta la familia reinante a la sazón en Austria.

Aquel verano nos arrastró a San Sebastián y a sus baños de ola la condesa de Casa Pampliega. No me pesó ir con Segis y su madre, porque así nos dimos el pisto de veranear en el sitio de moda y de refrescar nuestra sangre con las aguas cantábricas. Fueron muy de mi gusto la frescura del ambiente, la belleza del país, la cultura de la ciudad, la buena educación de sus habitantes. En cambio, no me hizo maldita gracia la sociedad que allí se congregaba, que era la misma gente frívola de Madrid, con sus cargantes etiqueteos, sus rutinas y su cursilería.

Al volver a la Villa y Corte me encontré sorprendido por el fausto suceso del alumbramiento de la reina María Cristina, en 11 de septiembre. El parto fue muy feliz, según los luminosos dictámenes de la Facultad de Medicina de la Real Cámara y los concienzudos informes de la Prensa. Mas como vino al mundo una niña, quedaron chasqueados y cariacontecidos los que esperaban anhelantes sucesión masculina para la Corona de España. Apenas nacida la tierna criatura, descendiente de tantos Reyes y Emperadores, su dorada cuna se meció en un campo de Agramante, por el recio altercado que sostuvieron políticos y palatinos sobre si correspondía o no a la nueva Infanta el título de princesa de Asturias. Contra el sentir general, Cánovas sostuvo la negativa, robusteciéndola con los grandes elementos de su vasta erudición. El heráldico litigio encendió los ánimos de toda la gente ociosa y formulista, y nunca hubiera terminado a no cortar la cuestión Alfonso XII con fallo inapelable.

Mayores disturbios y disputas más agrias produjeron las ridículas cuestiones de etiqueta suscitadas en las solemnidades de la presentación y bautizo de la Infanta, a quien dieron el nombre de María de las Mercedes. Los cardenales Moreno, Primado de las Españas, y Benavides, Patriarca de las Indias, se tiraron las mitras a la cabeza —valga la figura— por si correspondía al uno o al otro el honor de administrar el Sacramento. Ambos Prelados y sus parciales se lanzaron a enfadosas polémicas en lo restante del año 80, sosteniendo cada cual sus pretendidos derechos.

Contienda tan ridícula no había yo visto en mi vida. Me divirtió de lo lindo. Pero aún me regocijó más el enojo de los Capitanes generales porque, habiendo tomado asiento en no sé qué banco preferente de la Real Capilla, un palatino obligoles a cambiar de sitio diciendo que aquel era el puesto de los mitrados. ¡Jesús, la que se armó! Los príncipes de la Milicia, así como los de la Iglesia, que en este pobre Estado español no tenían nada que hacer, pues sus funciones eran puramente decorativas y pintureras, mantuviéronse alborotados y de puntas hasta el año siguiente, sin que les aplacaran las gracias y mercedes que el Gobierno derramó sobre ellos a manos llenas.

¡Delicioso país este rincón occidental de Europa! Da grima leer la Prensa en aquellos meses. Todos los periódicos llenaron columnas y columnas con los piques de este general y de aquel obispo, con las conferencias y cabildeos entre los agraviados y el jefe superior de Palacio o el presidente del Consejo de ministros, para domesticar a las fieras de la vanidad. Por si fuera poco esto, los Consejeros de Estado elevaron una imponente protesta a Su Majestad el Rey por habérseles dado un puesto poco decoroso en le Real Capilla, y, si no estoy equivocado, también los claros varones de la Sociedad Económica de Amigos del País solicitaron mayores preeminencias en los actos de fanfarronería oficial. Yo dije a Casiana: «Un país sin ideales, que no siente el estímulo de las grandes cuestiones tocantes al bienestar y a la gloria de la Nación, es un país muerto. La Prensa, consagrada a glosar y a comentar los incidentes de estas chabacanas querellas, exhala de sus columnas un olor cadavérico. Prensa, Gobierno, Partidos, altos y bajos Poderes, todo ello anuncia su irremediable descomposición.»

Para mayor ignominia, las mercedes concedidas por el Rey en celebración del natalicio de la Infantita, ofrecen nuevo ejemplo de la degradante frivolidad a que habían llegado las clases superiores del Estado. El reparto de dos Toisones, de no sé cuántos collares de Carlos III, de grandes cruces, encomiendas, bandas de María Luisa, Grandezas de España y títulos de Castilla, dio margen a una rebatiña vergonzosa. Tal espectáculo era el signo más característico de unos tiempos en que las *turbas* que se llamaban directoras no tenían otros móviles que el egoísmo, la farsa y el delirio de las distinciones farandulescas.

Con la feria de fatuidades coincidió aquel año la era de las expansiones gastronómicas. Todos los españoles grandes o mediocres que tenían algo que manifestar a sus amigos o al pueblo, derramaban su elocuencia sobre los blancos manteles, ante unos comistrajes indigestos y mal servidos. Balaguer en Valencia, Barcelona y Lérida, Vega de Armijo en Córdoba, Romero Robledo en Sevilla, Castelar en Alcira, y Carvajal en Málaga, lanzaron sus trenos patéticos o jocosos tras el solemne momento de *descorchar el champagne*. Luego *gemían las prensas* reproduciendo en largas columnas toda esta caudalosa palabrería que, con excepción del verbo soberano de Castelar, era como remolinos de hojarasca que se lleva el viento.

Mis relaciones con Segis y con su madre se estrecharon más en aquel Otoño. La condesa de Casa Pampliega, a pesar de su finchación nobiliaria, no repudiaba el trato con mi pobre Casianilla. Cierto que no la presentó en sus salones heteróclitos, a donde concurrían familias de nobles tronados y de tenderos enriquecidos. Pero cuando yo iba con mi compañera por las tardes a la mansión condal, recibía su visita la señora con mucho agrado, gustosa de la llaneza, buen apaño y suave condición de la señorita de Conejo. Indudablemente, doña Segismunda, mujer desprovista de toda cultura, simpatizaba con Casiana al verla tan instruidita y al oírla expresarse con un claro sentido, que para ella era el colmo de la sapiencia. Excuso decir que la improvisada condesa se había hecho conservadora furibunda, y que sentía por don Antonio Cánovas un entusiasmo delirante.

«¡Qué hombre, qué talento, qué elocuencia! —solía exclamar—. ¿Y dicen que es bizco? No, señor. ¡Qué bizco ni qué niño muerto! Es un caballero que ve largo y mira muy por derecho.»

Desde que volvió de San Sebastián, la condesa de Casa Pampliega frecuentaba el santuario y colegio de las Hermanas del Corazón de Jesús, en le calle del Caballero de Gracia. A esto la movía, más que su propio misticismo, el afán de codearse con damas de la más alcurniada sociedad de Madrid. Por hacer el papelón apencaba con los enfadosos ejercicios espirituales, y asiduamente se dejaba ver en las diarias solemnidades de Novenas, Triduos, Cuarenta Horas, *etc.* En este trajín hizo amistades con varias señoras beatas y con algunos de los jesuitas predicadores, que constantemente estaban metidos en aquella santa casa. Por cierto que, según oí, un padre de los más sagaces puso los puntos a doña Segismunda para sacarle dinero; pero a tanto no llegaba la piedad *fashionable* de la flamante condesa. La discreta y astuta dama paró el golpe... Mas ya se lo dirían *de misas* cuando se hallase *in articulo mortis*... Entonces sí que no se escapaba... ¡Pobre Segis! Como se descuidara le dejarían en cueros vivos.

A propósito de Segis diré que su indómita rebeldía se iba modificando por las flexibilidades de aquella época positivista. Evolucionó con suavidad hacia el arte o ciencia del buen vivir, y acabó por entregarse a un filosofismo atrozmente cínico. Dejábase llevar por la condesa a las beaterías del Caballero de Gracia, y de otras iglesias de moda, afectando cierta contrición y propósito de enmienda que a muchos engañaba, y a mí, que tan bien le conocía, causábame el efecto más cómico que puede imaginarse. El principal objeto de esta farsa era vigilar constantemente a su madre, para estar al quite de los ataques con que los sagaces caballeros de la faja negra amenazaban al saneado caudal de Casa Pampliega.

En las francas expansiones que conmigo tenía Segismundo, se quitaba la máscara hipócrita para revelarme con esta leal llaneza los móviles de su conducta: «Ni tú ni yo, querido Tito, podemos esperar nada del estado social y político que nos ha traído la dichosa Restauración. Los dos partidos, que se han concordado para turnar pacíficamente en el Poder, son dos manadas de hombres que no aspiran más que a pastar en el Presupuesto. Carecen de ideales, ningún fin elevado les mueve, no mejoraran en lo más mínimo las condiciones de vida de esta infeliz raza, pobrísima y analfabeta. Pasarán unos tras otros dejando todo como hoy se halla, y llevarán a España a un estado de consunción que de fijo ha de acabar en muerte. No acometerán ni el problema religioso, ni el económico, ni el educativo; no harán más que burocracia pura, caciquismo, estéril trabajo de recomendaciones, favores a los amigotes, legislar sin ninguna eficacia práctica, y adelante con los farolitos... Si nada se puede esperar de las turbas monárquicas, tampoco debemos tener fe en la grey revolucionaria. ¿Crees tú, Titillo, en la revolución?

—Yo no —contesté resueltamente—. No creo ni en los revolucionarios de nuevo cuño ni en los antediluvianos, esos que ya chiflaban en los años anteriores al 68. La España que aspira a un cambio radical y violento de la política se está quedando, a mi entender, tan anémica como la otra. Han de pasar años, lustros tal vez, quizá medio siglo largo, antes que este Régimen, atacado de tuberculosis étnica, sea sustituido por otro que traiga nueva sangre y nuevos focos de lumbre mental.

—De acuerdo, querido —dijo Segis—. Por eso yo he cambiado mi rebeldía por un epicureísmo que me asegure el regalo y el reposo del presente y el porvenir. Quiero vivir bien y sin fatigas; quiero asegurar la posesión venidera del caudal que afanó mi madre... Como Dios le dio a entender; quiero construirme, en fin, un bello refugio contra la miseria. ¿Qué me importa doblegar la frente ante un curángano vestido de ropones negros o colorados, ni prestarme a prácticas de puro formulismo y exterioridad, si esto que yo llamo etiqueta litúrgica, no exenta de belleza en algunos casos, jamás penetra en mi libre espíritu? Al principio me violenté no poco para lograr acomodarme a las beaterías de mi señora madre. Pero luego fui entrando por grados, insensiblemente... Todo se reduce a una farándula más entre las múltiples que regulan la conducta social del hombre civilizado, como por ejemplo, la buena educación, el respeto a las personas que ostentan alguna dignidad aunque sean unos gaznápiros, el someterse a las modas del comer, del beber, del vestir y del calzar, y otras tonterías que hacemos de continuo, sin parar mientes en nuestra imbecilidad.»

No iba descaminado el amigo García Fajardo en su apreciación de las cosas de España; pero las ideas que expresó para justificar su proceder, me parecieron más ingeniosas que razonables. Pocos días después de lo que acabo de contaros, supe que la infatuada condesa de Casa Pampliega había concebido el plan de casar a su hijo con una señorita honesta y de buen ver, hija única de opulento matrimonio, muy notado por su catolicismo a macha martillo y por sus conexiones con toda la gente de la Iglesia. Nació este proyecto de las amistades que doña Segismunda contrajo en el Sagrado Corazón con damas ilustres y con algunos Reverendos de la Compañía.

La candidata a la mano de Segis llamábase Ritita, y en sus padres se habían reunido los linajes de Erro, Sureda, Socobio y Landázuri, todos ellos, como sabéis, rabiosamente absolutistas. Parentesco tenía también Rita con los Emparanes, Trapinedos y Pipaones, y llamábase sobrina de los Marqueses de Beramendi y de la marquesa de Villares de Tajo. Andando días me aseguraron que la boda de Segis era un hecho. Directamente acudí a mi amigo para que me sacase de dudas diciéndome la verdad, y con gran estupor mío habló de esta manera:

«No es todavía un hecho, querido Tito; pero podrá serlo pronto, muy pronto. He consagrado largas cavilaciones a madurar el asunto, y al fin, tanto se ha obstinado mi madre y tales razones me han expuesto mi tío Beramendi y mi tía María Ignacia, que he acordado rendirme a discreción. La muchacha es buena, muy rezadora y amiga de comerse los santos. En su vida leyó más libro que *El Año Cristiano*. Pero a mí ¿qué me importa? Parece que le he caído en gracia, y que me quiere un poquitín.»

Contagiado del fantástico catolicismo de Segis, me persigné, diciéndome con picante ironía: «¡Alabado sea Dios! Ya veo bien clara la *lenta pero continua* evolución de nuestra bendita sociedad hacia las ollas del ultramontanismo.»

# XXI

Tratábamos una mañana Segis y yo de esta interesante y hasta cierto punto divertida mudanza, cuando se llegó a nosotros la condesa de Casa Pampliega cargada con un rimero de polvorientos librotes, que puso sobre un velador, diciendo: «Mi marido, que en gloria esté, heredó de su hermano Ramón la mar de libros viejos que yo he conservado largo tiempo en la bohardilla, entre los montones de trastos inservibles. Ayer mandé a Micaela que los bajase para dárselos al trapero con unos miriñaques míos, y los bragueros y otras prendas de mi difunto. Pero cuando la chica y yo quitábamos la mugre a los librachos, pensé que estos mamotretos son muy del gusto de don Antonio Cánovas, el cual tiene en su casa gran acopio de ellos y los cuida como a las niñas de sus ojos. Se me ha ocurrido que debo, no vendérselos, sino regalárselos, pues seguramente estimará mucho el obsequio. Si te parece bien, Segismundo, llévaselos tú mismo y ofréceselos en mi nombre, poniendo en cada uno tarjetas de las nuevas que ayer me trajiste con mi nombre, título y corona condal.»

A esto dijo García Fajardo con agria displicencia, que aunque él se dejaba llevar del curso evolutivo de las aguas sociales, no tenía maldita gana de presentarse a don Antonio, ni a ningún otro fantasmón de la ganadería conservadora. En tanto, yo levantaba las tapas de pergamino para ver los títulos de aquellos vetustos infolios, y leí los rótulos que siguen: *Diversas fazañas y Tractado de los rieptos y desafíos*, por Mosén Diego de Varela, cronista de la reina Católica. —*Memorial en detestación de los grandes abusos en los trajes y adornos nuevamente introducidos en España*, por Alfonso Carraza (Madrid 1640). —*Clavellinas de recreación*, por Ambrosio de Salazar (Ruan 1614). —*Geometría y trazas pertenecientes al oficio de sastre*, por Martín de Andújar (Madrid 1640). —*Diálogo de la verdadera honra militar*, por don Hierónimo de Urrea (Venecia 1566), y otros rarísimos títulos, entre los cuales distinguí el de la obra del Reverendo padre Hernando de Talavera, primer arzobispo de Granada, *Tractados de la mesa, del vestir e calçar e de la mormuración.*

Examinados los libros, dije a doña Segismunda que no tenía yo inconveniente en ofrecer a don Antonio las obras con que la señora condesa le obsequiaba. Dos veces había visitado yo a Cánovas y sin duda me acogería con agrado, pues, a pesar de su fama de mal genio, era hombre cortés y de cortesana educación. Conformes hijo y madre en darme credenciales de embajador de los Casa Pampliega cerca del presidente del Consejo, me personé en el número 2 de la calle de Fuencarral el segundo domingo de Adviento, 5 de diciembre, porque me constaba que las mañanas de los días festivos pasábalas el gran don Antonio en el recreo de su magnífica biblioteca. Recibiome con gran displicencia el famoso criado Ramón, dándome a entender que era notoria osadía intentar acercarse al presidente sin traer etiqueta o marchamo de personaje muy calificado de la Situación. Con risita guasona levanté el papel que era envoltura de los librotes, para que Ramón viese el título con que yo pretendía ser llevado a la presencia del grande hombre. En cuanto el fámulo vio los arrugados pergaminos, desarrugó el entrecejo y me dijo:

«¿Viene usted a vender al señor sus libros?

—No, no. Vengo a regalárselos de parte de la Excelentísima señora condesa de Casa Pampliega. Son obras muy raras, y pienso que algunos de estos incunables no figuran en la biblioteca del presidente.»

Suplicándome que esperase un momento se internó Ramón en la casa, para anunciar a su amo la visita de un bibliófilo. Instantes después me encontraba en la presencia del insigne político y erudito historiógrafo. Había yo entrado con cierto temor en la morada del estadista, pensando que mis anteriores visitas al *monstruo* fueron fantásticas, obra de mi desbordada imaginación o artífice dispuesto por las *Efémeras* obedientes a misteriosos dictados de mi divina Madre. Contra lo que yo esperaba, don Antonio me reconoció al instante, y con llaneza y afecto me dijo:

«Hola, señor Liviano... Mucho gusto en verle... ¡Ah! ¿libritos viejos? ¿También padece usted mi chifladura? Veamos, veamos qué es eso.»

Con ágil mano alzó Cánovas las tapas de los volúmenes para examinarlos, y al llegar al de fray Hernando de Talavera, exclamó lleno de júbilo: «¡Ay... Esto no lo tengo, no lo tengo! Conocía la obra por citas que de ella hacen otros autores... *Tractados de la mesa, del vestir e calçar e de la mormuración.* Es un libro interesantísimo. ¡Cuánto se lo agradezco!... Los demás que me trae usted creo que los tengo todos, menos este: *Carro de las dona*, por fray Francisco Ximénez, obispo (Valladolid 1542)... ¡Ah! Tampoco poseía este otro: *De las cosas que traen de las Indias que sirven al uso de la Medicina*, por Monardes (Sevilla 1569)... En cambio poseo una edición lindísima del *Libro del arte de las comadres*, por Damián Carbón, y dos ejemplares, uno de Venecia y otro de Amberes, del *Diálogo de la verdadera honra militar*, de Hierónimo de Urrea... Difícilmente podrá usted traerme una obra de arte militar que yo no tenga... Deme usted ahora las señas de la señora condesa de Casa Pampliega, que quiero ofrecerle personalmente mis respetos y darle las gracias por su valioso regalo.»

Pensaba yo en el loco entusiasmo de la vanidosa doña Segismunda al saber que sería visitada por el presidente del Consejo, cuando este, reteniéndome con bizarra cortesía, se dignó mostrarme los primores de su rica biblioteca. Vi preciosos incunables, manuscritos de inmenso valor, y los cuadernos de las Cortes de Castilla, Aragón, Valencia y Navarra, con las pragmáticas y cédulas reales emanadas de sus acuerdos. Convencido regalista, Cánovas puso ante mis ojos un verdadero tesoro diplomático y bibliográfico de las cuestiones habidas entre España y Roma desde los Reyes Católicos, Carlos V y Felipe II, hasta Felipe V y Carlos III.

A propósito de esto, entablamos una conversación, iniciada por él gallardamente. Sentados junto a la gran mesa central del salón de la biblioteca, don Antonio me honró más de lo que yo merecía, oyendo mis opiniones sobre la independencia del poder civil. Orgulloso de la gentileza con que me hablaba, considerándome equivocadamente como historiador de la actualidad palpitante, me atreví a expresar esta idea:

«¿Y qué me dice usted, señor don Antonio, de la irrupción de los frailes expulsados de Francia por las leyes y edictos del pasado noviembre?

—Reconozco la gravedad del problema que se nos presenta —me contestó Cánovas, mordiéndose el bigote y afirmándose los lentes sobre el caballete de su nariz—. Pero ha de reconocer usted, como historiador imparcial, atento a la circunstancialidad de las cosas públicas y a la estructura interior de cada partido, que yo no soy el llamado a cerrar el paso a la caterva de regulares despedidos de Francia. Por ahí se dice que los constitucionales, llamados ahora fusionistas, verán calmada muy pronto su impaciencia por gobernar a la Nación. Créame usted: no encontrarán en mí esos señores la menor resistencia para sustituirme en el puesto que ocupo. Dos cosas deseo: el descanso mío, y ver el estreno del nuevo partido en las funciones del

Gobierno. Si Sagasta no reniega de su historia, su primer cuidado al llegar al poder será poner diques a la inundación frailesca, ateniéndose estrictamente a la letra del Concordato. Cada cual debe permanecer en su terreno propio, gobernando conforme a sus ideales y a sus compromisos. La realidad histórica, el carácter y sentido de las fracciones políticas que me han dado su apoyo para consolidar la Restauración, me impiden realizar con acento vigoroso la política regalista. Sagasta es el llamado... ¿no lo cree usted así?»

Con expresivas cabezadas asentí a las observaciones del presidente, el cual siguió mostrándome curiosos ejemplares de su soberbia librería. Cual padre amoroso encariñado con sus tiernas criaturas, me presentó el precioso incunable *Coronación de don Íñigo López de Mendoza y coplas de Juan de Mena*, editado en 1489. Después admiré el *Doctrinal de Caballeros*, del obispo de Burgos don Alonso de Cártagena, impreso en 1487, fijándome en las anotaciones que el propio don Antonio puso en las guardas de tan interesante y arcaico libro. Vi también la *Invención liberal y arte del juego de axedrez*, por Ruy López de Segovia, clérigo, *vecino de la Villa de Çafra*, dado a la imprenta en Alcalá de Henares el año 1561, y otras joyas preciadísimas del arte de imprimir en los siglos XV y XVI.

En este punto hirió mi olfato un fuerte aroma de tomillos. ¿Eran los tomillos del monte Hymeto?... Creí entrar en la esfera de las alucinaciones: al olfato se agregaron los ojos haciéndome ver una figura de mujer, arrogante, de luengos paños negros vestida, que de las estanterías sacaba los libros para ponerlos en las manos del poseedor de tanta riqueza tipográfica. Entregado de lleno al trastorno de mis sentidos o a la percepción del vidente que explora el mundo ultraterreno, reconocí a mi excelsa Madre que hacía el servicio de auxiliar de bibliotecaria. *Mariclío* clavó en mí una mirada de fuego, transmitiéndome los pensamientos que literalmente traslado:

«Toda esta ciencia arcaica y este fárrago que tuvieron su porqué y sazón en siglos remotos, ¿le sirven al buen don Antonio para consumar y sutilizar sus artes de estadista y gobernador de los Reinos hispanos, o sería el mismo sujeto, que descuella hoy al frente de los negocios públicos, si estuviera privado del continuo trato con los treinta mil volúmenes que adornan las paredes de esta noble vivienda? Las venerables antiguallas de arte de guerra, y de las armas e ingenios militares de tiempos remotos, ¿ayudan al

**164**

conocimiento y régimen de los Ejércitos de nuestros días? Voy creyendo que esto no es más que un bello delirio de coleccionista, ávido de gozar tesoros raros no poseídos por otro alguno, monomanía que satisface los amores de la erudición platónica, con poca o ninguna eficacia en el arte de aplicar las sabidurías trasnochadas al vivir contemporáneo.»

Llegó el momento de despedirme del patriarca de la Restauración, el cual me reiteró su afecto, invitándome a repetir mis visitas en su casa o en la Presidencia, donde esperaba recibir poco tiempo más.

Al salir yo de la biblioteca repitiéronse los fenómenos peri-espirituales, pues si no me engañaron mis ojos, la divina *Clío*, gallarda y bien oliente, despidiendo de su ropaje el aroma de las hierbas del monte Hymeto, me condujo de la mano hasta el vestíbulo, entregándome al celoso guardián de su Excelencia, conocido en el mundo político por su nombre de pila.

Ramón, más complaciente a mi salida que a mi entrada, me abrió la puerta, y tranquilamente descendí la escalera, satisfecho de haber aumentado el tesoro bibliográfico de don Antonio Cánovas del Castillo.

## XXII

En la calle me esperaba Casiana, algo inquieta por mi tardanza.

«Ya sabes —me dijo— que doña Segismunda está en ascuas por saber cómo ha recibido este buen señor los librotes del tiempo de *Maricastaña*. ¿Nos volvemos allá?

—No —repliqué—. Vámonos calle arriba para que se me despeje la cabeza. Estoy un poco mareado de ver infolios y legajos, que a mi parecer no sirven más que para llenar de telarañas el entendimiento... Nos llegamos hasta la *Era del Mico* o el *Campo del Tío Mereje*, y confortaremos nuestros cuerpos ateridos con la benéfica luz del Sol. No nos faltará espacio para pasear a gusto y charlar sabrosamente cuanto nos dé la gana.

—Por esos lugares no me lleves, Tito —indicó mi Casiana un tanto medrosa—. Allí se reúnen las brujas, según me has dicho, y yo no quiero trato con esa caterva.

—No temas nada, chiquilla —le repondí riendo—. Una mujer ilustrada como tú no debe asustarse ante las viejas carroñas que, ya cabalgando en sus escobas, ya montadas una sobre otra, acuden a la cita del Gran Cabrón. Fíjate además en que los aquelarres son funciones esencialmente nocturnas, y a estas horas, en pleno mediodía, no hay que temer las visitas de las almas del otro mundo ni de las vejanconas puercas que hociquean con el diablo.

—Pues vamos allá, que aunque no tengo la debida ilustración, donde tú estés yo no me asusto de nada.

—Muy bien. Pero no me niegues la verdad de tu cultura, Casiana mía, que anoche bien te luciste en la tertulia íntima de la señora condesa, cuando contendías discretamente con aquellas dos damas de las aristocracia *que acaba de salir ahora*, una de las cuales soltó el disparate de que los Reyes Católicos eran los padres de Felipe II y de Fernando VII.

—Fue la que llaman marquesa de San Epifanio la que echó de su bonita boca ese garrafal desatino. Yo no me atreví a corregirla más que con una frase por tabla, y tú remataste la suerte. La otra, señora muy entonada, que se enriqueció con el comercio de petróleo, lleva el apellido de Cucúrbitas, es muy redicha y punto fuerte en las modas del vestir, y no se le escapa ninguno de los requilorios y perendengues que *ahora se llevan*. Sus lindas niñas se educan en el Sagrado Corazón.

—Donde aprenden Catecismo a todo pasto, nociones incompletas de Aritmética y Geografía, mascullar el francés, un machaqueo de piano para romper los oídos de toda la familia, y etiquetas y saluditos a estilo de *París de Francia*... Al cuidado de los buenos padres, estos aguardan a que las educandas sean señoras para meter las narices en sus hogares, adueñándose del marido y de los hijos, y por fin, esperan cachazudos y tenaces a que se hagan viejas idiotas para quitarles todo lo que tienen.

—Así es y así será. Y ahora te digo que la de San Epifanio anda muy a la cola en ortografía. Ayer vi casualmente una tarjeta que escribió a doña Segismunda, en la cual noté que pone hombre sin hache y ayer con hache y elle. La de Cucúrbitas dice *ivierno*, *ferroscarriles* y *Espirituisanto*.

—Ya lo ves, Casianilla: con lo poquito que tú sabes eres muy superior a esas señoronas hartas de dinero, que nos miran a nosotros por encima del hombro. Compárate, y verás bien claro tu superioridad. Vuelve la vista al pasado, y te harás cargo del inmenso adelanto que has conseguido desde que te saqué de la abyección y la miseria para elevarte hasta donde ahora te encuentras. Ido te enseñó a leer y escribir, y entre ese buen hombre y yo te dimos las nociones elementales con que apareces superior a todo este señorío hecho de pronto que solo brilla por el oro ganado sabe Dios cómo.»

Andando, andando, y cuando íbamos frente al Hospicio, pasó junto a nosotros rapidísima una figura de mujer, que me tocó en el codo y siguió su camino con la velocidad del viento. De lejos me miró sonriente: era una *Efémera*. No bien rebasamos el terreno antaño llamado los *Pozos de Nieve*, donde a la sazón se construían hermosas casas, pasaron con loca presteza y travesura, no una, sino dos o tres *Efémeras*, rozándome con dedos ligerísimos como para hacerme cosquillas. Desparecieron delante de nosotros, perdiéndose entre los grupos de transeúntes, y dejando tras sí ecos de risas livianas y de interjecciones burlescas.

En estos prodigios del orden quimérico no se fijó Casiana, y sí lo hizo con atención discreta en que era la hora de comer y debíamos volvernos a casa. Aferrado a una idea tenazmente alojada en mi cerebro, propuse hacer rabona en nuestra hospedería, y retrocediendo algunos pasos nos metimos en el bodegón llamado *La Criolla*. Pedimos para sustentamos dos raciones de *batallón*, un besugo, vino y café.

O yo me había vuelto tarumba, o en una mesa no distante de la nuestra estaban dos *Efémeras* vestidas de negra túnica, manducando tortilla con jamón, a la que siguieron sendas raciones de pepitoria. En lo restante del local almorzaban tranquilamente hombres y mujeres, sin reparar en las fantásticas hembras que eran tal vez proyección de mis alborotados pensamientos.

Mientras comíamos con buen apetito, di a Casiana una lección de Historia, enlazando, como es uso y costumbre de todo buen narrador de las cosas públicas, lo presente palpitante con lo pretérito fosilizado ya en las capas geológicas del Tiempo.

He aquí fielmente copiados mis pinitos históricos: «Nuestra respetable amiga doña Segismunda, la marquesa de San Epifanio, la de Cucúrbitas y otras tales, están locas de contento con la venida de los frailes que, lanzados de las Galias a puntapiés, pasan la frontera esperando encontrar aquí comederos bien provistos por la piedad española. Esas y otras damas de la misma flaca mentalidad, se aprestan a rascarse el bolsillo para favorecer a los inmigrantes consagrados al servicio de Dios Nuestro Señor. Doña Segismunda entiendo que no se correrá mucho, porque es larga en el prometer y muy encogida en el dar. Otras señoras, las antes citadas así como las Emparanes, Zuredas y Landazuris, serán algo más pródigas en el socorro de la frailería galicana. Pero todas ellas juntas no llegarán a la inaudita magnanimidad de la eximia duquesa de Pastrana, que ha legado íntegramente los cuantiosos bienes raíces, urbanos y suntuarios de su ilustre Casa, opulenta rama del árbol del Infantazgo, a los caballeros de Loyola. Esta sacra y militar Orden ha venido a ser casi tan poderosa como el Estado mismo.

»Constituyen el cuantioso donativo el soberbio palacio donde moró Napoleón I cuando vino a poner sitio a Madrid en diciembre de 1808, inmensos terrenos de labor y de monte en el término de Chamartín de la Rosa, donde ya se trata de formar una población suburbana, otro palacio en la Plaza de Leganitos esquina a la calle de los Reyes, las casas de la calle de Isabel la Católica y de la Flor Baja, fincas rústicas en la provincia de Guadalajara, una millonaria riqueza mobiliaria y muchos cuadros de mérito, entre los cuales había uno de Rubens, muy famoso, que los felices herederos vendieron a Rostchild en tres millones de reales.

—¿Pero esa señora —dijo Casianilla espantada— no tenía parientes a quien legar su riqueza?

—Sí que los tenía. A unos sobrinos, no sé si en segundo o tercer grado, les favoreció la duquesa con piadosas mandas para que no les faltase un cocido. No hizo más la señora por la prisa que tenía en subir al cielo para recoger el galardón de su extremada santidad. Los ignacianos, caballeros y caritativos en este caso, determinaron educar gratuitamente a los hijos de la olvidada parentela, y a una sobrina de la santa testadora quieren casarla con un caballero chileno muy rico, para que todos queden contentos.»

Despachado el *batallón*, y antes de emprenderla con el besugo, proseguí mi leccioncita con el siguiente paralelo histórico, que a mi parecer no carece de enjundia: «Recordarás, Casianilla de mis entretelas, que cuando comencé tu educación hice que te fijaras en las correrías de diferentes pueblos por el territorio de esta península. Bien enterada quedaste de la entrada de los fenicios, de los romanos, de los cartagineses, de los visigodos, y por fin, de los árabes. Luchó la primitiva raza española con tales pueblos, sin lograr impedir que ocuparan y explotaran una parte o el todo de nuestro suelo durante años, lustros o siglos. Determinan dichas ocupaciones las diferentes etapas o períodos históricos de España. Pues bien, el regalo que ha hecho la duquesa de Pastrana a los caballeros de San Ignacio, marca el dominio de estos en el solar hesperio por un lapso de tiempo que nadie puede precisar. En la santísima dama linajuda y generosa tienes otro Midácrito, otro Asdrúbal, otro Sertorio, otro Ataúlfo, otro Tárik, y ella nos trae una nueva intrusión de gente, a la cual habrá que vencer y despedir como fueron vencidos y mandados a paseo los anteriores bárbaros.

»Presumo yo que los guerreros de la faja negra, traídos ahora por una dama, cuando se aseguren en el territorio recientemente adquirido, extenderán su dominio a todas las esferas y serán nuestros amos. Fortalecerán su poder educando a las generaciones nuevas, interviniendo la vida doméstica, y organizando sus ejércitos de damas necias y santurronas, paulatinamente dotadas con el armamento piadoso que les llevará a una fácil conquista. Preparémonos, ¡oh Casiana de mis pecados!, y pues sufrimos esclavitud, seamos cautos y comedidos con nuestros dominadores, hasta que llegue, si es que llega en vida nuestra, el momento de darles la zancadilla. Cuando salgamos de paseo y nos encontremos con un ignaciano, yo me quitaré el sombrero y tú darás una discreta cabezada en señal de aparente sumisión, rezongando para nuestro sayo: *Adiós, Reverendo, vive y triunfa, que ya te llegará tu hora.*»

## XXIII

Mientras tomábamos café salieron presurosas las dos *Efémeras*, y una de ellas, en quien creí reconocer a la que me dio la pluma milagrosa en la plazuela de Santa Ana, dijo, tocándome en el codo: «Aprisita, que es tarde...» Al pasar las dos rapazuelas del bodegón a la calle, advertí que sus flotantes túnicas se trocaron de negras en verdes.

Reparadas las fuerzas con el sabroso condumio, Casiana y yo seguimos paseando. Nuestra lenta y maquinal andadura nos llevó por los *Pozos de Nieve* y la antigua Ronda de Santa Bárbara hasta encontrarnos, sin saber cómo ni por qué, en el *Campo del Tío Mereje*, lugar asoleado y polvoriento que en verano suele ser invadido por los jayanes que apalean alfombras, y en todo tiempo es academia donde maestros de tambor enseñan a los quintos el paso redoblado, el paso lento, y demás fililíes del sonoro parche guerrero.

Al llegar nosotros al ejido, que antaño debió de ser Eras de Madrid, vimos tan solo unos hombres que machacaban cañas para tejer cañizos de cielo raso. Nos entreteníamos en contemplar aquella ruda faena cuando Casianilla, mirando al cielo, exclamó asustada: «¡Cristo bendito! ¿No ves el sin fin de aves que giran en el aire trazando círculos con aleteo y greguería infernal? Parece que bajan hacia nosotros. ¿Serán estas las brujas, que de día vienen a reconocer el lugar donde han de reunirse por la noche en juntas y concilios demoníacos?»

Alcé yo mis ojos al cielo y dije a mi amiga: «No son brujas, Casiana. Son las *Efémeras*, espíritus mensajeros de lo que en el mundo llamamos la Actualidad. Traen y llevan el suceso del día. Aquí se congregan sin duda para distribuirse el trabajo y ver a dónde transmiten sus raudas informaciones. No tengas miedo, que aunque algunas veces son portadoras de mentirijillas o falsedades inocentes, no hacen daño a los mortales, sino antes bien los entretienen y halagan. ¿Ves cómo abaten el vuelo, acercándose cada vez más a nosotros? Parece que quieren conversación. Has de saber, hija mía, que son muy traviesas y habladoras.»

Gradualmente descendían las sílfides en su giro vertiginoso, y nos aturdían con aquel rumor, que no sé si era cháchara o graznido, bullanga de risas o estridentes exclamaciones de alegría burlesca. Con rápida inspiración pedí a los tejedores de cañizo que nos prestasen dos cañas, y pertrechados Casiana y yo con estas inocentes armas acometimos a cañazo limpio a las *Efémeras*, cuando ya pasaban rozando nuestras cabezas.

Por fin logré atrapar a una, cogiéndola por la túnica, y la traje al suelo. Era lindísima, sus mejillas coloradas echaban fuego, sus ojos luz, sus cabellos negros y rizados delataban las manos del viento juguetón.

«¿De dónde vienes tú? —le dije—. ¿Has visto entrar en España muchos frailes?

—Sí, señor don Tito —respondió ella con amable donosura—. Yo pertenezco al grupo *Céfiro*, y trabajo en la parte de los aires que ustedes llaman Noroeste. En Coruña vi entrar una partida de hombrachos vestidos de estameña y con unas correas llenas de nudos. Eran franciscanos. Llegaron en un vapor. Salieron a recibirles muchos señores beatos, y las damas pías les enviaron a su alojamiento jamones y tortas de dulce. Al día siguiente desembarcó otra caterva de frailes, con diferentes vestiduras, y marcharon a Santiago llamados por el arzobispo, que les tenía dispuesto un hermosísimo convento. Mi hermana, que estaba en Vigo viéndoles venir, presenció el desembarco de *un porción* de gandules que dijeron ser de los de Santo Domingo. Al instante partieron para Pontevedra, donde ya les tenían apercibida casa cómoda y mesa bien provista de cuanto Dios crió.»

Casiana logró atrapar otra ninfa, rubia como las espigas, de ojos azules, la cual, antes que la interrogaran, se arrancó con esta graciosa respuesta: «Yo soy del grupo *Boreas*, que vosotros decís Norte, y en la frontera de Irún he visto entrar una patulea sin fin de frailucos. Unos traían baberos blancos, melenitas que les tapaban las orejas y sombreros tricornios que parecían cosa de máscara. Dijeron que venían a España para poner escuelas y enseñar a los niños. ¡Bonitas cosas les enseñarán!... Luego entraron otros, vestidos de blanco y canelo, lucios y fornidos como mozos de cuerda. Parece que estos son carmelitas. Salieron a recibirles la mar de señoras aristocráticas y ricachonas, que les besaban los rosarios, popándoles y haciéndoles fiesta como si les hubieran conocido toda la vida. A ellos se les saltaban las lágrimas de contento, y miraban a todos lados en busca de alguna mesa donde pudieran matar el hambre atrasada que de Francia traían... ¡Pobre España: buena nube de langosta te ha caído!»

Sin necesidad de esgrimir nuestras cañas, otras *Efémeras* fueron bajando, alegres y decidoras. Una de ellas, de cabello castaño y ojos verdes, ondulante y saltarina, vestida de túnica roja, nos dijo: «Mi puesto de vigilancia está entre las regiones de *Coecias* y *Apellotes*, que es como decir Nordeste y Este. Vi entrar por el golfo de Rosas una barcada de dominicos, y otra de trinitarios, que fueron bien acogidos en la playa y marcharon a ponerse bajo la custodia de los obispos de Gerona y de Vich. Mis hermanas y yo presenciamos en Barcelona la llegada de una banda de capuchinos procerosos, bien cebados y con unas barbas hasta la cintura. Al pasar por la Rambla les arrearon una silba espantosa. Los frailes barbudos, azuzados por mujeres y chiquillos, tuvieron que buscar refugio en le iglesia del Pino, a donde acudió el gobernador con policía para sacarlos de aquel trance y llevarles con mucho mimo al Palacio episcopal. El señor Prelado, después de tenerlos varios días en su casa a mesa y mantel, les alojó solícito en varios conventos de Cataluña.»

Otra de las mensajeritas aéreas nos contó que en Tortosa dieron fondo unos benedictinos jacarandosos que, según se dijo, venían a montar en Tarragona fábricas de licores tan ricos y celebrados como los que en Francia elaboraban... Compadeció seguidamente una nueva *Efémera* de túnico negro recamado de oro, quien, después de declarar que venía de la región del *Eurus* (Sudoeste), nos informó de que en Cartagena habían penetrado mesnadas de agustinos-recoletos, los cuales tomaron al punto el caminito de Orihuela, donde el obispo les tenía prevenido un holgado monasterio. Allí se instalaron todos los que en él cabían. Los demás recibieron albergue en el Seminario, hasta que se les habilitara definitiva vivienda en un convento de Alicante. Añadió la informadora que, tras de los agustinos-recoletos, llegó un nutrido cargamento de los frailecitos de babero y tricornio. Parte de estos quedaron en Cartagena, bajo la tutela y amparo de una junta de damas sumamente pías y rezadoras, y los otros tomaron el tren para irse a Murcia, pues allí les esperaban con los brazos abiertos individuos del Comité conservador y el Prelado de la diócesis.

Recorriendo el cuadrante hacia la región *Notus*, entiéndase Sur, otra ninfa de los aires, no menos graciosa que sus hermanas y muy bachillera, nos contó que por Almería había penetrado un buen golpe de monjas, llamadas descalzas aunque todas llevaban medias y zapatos. Venían afligidas del mareo y de la inanición. Pero al punto se las socorrió con cuanto pudieran necesitar. Con ellas desembarcaron unos frailucos mal trajeados, desnudos de pie y pierna, *si que también* muertos de hambre. Las esposas del Señor encontraron su nido y agasajo en la propia ciudad de Almería, y los frailachos se metieron tierra adentro a la querencia del obispo de Guadix.

Con todo lo referido no es completa la información *efemerídea*. Yo la resumo y sintetizo, agregando otras noticias y datos que nos dieron las vagarosas hijas del viento. Por Sevilla hubo también inundación de religiosas clarisas; a Valencia llegaron trapenses y paúles; la frontera de Francia, por Navarra y la Seo de Urgel, dio paso a espesas caravanas de salesianos, premonstratenses, terciarios, redentoristas, adoratrices, trinitarias, capuchinas, ursulinas y otras muchas castas y familias del inmenso mundo monástico.

Cuando ya las aladas mensajeras comenzaban a remontarse de nuevo en los aires, apareció la *Efémera* mía, la de Tafalla, que en aquella ocasión me pareció capitana de todas ellas, la que al pisar el suelo tomaba apariencias marmóreas y formas del más puro helenismo.

«¿A dónde vais ahora? —le pregunté tembloroso.

Ella me contestó con suprema tranquilidad: «Vamos a llevar por todo el mundo las nuevas de esta plaga de insectos voraces que devastará tu tierra.»

Y quitándole a Casianilla la caña que esta conservaba en sus manos, la figura estatuaria azuzó a las *Efémeras* rezagadas. Todas remontaron el vuelo en alegre remolino bullicioso.

## XXIV

Las vimos subir rápidamente hasta una región muy alta del espacio, donde se fraccionó la bandada en grupos que partieron hacia distintos puntos del horizonte.

Emprendimos Casiana y yo nuestro regreso al centro de Madrid, buscando la vuelta de Recoletos por la Ronda de este nombre y las inmediaciones de lo que fue huerta de las Salesas. Por aquella parte, la Villa trataba de embellecerse, y abría en los solares polvorosos la cimentación para nuevas y elegantes casas de vecindad. Charlando de las peregrinas cosas que habíamos visto y oído, caminábamos a la ventura, guiados, más que por la intención, por el instintivo movimiento de nuestros propios pasos.

Sin darnos cuenta de ello, costeamos la maciza fundación de doña Bárbara de Braganza, y por calles a medio construir llegamos a internarnos en el Parque de Buenavista. Hicimos alto para descansar en un banco de las rampas que dan a la calle de Alcalá, frente al palacio de Alcañices. Aunque el Sol picaba templando el ambiente invernal, yo sentía un frío que no pude mitigar embozándome en mi capa hasta las narices, porque aquella tiritona era síntoma febril de mi estado anímico al considerar la invasión monástica, principio de un período histórico desastroso para nuestra pobre España.

A mis quejas lastimosas contestó Casianilla: «Como nosotros no podemos impedir que España se convierta en un gran monasterio, nuestro papel es ver y esperar. Si llega el caso de que no haya más remedio que ser yo monja y tú fraile, no te apures, Tito, que ya encontraremos conventos donde convivan ambos sexos.

—Así tendrá que ser, nenita —dije yo, y como estaba helado propuse que siguiéramos andando hasta la calle de Sevilla, y que allí tomásemos la dirección de nuestra casa, con escala en algún café para matar las horas de la tarde.

Por ambas aceras de la calle de Alcalá bajaba un tropel de paseantes que iban a tomar el Sol en el Prado y el Retiro. Eran a mi parecer funcionarios que abandonaban la ociosa oficina para espaciarse con la señora y los niños, pensionistas de poco pelo, tenderos desocupados, rentistas de mediano pasar, provincianos con dinerito fresco, que practicaban la deambulación como un obligado empleo de la actividad en los días serenos.

Por el centro de la calle rodaban los mismos carruajes que habíamos visto el día anterior y todos los días, conduciendo a las damas de siempre, bien emperifolladas, y a los señores del margen que acompañaban a sus esposas en el asiento zaguero de las carretelas. Acrecían el tumulto los gallardos jinetes y los caballos que guiaban faetones o tílburis con la pericia de consumados aurigas. En las caras de toda esta gente, así la de a pie como la de coche, así la de alto como la de rastrero pelaje, observé una tranquilidad paradisíaca. Sus cabezas no alojaban otra idea que la del momento presente, el goce del paseo al Sol, la vanidad de exhibirse con galas y arreos de distinción fantasiosa.

¡Pobres majaderos! Desconocían en absoluto la gravísima situación de nuestro país, el momento histórico, semejante a la entrada de los cartagineses ávidos de riqueza, de los bárbaros visigodos o de los insaciables y feroces agarenos. Nada sabían, nada sospechaban: se enterarían de la nueva esclavitud cuando esta ya no tuviese remedio. Me costó trabajo contener este grito de alarma: «¡Bobalicones, despertad de vuestra modorra estúpida! ¡No tenéis gobernantes que sepan contener, ya que no extirpar, la horrible plaga que se os viene encima!»

Al pasar por la calle de Sevilla entramos en la tienda de mi amigo Matías Luengo, sobrino del famoso comerciante, parlanchín y entrometido don Plácido Estupiñá, de quien tanto hablé en diferentes ocasiones. Traficaba Matías en objetos de escritorio. Comprámosle un paquete de sobres, charlamos, le pregunté si estaba contento de su negocio, y me contestó que de sus ventas no sacaba más que lo preciso para mal vivir. El Cielo le había dado cuatro hijos, y su mujer, que era una coneja, le traería el quinto retoño para febrero próximo. En vista de este crecimiento del familiaje, pensaba añadir a su tráfico el de devocionarios, florilegios, novenas, cilicios, recordatorios de difuntos, estampitas de todos los santos del cielo, escapularios y demás chirimbolos pertinentes a la santa Religión.

Yo le felicité, palmoteándole en los hombros, y le dije: «Eres un genio, Matías. Has previsto el fetichismo farandulero a que nos llevará la maldita Restauración. Ahora empieza, fíjate bien, ahora empieza el reinado de la Muerte y de las santurronerías bobaliconas. Tú serás rico. Haz todos los hijos que puedas, que el negocio místico te dará pan para ellos, y para tus nietos y biznietos, hasta la cuarta generación. Adiós, chico. El Espíritu santo ha entrado en tu casa. Adiós.»

A lo largo de la calle íbamos tropezando con cómicos y toreros, y en ellos vi caras satisfechas aunque perecían de hambre por la falta de contratas. A mi paso por diferentes tiendas vi también sastres, joyeros y perfumistas, que parecían muy contentos viviendo al día con menguadas transacciones. Junto a nosotros pasaron dos curas, ante los cuales me quité el sombrero haciendo acto de sumisión y reverencia. Era muy cuerdo y saludable vivir en santa paz con nuestros opresores.

En la esquina del callejón de Gitanos encontramos a Delfina Gil. Después de saludarme con rígida frialdad, me dijo que iba a poner una nueva Funeraria de gran lujo en la propia Carrera de San Jerónimo, y que introduciría en España las últimas novedades en féretros de cinc sobredorados y en carrozas-estufas a la *gran Daumont*. Pensaba adornar su escaparate con espléndido surtido de coronas fúnebres de hilo de cristal, elegantísimas, y con unos angelitos, arrodillados, que daban el opio. La colmé de parabienes, vaticinándole un éxito formidable. Merecía enterrar la vida española con todo el boato y *chic* de las artes mortuorias.

Seguimos, y al embocar la Carrera de San Jerónimo, tropecé de manos a boca con Vicente Halconero, que salía del Casino. Cortés y afable como siempre estrechó mis manos, no escatimando un gentil saludo ceremonioso a mi compañera humilde.

«Ya sabrá usted —me dijo— que está próximo el advenimiento de los Constitucionales al Poder. El turno se impone, y la tocata liberal ha de sustituir a la tocata conservadora. Espero yo que entre ambas músicas haya bastante diferencia, así en lo fundamental como en lo externo... Entiendo que tendremos elecciones generales en febrero o marzo, y usted no me negará entonces lo que tantas veces le pedí. Aceptará usted un acta de diputado, y en los escaños de la mayoría lucharemos juntos por el progreso, con su poquito de morrión y sus toques democráticos, todo ello dentro del orden más perfecto.

—Sí, sí, Vicentito —le contesté, con la socarronería que en aquella hora dominaba en mi ánimo—. Puede usted hacer de mí lo que quiera. Y si tocan a repartir algunos destinillos dénme a mí el de inspector de monjas, quiero decir, de los monasterios que han de ser creados para reunir los dos sexos en la vida contemplativa.

—¿Pero qué dice el amigo Tito? ¿Se ha vuelto loco?... ¡Ah! Es que a usted le solivianta lo que se cuenta por ahí de si vienen o no vienen los religiosos regulares expulsados de Francia. No haga usted caso. Ataremos corto a los que vengan no más que a darse buena vida, y recibiremos con estimación a los que traigan la idea de establecer en España buenos Colegios, donde podamos dar decorosa educación a nuestros hijos.»

No quise hablar más y me despedí de Halconero con breves razones amistosas, lamentando que un caballerete tan espiritual no apreciara el feo cariz del nublado cartaginés y agareno que entenebrecía el cielo español, ni viera claramente que se iniciaba un período de larga y pavorosa esclavitud. ¡Pobre Vicentito, tan joven, tan simpático, y ya contagiado del negro y pestilente virus!

## XXV

Casiana y yo nos colamos en el café de *La Iberia*, dirigiéndonos a las mesas donde habitualmente concurrían mis amigos. En efecto, allí estaban Campo y Navas, Llano y Persi, Casalduero, y Carratalá. En una piña inmediata vi a Díaz Quintero, republicano, que alternaba con Fernández Bremón y Mariano Zacarías Cazurro, conservadores, y con Pablo Cruz, León y Llerena, Zoilo Pérez y Cándido Martínez, sagastinos.

Apenas cambié con ellos los primeros saludos, algunas palabras referentes a sucesos de actualidad, comprendí que ninguno de aquellos esclarecidos ciudadanos paraba mientes en el capital suceso histórico que a mí me volvía tarumba. O lo ignoraban, o las menudencias y chismorreos políticos les impedían fijarse en los hechos que, afectando intensamente al porvenir de la Patria, se nos presentan revestidos de una insignificancia traicionera. Los afectos a la Situación imperante aseguraban que había Gobierno de Cánovas para rato. Al proclamarlo así, reforzaban su opinión con apuestas humorísticas de cinco duros contra dos reales. Los otros, entonando con diferentes inflexiones el *esto se va*, vaticinaron rotundamente que antes de dos meses cogería Sagasta las riendas y la tralla del Poder.

De pronto llegaron a nuestras mesas otros dos individuos, cuyos nombres no son del caso. Con frase tajante y enfática *sostuvieron la tesis* de que don Antonio se había hecho imposible por su soberbia, y porque no supo desprenderse a tiempo de los pulpos del *moderantismo*. Un tercer sujeto, que presuroso vino de las mesas interiores, nos dijo en tonillo parlamentario: «¡Ah, señores! Mi *teoría* es que política nueva pide hombres nuevos. Las cosas caen del lado a que se inclinan. O la regia prerrogativa no sabe lo que se pesca, o ha de poner enseguida en manos de don Práxedes el timón de la nave del Estado.»

Reunidos todos, enzarzaron sus ágiles lenguas en el discreto político sin tocar ningún punto de interés público, picoteando tan solo en las cuestiones de orden burocrático, que eran para los Fusionistas o Constitucionales el único imán de sus pueriles ambiciones. Diferentes nombres sonaron de mesa en mesa para distribuir entre ellos los cargos políticos de la nueva Situación, Direcciones generales y Gobiernos de provincia. Entre aquellos ociosos charlatanes no faltaron algunos vivos que graciosamente se adjudicaron las mejores prebendas. A la entrada de los agarenos, o si se quiere cartagineses, no consagró ninguno de los allí reunidos, hombres de diferente cartel político, una sola palabra.

Asqueado de la frivolidad de tales majaderos, que con raras excepciones solo apreciaban la vida pública por los apremios de su vanidad o de su flaco peculio, pretexté para retirarme un repentino dolor de estómago con ganas de vomitar, y cogiendo del brazo a Casianilla nos plantamos en la calle. ¿A dónde iríamos? A casita, a mi caverna solitaria, o a darle albricias a nuestra coruscante amiga la Excelentísima señora condesa de Casa Pampliega.

Ibamos por la calle del Lobo, y en los extremos de ella vimos lujosa berlina parada junto a una puerta humilde. De esta salió una dama en quien al punto reconocí a la marquesa de Villares de Tajo, mujer talentuda y de historia, vistosa todavía y de buen talle aunque había rebasado con creces las fronteras del medio siglo. En su coche partió hacia la Carrera de San Jerónimo. ¡Pobrecilla! Venía de parlotear con los *Caballeros de la Tenaza*, albergados a espaldas de la iglesia de San Ignacio. Pensé que ya le estaban ajustando las cuentas para mandarla al otro mundo bien limpia de pecados, y aliviada del peso de sus cuantiosos intereses.

Permanecíamos Casiana y yo junto a la puerta mísera, contemplando la lobreguez del hondo zaguán, cuando vimos que de aquellas tinieblas salían un cura joven, gallardo, desenvuelto, y una señora hermosísima. ¡Oh asombro de los asombros! La señora era Lucila Ansúrez, más conocida en estas historias por el lindo mote de *La Celtíbera*.

## XXVI

La nieve que blanqueaba el cabello de la viuda de Halconero no era estorbo de su belleza, que se defendía bravamente contra la edad, frisante ya en los cincuenta años si no fallan mis cómputos cronológicos. Apenas me vio en la calle, honrome Lucila con expresivo saludo, presentándome incontinenti al clérigo, mocetón elegante, limpio, y cumplido galán por su melosa cortesía.

«El padre Garrido —dijo *La Celtíbera* en la ceremonia de la presentación—. Don Proteo Liviano...»

Al pronunciar Lucila mi nombre se arrancó el jesuita con estas hiperbólicas alabanzas: «¡Ah, el señor Liviano! Mucho gusto en verle. Ya le conocía y le admiraba como historiógrafo eminente. Yo también soy aficionado a la Historia, y en el nuevo Colegio de Chamartín tendré a mi cargo esa importante asignatura. Mi ciencia es corta; pero supliré la escasez de conocimientos con mi firmeza de voluntad, imitando en lo posible al maestro que me escucha...»

Intervino Lucila con esta donosa corrección: «No se achique, padre Garrido... Y usted, amigo Tito, no le haga caso, que la más alta virtud de este santo varón es la modestia, una modestia verdaderamente angelical.»

Al protestar el clérigo de los elogios de *La Celtíbera*, llegó hasta ruborizarse, y yo, penetrando en la médula de aquel carácter más fino que el coral y con más conchas que un galápago, le devolví sus lisonjas con este golpe de incensario:

«Bien sé con quién hablo, reverendo padre. He leído en el *Iris de Paz* la respuesta que da usted a las diatribas con que *La Ciudad de Dios*, el periódico de los agustinos, trata de mermar las glorias de La Compañía. Es usted escritor de primer orden y dialéctico formidable. Así como suena... En esfera humilde, hago yo lo que puedo por la ilustración del pueblo español, tan católico como desgraciado... Esta señora que a mi lado está es mi esposa, doña Casiana *Coelho*, insigne pedagoga, maestra en todas las artes y ciencias, de quien tomo ejemplo, apropiándome su saber al mismo tiempo que imito sus virtudes... virtudes excelsas, noble señora y caballero tonsurado, pues en mi dulce cónyuge se confunden y amalgaman la prudencia, la castidad, la paciencia, la caridad, las artes caseras, el filosofismo más espiritual y el don de escudriñar las oscuridades del porvenir...»

Colorada y balbuciente, Casianilla quiso desmentir los embustes que en honor suyo desembuché, y en el rostro del clérigo advertí un ligero mohín de desconfianza: sin duda interpretaba en sentido burlesco mi lenguaje hiperbólico. Lucila, también un poquito recelosa, inició la marcha hacia la calle del Prado. Detrás fuimos los tres, y yo, arrimándome al padre Garrido, de quien no quería separarme sin soltarle alguna barbaridad, acaricié su tímpano con esta blanda ironía:

«Dios me ha deparado el placer de ofrecer a usted hoy mis respetos, padre Garrido... Ya sé, ya sé que ayer llegó usted de un corto viaje a París, a donde fue con el mandato de organizar la nueva traída de jesuitas para el Colegio de Chamartín de la Rosa, institución educatriz que será el coronamiento de la sublime longanimidad de la señora duquesa de Pastrana.

—El objeto de mi viaje a Francia no está bien que yo lo diga —replicó el clérigo un tanto amoscado—. Solo indicaré a usted que hace tres días estaba ya de regreso en la Villa y Corte, donde seguiré hasta que lo disponga quien puede hacerlo, consagrado al servicio del Señor y a la salvación de las almas españolas.

—A lo mismo nos dedicamos nosotros —dije, poniéndome la mano, no precisamente en el corazón, pero muy cerca de él—. Mi esposa y yo también servimos a Dios y salvamos almas cuando se tercia... En la persona de usted, padre Garrido, reverenciamos a la milicia cristiana, a quien el Altísimo otorga el mandato de gobernar a los pueblos y conducirlos a la eterna gloria. Ya nuestra España es de ustedes. Aquí no reina Alfonso XII sino el bendito San Ignacio, que a mi parecer está en el cielo, sentadito a la izquierda de Dios padre... Los españoles somos católicos borregos, y solo aspiramos a ser conducidos por el cayado jesuítico hacia los feraces campos de la ignorancia, de la santa ignorancia, que ha venido a ser virtud en quien se cifra la paz y la felicidad de las naciones... Nos prosternamos, pues, ante el negro cíngulo, y rendimos acatamiento al dulcísimo yugo con que se nos oprime *ad majorem Dei gloriam.*»

No se le escapó al ladino y sutil clérigo el saborete irónico que ponía yo en mis palabras. Con forzada sonrisa y frunciendo el ceño, doble y equívoca expresión facial de su índole solapada, el joven padre me alargó la mano buscando la fórmula de despedida. También Lucila mostraba deseo de cortar nuestra conversación, poniendo tierra entre los dos grupos, y así me dijo:

«Sigan ustedes paseando, Tito; el padre y yo tenemos que ir a la Nunciatura para un asunto...

—La Virgen les acompañe, reverendo caballero y señora ilustre —dije yo destapando mi cabeza—. Y si se acuerdan de estos pobres pecadores, tengan la bondad de implorar para nosotros la bendición apostólica, por mediación del santísimo nuncio... Adiós, adiós.»

## XXVII

Viéndoles partir hacia la Plaza del Ángel, Casianilla, súbitamente alterada y colérica, me dijo: «Si estuviéramos en descampado les apedrearíamos. ¿No te parece?

—No, hija mía, no —repliqué yo, cogiéndole el brazo con que imitaba el manejo de la honda—. Modera tu arrebato bélico, que los tiempos son más de paciencia solapada que de fiereza impulsiva. Si apedreáramos, podría suceder que nuestros tiros no dieran en la cabeza del Reverendo, que bajo la capa de su finura exquisita esconde las intenciones de un grandísimo bellaco, y fuesen a descalabrar a la hermosa *Celtíbera*, persona ciertamente estimable y digna de respeto... Esta buena señora fue en sus días juveniles la corza ligera y elegante que a todos cautivaba; ahora es la oveja tarda y simplísima que no puede con el peso de sus lanas... No hemos de ver en las beaterías de Lucila un movimiento espontáneo de su ánimo, el cual, digan lo que quieran, aún conserva la independencia celtíbera. Sus concomitancias con lo que podríamos llamar *el elemento* jesuítico, son puro artilugio para ponerse a tono con la caterva elegante y santurrona que hoy rige los destinos de España. A tal comedia la mueve el amor de su hijo Vicente, y el anhelo de empujar al chico en su carrera política. Ya verás, ya verás cómo, auxiliada por *los padres, las madres y las tías*, consigue hacer ministro a Vicentito, con Sagasta o con el demonio coronado... *¿Entiendes, Fabia, lo que voy diciendo?*... No debemos acometer a nuestros enemigos con palo ni piedra. Esperemos a que tomen posiciones y nos manifiesten el poder de sus armas, y la eficacia de sus ingenios de guerra.

—Está muy bien, Tito mío —dijo Casiana agarrándose de mi brazo—. Y ahora decidamos si nos metemos en casa o nos vamos a visitar a la señora condesa. Quiero ver la cara que pone doña Segismunda cuando se le diga que el grande hombre del siglo, don Antonio Cánovas, irá pronto a ofrecerle sus respetos y a darle las gracias por los librachos del tiempo de la Nanita.

—Yo también deseo contemplar el cariz de nuestra *Medusa* y su cabellera de serpientes —contesté—. Pero antes, si te parece, debemos personarnos en la Academia de la Historia, que está muy cerca como sabes. ¿Te olvidas de que hace unos días tengo allí mi asignación, y aún no he ido a cobrarla? Lo primero es lo primero, Casianilla. Vamos allá, vamos.»

Minutos después estábamos en el ancho zaguán de la Academia. Mas no hallándose presente la señora portera, que según nos dijeron había subido al segundo piso llamada por el Bibliotecario para que le prestase servicios de cocina y despensa, aguardamos sentaditos en la modesta estancia conserjeril, donde pasamos el rato en vagos comentarios sobre nuestra situación económica, que no era en aquellos días muy despejada.

Llegó en esto el anciano portero, a quien yo con caprichosa travesura imaginativa daba el nombre de *Tucídides*, por su puesto en aquella Casa y por el trazo helénico de su rostro visto de perfil. Lamentose el buen hombre de la ausencia de su esposa, secuestrada por las impertinencias del señor Bibliotecario, hombre excelente, pero un tanto enfadoso. Diciéndolo, puso en mis manos el pliego de mi Madre... ¡Ay! Fue cual onda luminosa que súbitamente disipó las tinieblas de mi espíritu.

Retirose *Tucídides*, que tenía precisión de arreglar la Sala de Juntas para la *tenida* de aquella noche, y nos dejó en la portería indicándonos que estábamos en nuestra casa y podríamos permanecer allí todo el tiempo que quisiéramos. Solitos Casiana y yo, abrimos el pliego y... ¡Oh inefable sorpresa y alegría! La Musa excelsa me mandaba doble suma de la presupuesta para cada mensualidad.

## XXVIII

Después de justificar este doble socorro, enumerándome las privaciones y agobios que había yo de sufrir si me conservaba incorruptible y puro en medio del general positivismo, la Madre exponía su pensamiento acerca del porvenir de España en la forma elocuente y profética que traslado a mis buenos lectores:

«Hijo mío: cuando a fines del 74 te anuncié en una breve carta el suceso de Sagunto, anticipé la idea de que la Restauración inauguraba *los tiempos bobos*, los tiempos de mi ociosidad y de vuestra laxitud enfermiza. La sentencia de mi buen amigo Montesquieu, *dichoso el pueblo cuya Historia es fastidiosa*, resulta profunda sabiduría o necedad de marca mayor, según el pueblo y ocasión a que se aplique. Reconozco que en los países definivamente constituidos, la presencia mía es casi un estorbo, y yo me entrego muy tranquila al descanso que me imponen mis fatigas seculares. Pero en esta tierra tuya, donde hasta el respirar es todavía un escabroso problema, en este solar desgraciado en que aún no habéis podido llevar a las Leyes ni siquiera la libertad del pensar y del creer, no me resigno al tristísimo papel de una sombra vana, sin otra realidad que la de estar pintada en los techos del Ateneo y de las Academias.

»La paz, hijo mío, es don del cielo, como han dicho muy bien poetas y oradores, cuando significa el reposo de un pueblo que supo robustecer y afianzar su existencia fisiológica y moral, completándola con todos los vínculos y relaciones del vivir colectivo. Pero la paz es un mal si representa la pereza de una raza, y su incapacidad para dar práctica solución a los fundamentales empeños del comer y del pensar. Los *tiempos bobos* que te anuncié has de verlos desarrollarse en años y lustros de atonía, de lenta parálisis, que os llevará a la consunción y a la muerte.

»Los políticos se constituirán en casta, dividiéndose hipócritas en dos bandos igualmente dinásticos e igualmente estériles, sin otro móvil que tejer y destejer la jerga de sus provechos particulares en el telar burocrático. No harán nada fecundo; no crearán una Nación; no remediarán la esterilidad de las estepas castellanas y extremeñas; no suavizarán el malestar de las clases proletarias. Fomentarán la artillería antes que las escuelas, las pompas regias antes que las vías comerciales y los menesteres de la grande y pequeña industria. Y por último, hijo mío, verás si vives que acabarán por poner la enseñanza, la riqueza, el poder civil, y hasta la independencia nacional, en manos de lo que llamáis vuestra Santa Madre Iglesia.

»Alarmante es la palabra Revolución. Pero si no inventáis otra menos aterradora, no tendréis más remedio que usarla los que no queráis morir de la honda caquexia que invade el cansado cuerpo de tu Nación. Declaraos revolucionarios, díscolos si os parece mejor esta palabra, contumaces en la rebeldía. En la situación a que llegaréis andando los años, el ideal revolucionario, la actitud indómita si queréis, constituirán el único síntoma de vida. Siga el lenguaje de los bobos llamando paz a lo que en realidad es consunción y acabamiento... Sed constantes en la protesta, sed viriles, románticos, y mientras no venzáis a la muerte, no os ocupéis de *Mariclío*... Yo, que ya me siento demasiado clásica, me aburro... Me duermo...»

Fin de Cánovas
Madrid-Santander, marzo-agosto de 1912.

## Libros a la carta

A la carta es un servicio especializado para

empresas,

librerías,

bibliotecas,

editoriales

y centros de enseñanza;

y permite confeccionar libros que, por su formato y concepción, sirven a los propósitos más específicos de estas instituciones.

Las empresas nos encargan ediciones personalizadas para marketing editorial o para regalos institucionales. Y los interesados solicitan, a título personal, ediciones antiguas, o no disponibles en el mercado; y las acompañan con notas y comentarios críticos.

Las ediciones tienen como apoyo un libro de estilo con todo tipo de referencias sobre los criterios de tratamiento tipográfico aplicados a nuestros libros que puede ser consultado en Linkgua-ediciones.com.

Linkgua edita por encargo diferentes versiones de una misma obra con distintos tratamientos ortotipográficos (actualizaciones de carácter divulgativo de un clásico, o versiones estrictamente fieles a la edición original de referencia).

Este servicio de ediciones a la carta le permitirá, si usted se dedica a la enseñanza, tener una forma de hacer pública su interpretación de un texto y, sobre una versión digitalizada «base», usted podrá introducir interpretaciones del texto fuente. Es un tópico que los profesores denuncien en clase los desmanes de una edición, o vayan comentando errores de interpretación de un texto y esta es una solución útil a esa necesidad del mundo académico.

Asimismo publicamos de manera sistemática, en un mismo catálogo, tesis doctorales y actas de congresos académicos, que son distribuidas a través de nuestra Web.

El servicio de «libros a la carta» funciona de dos formas.

1. Tenemos un fondo de libros digitalizados que usted puede personalizar en tiradas de al menos cinco ejemplares. Estas personalizaciones pueden ser de todo tipo: añadir notas de clase para uso de un grupo de estudiantes,

introducir logos corporativos para uso con fines de marketing empresarial, etc. etc.

2. Buscamos libros descatalogados de otras editoriales y los reeditamos en tiradas cortas a petición de un cliente.